滄海叢刊

文開隨筆

糜文開 著

1978

東大圖書公司印行

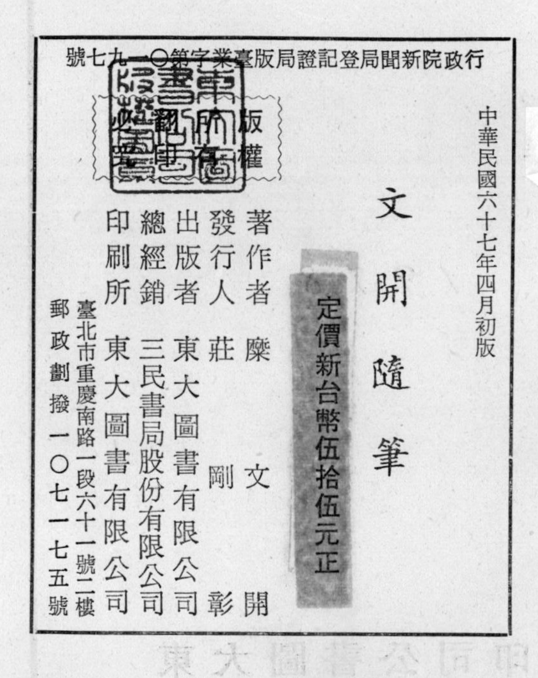
行政院新聞局登記證局版臺業字第○一九七號

中華民國六十七年四月初版

文開隨筆

定價新台幣伍拾伍元正

著作者 糜文開
發行人 莊剛彰
出版者 東大圖書有限公司
總經銷 三民書局股份有限公司
印刷所 東大圖書有限公司
臺北市重慶南路一段六十一號二樓
郵政劃撥一○七一七五號

自序

記得四十二年我自香港來臺時，自由祖國的文壇正在逐漸成長中，在此後的四五年間，我寫了不少文藝論文與評介的文字，發表在臺港兩地的報章雜誌上，以促進自由祖國文藝的發榮滋長。也隨時遊覽寶島各地的名勝古蹟，乘興寫些遊記一起發表。兩種文字，都很受港臺文藝界重視及讀者的歡迎。孫如陵初期編選的中國文選，曾推舉轉載我的「中國文學的神韻說」等文。香港友聯出版社，並曾將「阿里山紀遊」等篇，加以注釋，輯入友聯文選，提供爲學校的教材。同時我繼續譯介印度文化，有泰戈爾詩集等書的出版。而這一段活躍文壇時期所寫隨筆小品，就有很多也是有關印度的。但是這些隨筆小品，乘興所寫的遊記，以及文藝評介的文字，我從來沒有想出單行本的打算，所以也沒有好好地保存起來。

四十八年奉派駐菲律賓大使館工作，開始研究駐在國的國情，除了寫些菲律賓風物的介紹外，很少再寫文藝評介和有關印度的東西。因爲我的興趣已隨同繼室裴普賢女士轉向中國古典文學的欣賞與研究。所以在菲時兩人合寫了一本「詩經欣賞與研究」，五十四年回國後，又合寫了「中國文學欣賞」等書。隨筆小品寫了屈原的神話等篇。五十八年又外放泰國，因爲沒有躭滿兩年，就只有寫了評介華僑作家李望如的小說紅蘿蔔等兩三篇。回國後遭到池魚之殃，致受牢獄之災，涉訟經年，始克獲判開釋，然亦已屆衰病老年。旋於六十三年八月退休，在家服藥調理，蒔花種竹，以頤養天年，無形中早已封筆，連計劃中的詩經欣賞與研究第三第四兩册，迄今無力完成。

前年五月，在内子普賢的協助下，蒐集了我三十年來所寫有關印度文化學術性的單篇論文，出版了一本印度文化十八篇。她又催我將四十二年返臺後活躍臺港文壇時所寫文藝論評和散文單篇，也各結集成一單行本出版，以留紀念。但我却懶得去整理。總覺得這些文章，大多只是被約被催而寫，或乘興一揮的隨筆，不是我精心的力作，可以值得給人再讀的沒有幾篇。何況，臺灣有飛躍的進步，現在已建設得面目全新，二十年前所寫遊記，只是陳舊的記載，誰還有興趣去閱讀？可是普賢却答覆我說：「你常告訴我你少時住校讀書，每月伙食費只三塊錢，你初做事時女傭每月工資也只三元。那時豬肉一塊錢買十斤，現在十塊錢買一斤的年代都早過去，而女傭的工資，每月三千元只能請個半工了。人，就有懷舊的心情，現在去讀二十年前的遊記，讓人可以和目前的景物去比較，也未嘗不是有意味有情趣的事！」於是她抽暇翻箱倒篋，自動去搜尋我的殘稿，代我整理編輯。

她先從整理遊記着手。她讀了蘇花紀遊等篇就說：「像太魯閣，現在乘車而遊與從前徒步入山的情調完全不同。像蘇花臨海公路，自從有了飛機航線和花蓮航輪，遊客已減少，明年北迴鐵路通車後，取道臨海公路來去花蓮的將只有幾個敢於冒險的人了。你這種親臨險境的記載，將更爲一般讀者所歡迎。我現在讀你這些遊記就仍很有興趣。」整理好了，她又說：「可惜這期間保存下來的太少，只賸七篇了。記得臺中日月潭、臺南赤崁樓、安平古堡等你早寫過遊記，四十六年三月我倆前往蜜月旅行時我就讀過，但現在都找不到，大約有些是在馬尼拉時給白蟻呑食了。這殘存的七篇是應該珍惜的。於這之前，我給你找到了在印度所寫阿格拉紀遊一篇，和西行日記的上半篇；於這之後，我給你找到了在菲律賓所寫馬尼拉海濱風光和馬容活火山各一篇，都很親切動人，引人入勝。而於這期間補寫的喜馬拉雅山一篇又是另一風格，別有境界。這樣總共十二篇，共五萬字光景。只可惜你的四萬字左右的暢遊碧瑤一文，也遍找無踪影。大約是多次給人借去作導遊讀，就無意中丢了。現在出本書字數太少，只能彙編成一輯了。還有，阿格拉紀遊所附古風律絕七首，你已用紅筆劃掉。當然，這些詩不算頂好，尤其古風兩首，所用通韻的句子太多，但刪了詩則此文卽不完備，仍以保存爲宜。」

接着她將第一次回國期間所寫題目冠以印度兩字的小品文整理出來了十篇，加上以前在香港時所寫「印度文化與中國」一篇短論，以後在馬尼拉華僑師專演講有關印度文學的一篇講稿，也彙編成了一輯。

最後，我第一次回國期間所寫文藝論評的文字，她只選了「談畫月」「談愛與美」兩篇，及評介波斯作品的「波斯的李白——莪默」「南儀漢的新魯拜集」兩篇，來和這期間所寫其他的隨筆小品「支那釋名」「觀星記」「佛像的故事」等三篇，以及以前在印度寫的「聖雄甘地葬禮記」一篇，在香港寫的「陶淵明詩中的酒與菊花」「對聯的故事」「泰戈爾創辦的國際大學」等三篇，以後在菲律賓所寫「中國古代的鬪鷄」一篇，第二次回國期間所寫「屈原的神話」一篇，第三次回國以後所寫「禪宗的故事」一篇，彙編成包括十四篇的一輯。

普賢又說：「你當時所寫文藝論文與評介很多也很雜，——當然也散失了不少——但許多篇當時雖對文壇很有影響，要和別人的文章輯在一起，才顯得出來。例如四十四年十一月在文藝創作五十五期發表的『文學與德性的再認識』一篇雖很短，發表以後，却引起了蘇雪林、應未遲、李曼瑰、趙雅博、何凡、鳳兮、高明、王平陵等在各報刊的熱烈響應與一連串的討論，並推進了文壇的清潔運動。文藝創作且於六十一期由虞君質特撰社評『藝術創作與德性修養』一文予以鼓吹。當時在香港的錢賓四唐君毅兩位先生也撰文發表了他們對文學與道德有關問題的意見。要和這許多文章輯集在一起，才能明白問題之所在，才能知道此文的價值。若光把你的論文連同文藝評介的多少篇輯成一書，只是雜亂的一堆，就太不像樣了。所以我現在只把類似散文小品的幾篇，和其他談古、考釋、記事、抒情等的隨筆放在一起，這樣把第一次回國時期的二十五篇爲中心，與上起三十二年，下止六十一年的三十年間所寫小品，分爲三輯，彙編成一本隨筆性的散文集，給它定名爲文開隨筆。而所選散文，無論是說古、談奇、記事、記遊、評文、論藝、抒情、寫物，都能娓娓道來，自有吸引人的一種韻味。不知你以爲怎樣？」

我感謝她體貼我的病體，在百忙中還給我做了這樣一件有意義的事。但此書三輯，仍只有三十八篇，字數也只有十萬字光景。我徵得她的同意，在她所寫殘存的十來篇散文中，挑出「翡翠屏」和「碧瑤遊記」兩篇小品，作爲此書的附錄，來湊滿四十篇。由她去接洽出版，居然得到相當高的稿酬。細讀她兩篇小品，靈活風趣，非常動人。可惜她二十年來專力於學術性著作，所寫小品太少，又遺失了一部分，不够出一單行本的份量。

我衰老的病體，時好時壞，精神和體力，都不能勞累。六十一、二年間，我相信健行登山，可以增進健康。那時我住在北投外交部宿舍致遠新村，早晚在附近山坡路上健行，星期假日，常和同事們結伴登山，面天山、七星山都攀登過頂峯；陽明山賞花，也徒步來去；忠義山、碧山等登山祝壽更少不了我。內子普賢幼女岱麗，也常和我一起攀登小坪頂，從高爾夫球場旁北行至行天宮才下山，並曾陪我爬越大屯山，到達于右任陵墓，又沿公路步行下山到海邊北新莊，才乘車經淡水、關渡而返北投。

退休後於六十四年十月遷居舟山路臺大宿舍，我仍每晨爬登蟾蜍山，傍晚則去臺大校園散步。病發時改看中醫，中醫囑我不可爬山，不可磨夜，不可勞動，不可寫作。我遵守着，並實行食療辦法。但仍常有消化不良病象，且隔一陣仍會半夜嘔吐。去年九月習醫的次女鳳麗，特地遠從非洲來省親，研究我的病情。那天我去機場接她，因候機站立太久，當晚就覺不適，後來又嘔吐了一次。但胸膛前後，都未疼痛，所以她研判已無肝膽結石現象。只是精神格外萎靡，身體格外容易疲倦，且不時會閃腰，則單靠食療藥治和短暫的散步還是不行，應該振作精神，多作活動和體操，以鍛鍊身體。可以爬山，但不可摒氣硬撐，要覺得氣喘卽止步休息。於是在她離臺後，我就每天凌晨再漫步試登蟾蜍山。到半山平臺，做五分鐘早操卽下山回家，早餐後仍上床休息。下午散步，也增長時間爲一小時。晚間仍九時許卽就寢。這樣，我逐漸精神振作，體力增加，半山早操後且可繼續攀登山頂了。更有兩次越過山頭下山，到景美興隆路乘車回家的記錄。同時我又參加十月三十一日紀念 蔣公壽辰汐止秀峯山健行登山活動，以爲考驗。結果在隨時休息，量力而爲的進行中，竟已體力恢復得能登上標高四百六十公尺的秀峯山頂，領得登山紀念章而回。於是我繼續維持着凌晨登山，傍晚散步，每天只流覽兩份報紙，以種花養魚爲消遣，倦卽隨時歇息的休閒生活，身體日漸健朗。計劃今年等普賢稍空時試將詩經欣賞與研究第三册所缺二十多篇合力寫成，予以整理出版。並覺文開隨筆中沒有最近作品，總是缺憾，預備等校樣送來時，再補寫一篇「太平山林場觀伐木」，和現在的「退休生活」，湊足四十篇。遊太平山林場印象最深，但當時下山後卽被暢流半月刊捉差，要趕寫一篇新書評介，因而未能打鐵趁熱把遊記先寫，後來竟未補寫。

去年年底，東大圖書公司趕將文開隨筆送來。從前，十來萬字的校樣，我兩天可以校完。現在我每天只校三四篇就放下。校到今年元月五日傍晚，已校了二十多篇，忽覺背心寒冷，正待校完一篇再添衣，門鈴響了，就放下校樣去開門。只見趕來做晚飯的女傭，以圍巾包住頭臉，口吐白霧，聳肩進門，雙手發抖，直嚷好冷。於是我改變主意，不再添衣，而開暖氣以禦寒，我也就不敢再出門散步。不料晚上一覺醒來，只覺冷氣襲人，如刀刺骨。我哼了一聲，把普賢驚醒，連忙給我加被，又將兩個熱水帶挾在左右兩脇。我疑心患了瘧疾，但又不發燒。終於折騰得把吃下的晚飯分三次嘔吐出來。以往我吐完了漱漱口，喝些開水，也就沒事了。但這次却隔一會又把開水再嘔吐出來。早晨試喝薄粥，也都吐掉。普賢看我所吐有些黏液掛在嘴上，斷爲受寒，又去買來紅砂糖煮薑湯灌下。但一會也嘔吐掉了。延到中午，只得延醫診治。醫云只是受涼，調理兩天卽可痊癒。七日閱報，寒流來襲，冷鋒南下，六日凌晨臺北氣溫降至七度左右。我才確知自己身體仍弱，還缺乏抵抗力。雖未釀成像爲出版「印度文化十八篇」時整理東吳大學的講稿而病倒那次一樣嚴重，但現在也尚不堪一天兩三小時的用腦工作。所以校對工作仍由普賢代我完成。再寫兩篇新作的打算也只好取消。普賢並主張不如乾脆把四十四五年所寫「文學與德性的再認識」和「文學與德性修養問題」兩篇最短而有重要性的小品，和四十三年所寫文藝隨筆六則一篇，五十八年在泰國所寫「李望如的紅蘿蔔」一篇都從文藝論評的存稿中提出來，先納入此書，湊成四十二篇，而打消再寫兩篇新作的意念，以保養身體。這樣各時代前後三十年保存下來的散文都有了。那是三十二年赴印後的三篇，四十一年赴香港後的四篇，四十二年第一次回臺後的二十八篇，四十八年赴菲後的四篇，五十四年第二次回臺後的一篇，五十八年赴泰後的一篇，及五十九年底第三次回臺後的一篇。於是她再一次翻箱倒篋把四篇剪貼找出來，代我挿入第一輯中，讓我每天只隨便寫上幾百字，拉雜記下此書輯集出版經過，作爲自序，完成了出版程序。

最後，要提一筆的，是我所寫序跋，一律不入選。入選各篇的底稿，凡因剪存時沒有加注寫作年、月、日、原載刊名及出版年月的，有些已查出補註，有些現已無法查出，只好從缺。原文所刊照片，再製版卽模糊，也只得放棄。

六十七年元月十五日文開草成於臺北舟山路

文開隨筆 目錄

第二輯

第三輯

附錄

文開隨筆

第一輯

文開隨筆

第一輯

支那釋名

今日我國自稱「中華」，而外人稱我，習慣用「支那」，現代日本人之用支那，且常含輕蔑之意。考「支那」一名起源甚古，係於六朝時將印度梵音譯成之漢字。外人稱我支那，含有敬意，並不是不光榮的名稱。惟歷來對「支那」名稱之起源與含義，異說紛紜，莫衷一是。查中華書局發行的辭海，即敍述支那異說五種，玆將辭海支那一條抄錄於下：

（支那）梵語謂中國爲支那，亦作脂那、震旦等。宋史天竺國傳：『天竺表來，譯云：「伏願支那皇帝福壽圓滿。」』翻譯名義集：『脂那一云支那，此云文物國。』慧苑音義云：『支那此翻爲思惟，以其國人多所思慮，多所制作，故以爲名。』按支那或謂爲秦字轉音，或云從磁器得名，皆非也。曼殊全集書札集云：『支那一語，確非秦字轉音，印度古詩摩訶婆羅中已有支那之名，摩訶婆羅乃印度婆羅多王朝紀事詩；婆羅多王嘗親統大軍，行至北境，文物特盛，民多巧智，殆支那分族云云；考婆羅多朝在公元前千四百年，正震旦商時，當時印人慕我文化，稱智巧耳。』

這裏所包括的五種異說是：㈠印度稱我爲「支那」，義如「文物國」；㈡「支那」意爲「思惟」，引伸而爲「智巧」；㈢支那名稱，由秦朝的「秦」字轉音而成；㈣因外人稱我國磁器爲支那，轉而以支那稱我國；㈤蘇曼殊判斷我國商朝時卽被稱爲支那之說，辭海卽據蘇說以否定三四兩說。

今年八月十四日中央日報副刋載有王光儀先生「支那」一文，對支那名稱之由來與含義，有所考釋，他看出蘇曼殊之說，『在地域上，不能吻合』，所以他的結論是：『以是觀之，「支那」之稱，雖傳說各殊，亦不能專主一說，惟可斷言者，我國古代卽有「支那」之稱，殆無疑義，且「支那」乃尊稱，非有辱我國家也。是爲吾人不可不知者。』

王先生的文章沒有提到辭海，但我讀到王先生的文章，便引起我翻檢辭海，始知民國二十七年發行的辭海，支那一條，還是如此淺鄙，擬撰「支那考」加以辨正，不過手頭缺乏參考書，又值生活忙亂，一時無暇及此，所以只能略記所知，以正辭海此條。

我們現在試查考以上五說，歐西學者，多主秦字轉音的第三說，第四說是倒果爲因，因爲我國瓷器的發明較遲，至宋代始臻精良，流傳國外，而明代瓷器，尤爲西人所珍愛，因係支那特產，卽以支那名之，與我國產絲之早，西人因以絲國稱我不相若，自可不論。第一說出於翻譯名義集，第二說出慧苑音義，蘇曼殊的第五說見曼殊全集書札集。第一第二說，都是印度人就「支那」之音，作印度之解釋，未得「支那」之稱的本源。猶之印度聖雄之姓，中文譯爲「甘地」，我們中國人可以望文生義，解釋爲「甘露之地」，或「甜蜜蜜地」，但這不是甘地的本義，印度文「甘地」的本義實爲「雜貨商」。因爲「支那」二字，係國人譯印度對我國之稱號，故其異譯有「至那」「脂那」等之不同。玄奘精通梵文，學識淵博，其答印度戒日王之問也，對曰：『至那者，前王之國號；大唐者，我君之國稱。』（見大唐西域記卷五）最可信賴。印人以我國古時朝代名稱我國，則非以「文物國」或「智巧」稱我國明甚。

第五說由於蘇曼殊不知民間文學成長的年輪，誤認歌詠「摩訶婆羅多」王朝之詩，詩中所有一切，均屬於該王朝之年代。有如我們見孟姜女故事中描寫孟姜女三寸金蓮，我們便判斷故事所述年代的秦朝女子已纏足，同樣淺鄙，（平劇貴妃醉酒，飾貴妃者也裝蹺，其實唐朝女子尚無纏足者）。因爲史詩摩訶婆羅多至亞歷山大東征印度後，尚在成長中，故詩中有許多希臘名字加進去。據一般學者判斷，此詩要到公元三百五十年左右才成定型。所以摩訶婆羅多詩中有「支那」字樣，可能是很遲才加入，不足以據而推翻支那由秦朝的「秦」字轉音而成之說。

現在我們再查考第三說的證據在那裏？是否另有證據可以推翻此說？主張第三說的，以爲「支那」是「秦」字的轉音，秦爲秦始皇之國號，其說與玄奘之所答符合，主張此說的第一人爲衞匡國（Martino Martini）他於公元一六五五年（明永曆九年）在阿姆斯特丹（Amsterdam）刊印他的中華新圖（Novus atlas Sinensis）時發表此說。其後歐西學者，多主此說，伯希和（Pell iot）亦主張為「秦之譯音。」

他們以為秦自穆公於公元前六二四年（周襄王二十八年），稱霸西戎以來，聲威西播，至始皇於公元前二二一年（始皇二十六年）統一中國，「秦」之名更遠佈域外，自西域傳至印度，轉音為「支那」（China）依西域印度習慣，地區之名輒加「斯坦」以明之，故亦曰Chinasthan，國人譯作「震旦」，尊稱則曰「摩訶支那」（Mahachina 意為大秦）。考公元一世紀時，「支那」拉丁文作 Sina，複數作 Sinae，其語根為 Sin，讀若「星」，合讀則單數為「希那」，複數為「希內」，至十七世紀，拉丁文偶亦寫作 China，英文之 China，法文之 Chine，意文之 Cina，皆源於拉丁文，實亦與印度之「支那」同出一源，至於日人之用「支那」，係隨漢譯佛經傳入。

秦代以後，西域等外國人稱我國為秦，方豪中西交通史舉有四證：

㈠漢時匈奴人大宛人等仍稱中國人為「秦人」。第一例，前漢書卷九四上匈奴傳曰：「單于（壺衍鞮）年少初立，母閼於不正，國內乖離，常恐漢兵襲之。於是衞律為單于謀，穿井築城，治樓以藏穀，與秦人守之。」此事當在公元前八三年或八二年，即秦亡後一百二十餘年，可見漢時匈奴人仍稱中國人為「秦人」，朝代變而已成為中國民族之名則不變，顏師古釋曰：「秦時有人亡入匈奴者，今其子孫尚號秦人」。此說不為伯希和所取。伯氏蓋以為秦亡後一百二十餘年，尚有秦人子孫存在，匈奴人且仍稱之為秦人為不可信。

㈡第二例見於漢書卷九六西域傳，漢武帝征和三年（公元前九〇年）李廣利以軍降匈奴，武帝頗悔遠征，時有人上言屯田中亞，武帝下詔深陳既往之悔，有云：「匈奴縛馬前後足置城下，馳言秦人，我匄若馬。」此處所言秦人，顯指漢朝中國人，故顏師古注曰：「謂中國人爲秦人，習故言也。」則已推翻前說。

㈢第三例見於史記卷一二三大宛列傳：「宛城中新得秦人，知穿井。」但前漢書卷六一李廣利傳同一記述，竟妄改爲漢人，伯希和以爲此可證史記之稱爲原始的，而前漢書則爲適應時代而更改。

㈣資治通鑑胡注曰：「漢時匈奴謂中國人爲秦人，至唐及國朝則謂中國爲漢，如漢人、漢兒之類，皆習故而言。」可見中國人自稱漢人，而外國人（如匈奴）則稱中國人爲秦人。

反對支那一名由秦朝名稱蛻化而來者有德人洛弗爾（Berthold Laufer），其證據爲印度孔雀王朝月護王（公元前三二一年至三一六年）之大臣查那基亞（Chanakya）所著書中曾述及支那出產絲絹，公元前三百年時印度已用支那稱中國，早於秦朝，故非從「秦」字演變而來。但伯希和謂「秦」之名，不始於秦始皇，秦穆公時，秦國已極強大，查那基亞之書，後於穆公約三百五十年，「秦」之名早已遠揚印度，且觀查那基亞之書的年代，由天體考察，尚須愼重討論，故洛弗爾之反對，不能推翻此說也。

據上所述，辭海所涉五說，仍以「支那」之稱由「秦」字演變而成的第三說爲最確當。至於王光儀說：『支那乃尊稱。』愚謂不然，「支那」僅係通稱，「摩訶支那」才是尊稱。

（香港大學生活四卷十期）

中國古代的鬥鷄

穎洲兄：

這次我發起五人合譯羅細士的小說集「鬪鷄的故事」，馬上承我兄和亞薇兄同意，居然一個多月便完成，而臺北文壇社也很快答應趕在十月份出版，讓我再盡一些擔任橋梁工作的心願，可說是我來菲三年間的第一快事。

羅細士一再提倡中菲文化交流，這次在他給我們寫的中譯本序文中，也證實了他的確很留心中國文化。而林善德先生在馬尼拉時報週刋的專欄中介紹中國文化給菲律賓的讀者，更值得我們讚美。我覺得酷嗜鬪鷄的菲律賓人，既然對我國古代鬪鷄的記載很有興趣，我們可請林先生就在時報週刋的專欄中，作更進一步較詳細的介紹，現在把我數日來翻檢古書所得，寫在下面，請你校正後提供林先生參考。

一、春秋時代

我國古代鬪鷄的情形，可靠而正式記載到歷史書裏去的，最早的是左傳所記魯昭公二十五年的魯國大夫季郈兩家的鬪鷄。魯昭公二十五年是周敬王三年，卽西元前五一七年，當春秋末葉，距今二千四百八十年。左傳記這次鬪鷄的情形雖只三句，但鬪鷄的裝備已可見一斑。原文曰：「季郈之鷄鬪，季氏介其鷄，郈氏爲之金距。」杜預注介鷄云：「擣芥子，播其羽也。或曰：以膠沙播之爲介紹。」孔穎達疏云：「杜此二解，一讀爲芥，擣芥子爲末播其鷄羽。賈逵云：『擣芥子爲末播其翼，可以坌郈氏鷄目。』是此說也。鄭衆云：『介，甲也。爲鷄著甲。』高誘注呂氏春秋云：『愷著鷄頭。』杜又云：『或曰』，不知誰說，『以膠沙播之』亦不可解。蓋以膠塗鷄足爪，然後以沙糝之令其澀，得傷彼鷄也。以郈氏爲金距言之，則著甲是也。」

依據左傳的注疏，「介其鷄」三字有三解：⑴撒芥末在鷄翼上，當對方的鷄來啄時，鷄目便受刺激而視覺失靈，必然受挫，等於現代人使用催淚彈。⑵鷄頭戴愷，保護自己不受傷。⑶把粗沙膠在鷄脚上，使脚爪鋒利。「金距」左傳無注，呂氏春秋察微篇、淮南子人間訓均引其事。二者都是漢高誘所注。察微篇注云：「以利鐵作鍛距沓其距上」，人間訓注云：「金距，施金芒於距也。」那末，把金屬鍛成的芒刺裝在足距上，正是今日菲律賓鬪鷄流行的裝備，中國早於西元前六世紀採用了。

季郈二氏的鬪鷄，怎麼會記入左傳的呢？因爲二家的鬪鷄引起了魯國的內亂，發生了魯國君昭公出奔齊國的大事。呂氏春秋和淮南子都把左傳的記載引證以爲教訓。現在採錄淮南子所整理簡化的如下：「魯季氏與郈氏鬪鷄。郈氏介其鷄，而季氏爲之金距。季氏之鷄不勝，季平子怒，因侵郈氏之宮而築之。郈昭伯怒，傷之魯昭公曰：『禱於襄公（昭公之父）之廟，舞者二人而已，其餘盡舞於季氏。季氏之無道無上久矣，弗誅必危社稷。』公以告子家駒，子家駒曰：『季氏之得衆，三家（孟氏叔孫氏季氏）爲一，其德厚，其威強，君胡得之？』昭公弗聽，使郈昭伯將卒以攻之。仲孫氏叔孫氏相爲謀曰：『無季氏，死亡無日矣。』遂興兵以救之。郈昭伯不勝而死。魯昭公出奔齊。故禍之所從者，始於鷄距；及其大也，至於亡社稷。」魯昭公在外八年未得歸，最後死於晉國的乾侯地方。

至於鷄有文武勇仁信五德的出處，在漢人所撰韓詩外傳中，是田饒向魯哀公（公元前四九四——四六八年）說的話，哀公爲昭公之姪。

二、戰國時代

紀渻子養鬪鷄的故事，最早見於莊子達生篇，全文如下：

紀渻子爲王養鬪鷄，十日而問：「鷄已乎？」曰：「未也。方虛憍而恃氣。」十日又問。曰：「未也，猶應嚮景。」十日又問。曰：「未也，猶疾視而盛氣。」十日又問。曰：

「幾矣。鷄雖有鳴者，已無變矣；望之似木鷄矣；其德全矣；異鷄無敢應者，反走矣。」

這段記載，在僞列子書中，輯入黃帝篇，頭兩句改爲：「紀渻子爲周宣王養鬭鷄。十日而問鷄可鬭已乎？」「猶應嚮景」作「猶應影嚮」。

莊子所載故事大多是寓言，不足信。所以張居正說：「此養德之喻也。英雄豪傑之從事於學，若紀渻子養鷄，則幾乎。」僞列子書附之於周宣王，當然不可信。但戰國時代鬭鷄之風比春秋末葉更盛，已有養鷄的專家，那是合於情理的。否則莊子書中便不會以養鷄爲養德之喻了。王叔岷先生莊子校釋引白帖司馬彪說，王是齊宣王。考之戰國策齊宣王時鬭鷄盛行齊國，則司馬彪之說較爲可信。

戰國策齊策載蘇秦爲趙合縱說齊宣王（公元前三三三年事）曰：「……臨淄甚富而實，其民無不吹竽鼓瑟，擊筑彈琴，鬭鷄走犬，六博蹹踘者……」齊宣王時齊國鬭鷄之盛可知，而跑狗這玩意兒也已流行了。史記蘇秦傳亦載此事，司馬遷只把「擊筑彈琴，鬭鷄走犬」改爲「彈琴擊筑，鬭鷄走狗」而已。蘇秦說周顯王又說秦惠王，均弗用，方說六國合縱，獨於齊稱其鬭鷄走狗，這就說明了當時鬭鷄之風，於齊獨盛了。

三、漢代

漢朝初年，鬭鷄走狗之風仍流行於民間，史記袁盎傳：「袁盎病免居家，與閭里浮沉，相隨行鬪鷄走狗」；漢書睦弘傳：「睦弘字孟，魯國蕃人也，少時好俠，鬪鷄走馬。長迺變節，從嬴公受春秋。」均足證明。

其時儒學漸復興，張蒼賈誼等均習左傳，淮南王劉安繼秦呂不韋著呂氏春秋之風，著淮南子書，亦採錄左傳「鬪鷄之變」事以爲鑑戒。但宣帝時（公元前七三——四九年）仍有酷嗜鬪鷄之人或以鬪鷄爲業者。漢書張安世傳：「遂下詔曰：『其爲故掖廷令張賀（安世之兄）置守冢三十家』，上（漢宣帝）自處置其里居冢西鬪鷄翁舍南，上少時所嘗游處也。」

東漢二百年間，未蒐得鬪鷄記載的新材料。僅見王充論衡偶會篇有「鬪鷄之變適生」一句，說魯昭公時的鬪鷄之事偶然和政變發生了關係。兩漢經學極盛，帝王士大夫都尊經。王充論衡爲此後思想改變之先鋒，大概春秋戰國鬪鷄之風盛行於齊魯，齊之大夫，均染此習。漢代民間鬪鷄之風自東而西，遍於黃河流域，然士大夫偶有嗜此者，即視爲非常，載之史書。可見上流社會，已戒鬪鷄，故東漢便無鬪鷄記載。王充爲魏晉思想開新路，於是魏晉以下君王大夫均有好此者矣，而鬪鷄之風復興，且遍及全國了。

四、魏晉南北朝

三國時代鬪鷄又盛行，且得帝王提倡，詩人歌詠，迄南北朝不衰。

建安七子中劉楨有鬪鷄詩曰：「丹鷄被華采，雙距如鋒芒。」

樂府詩集：「鄴都故事曰：魏明帝太和中（公元二二七——二三二年）築鬪鷄臺，趙王石虎亦以芥羽漆砂鬪鷄於此。故曹植詩（名都篇）云：『鬪鷄東郊道，走馬長楸間。』是也。」梁宗懍荆楚歲時記：「寒食鬪鷄。」魏曹植、梁劉孝威都有鬪鷄篇之作。曹植鬪鷄篇曰：「遊目極妙伎，清聽厭宮商。主人寂無爲，衆賓進樂方。長筵坐戲客，鬪鷄觀閒房：羣雄正翕赫，雙翅自飛揚；揮羽邀清風，悍目發朱光；嘴落輕毛散，嚴距往往傷。願蒙狸膏助，常得擅此場！」描寫頗爲眞切。北周庾信也有鬪鷄詩曰：「開軒望平子，驟馬看陳王。狸膏熛鬪敵，芥粉壒春場。解翅蓮花動，猜羣錦臆張。」

這裏證明晉杜預注左傳「介其鷄」的芥羽和膠砂二種方法，是歷代流行的。趙王石虎不過易「膠」爲「漆」而已。曹植詩中「狸膏」是一種給鷄醫傷的藥，「嚴距」則大約是漆砂金距之類。南朝的鬪鷄更與時令有關，成爲點綴寒食節的節目。

五、唐代

唐朝高宗時鬪鷄的風氣，也流行在宗室諸王間，互有勝負。王勃曾戲作檄英王鷄文，因此獲罪。其罪名是挑撥王室兄弟間的感情。但此文已失傳，現在王子安集中無此文。

到玄宗時，因明皇的提倡，鬪鷄最爲盛行。陳鴻祖東城父老傳載：「唐明皇喜民間清明鬪鷄，立鷄坊於兩宮間。畜雄鷄千數，選六軍小兒五百人使馴擾教飼。」而民間因盛行鬪鷄，往往有着迷到弄得傾家蕩產的。

陳鴻祖並記唐宮鷄坊的主管賈昌，只是一個十三歲的三尺童子，卻有管養調教鬪鷄的天賦。他懂得鷄的性能，並能醫治鷄的傷病。所以他不但能使鷄搏鬪，且能讓鬪鷄聽他的指揮而行事，人稱之爲神鷄童。賈昌最得玄宗喜愛，時常賞賜金帛。民間有詩歌流傳云：「生兒不用識文字，鬪鷄走馬勝讀書。賈家小兒年十三，富貴榮華代不如。」其令人羨慕有如此者。

但那時新的玩意又興起了，負喧雜錄載：「鬪蛩之戲，始於天寶年間，長安富人，鏤象牙爲籠而畜，以萬金之資，付之一啄。」鬪蛩就是鬪蟋蟀。鏤象牙爲籠，以萬金爲賭注，比鬪鷄的聲勢更爲浩大。大約此後鬪蟋蟀日盛，鬪鷄便漸漸不時行了。

六、嶺南鬥鷄實錄

手頭藏書無多，略事檢閱，一千二百年間的鬪鷄史，已得如許豐富的資料。在中國古代早期的鬪鷄，似乎只是一種純粹遊戲性的比賽，不作金錢的賭注，但後來民間的鬪鷄，卻流爲賭博的性質，所以才會使人傾家蕩產。宋代周去非所著嶺外代答一書中，有當時嶺南廣東等地鬪鷄情形的詳細報導，那是我國古代的鬪鷄實錄。試和羅細士鬪鷄的故事所描寫作一比較，應該也是一件很有趣味與意義的事。

茲將周去非的報導，轉述於下，以結束本文：

(1)選擇鬪鷄的條件是：鷄毛要疏而短，鷄頭要堅而小，鷄身要窄而長，鷄脚要粗而直，鷄眼要深而銳。步伐要穩重，心神要沉着，不輕易受驚。這才是上乘的鬪鷄。

(2)飼養鬪鷄的訣竅是：平日讓鷄立在草墩上，訓練它站得很牢穩。餵鷄的米放在高過鷄頭的地方，引導它昂頭高啄，養成它昂頭挺胸，向前啄去的習慣。

(3)鬪鷄前的措施：參加鬪鷄時，先要割掉鷄冠，以免易受攻擊。把尾巴羽也剪短，讓行動靈活，便於搏鬪。鷄爪要裝上鐵爪，來加强殺傷力。

(4)搏鬪的過程：鬪鷄分成三個回合。第一回合鬪了一會兒，若見有一隻鷄屈居下風，鷄主就可讓它休息喝水來養神。第二回合又鬪一陣，如果另一隻鷄處於下風，鷄主也可讓它休息喝水來恢復體力。第三回合就得一直戰下去，搏鬪到有一隻鷄逃遁，或被殺死爲止。通常兩鷄相鬪，初時多用脚爪互相攻擊，漸漸感覺疲乏，才用嘴巴對啄。最後到緊要關頭，脚爪嘴巴同時使用，以作生死的決鬪。

(5)鬪鷄的場面：鬪鷄時總有不少人圍觀，形成熱鬧的場面。而且用金錢來作賭注，有時輸贏很大，甚至賭性發作，有因此傾家蕩產者。

民國五十一年八月三十日草於馬尼拉

(原載菲律賓大中華日報)

觀星記

本年七月二日是火星距離地球最近的一天，臺北的天文同好會在中山堂屋頂天文臺招待各界民衆觀測火星三天，我也很想去一擴眼界，但一連三天的晚間都下雨，或陰雲籠罩，竟沒有給我得到良好的機會。

五日報載這三天省氣象所所長鄭子政和該所天文科長林榮安也在該所天文臺從望遠鏡內觀測火星，只有七月三日晚上十點鐘時在雨後淨空中獲得了唯一清晰觀測的機會，有着比較圓滿的成績。

鄭所長發表談話說：從望遠鏡裏觀測火星有一個小月亮那麼大。他看見火星上有黑影，這些黑影是天文學家所推測的火星上的森林。黑線也隱約可見，這些黑線就是天文學家所推測的火星上的運河。兩極的極冠也隱約可辨，尤其南極上有較亮的白光反射到人類的眼睛裏，這可能就是火星上的積雪。

同時林科長宣布：雖然本月二日火星距離地球的里程最近，但事實上在最近兩星期內都不算遠，氣象所在最近兩週內將繼續夜間觀測。

看了報，我的心是又復活出觀測火星的希望來。鄭所長是我的老師，我原已久想去拜訪他，於是我約好一天去看他，他允許我私人參觀，排定時間是七月十二日下午九時。並允我帶三四人同去。談話間鄭所長告訴我火星上有人類的推測，就是根據黑影、黑線、極冠和氣層四者而假設。極冠我們推測是積雪，在火星上也有四季，在冬季極冠擴大，夏季則縮小，這證明是積雪隨氣候的冷熱而增減着，可見火星上是有水份的了。火星上的黑影也有增減，但其增減的時間卻與極冠相反，就是說多天縮小夏天擴大，所以我們推測這是火星上的草木，就是說火星上現有生物生存着。火星上的氣層厚度約六十哩。有了空氣，水份和其他生物，人類便可生存。而黑線據意大利天文學家斯卡帕里的推測是火星上的運河。火星上已有人工開掘的大運河，那末火星人是有着高度的文明的了。於是有些人便懸想這高度文明的火星人是大頭細身的形態，而成爲好奇者所樂道，甚而火星人進攻地球的影片也產生了。科學竟與神話結合，有趣之至。

我約的觀測火星的同伴是外交部同事鄭領事、沈隨員、小何和鄭領事的女兒小韻。鄭領事因事不能陪同他的小姐出門，改由鄭太太陪來。我們準時到達公園路氣象所，工役指點我們扶梯的位置，說天文臺在四樓屋頂。十四歲的小韻用功苦讀一年瘦了不少，但仍很天眞打先鋒活潑地一口氣衝到四樓，再往上爬，竟爬到第五層占風量雨的露臺上去了。臺上人指點我們觀星臺在四樓的南部屋頂，小韻又要衝下去。我喊住她慢走，先眺望一下臺北的夜景再下去。於是我們佇立氣象所的最高處，看見了美麗的臺北夜景展開在我們脚下。近處林蔭掩映中認得出房屋的輪廓，路燈引向遠去，羅列着閃爍的燦爛燈火，直到遼遠的天際，隱沒在地平線的模糊的邊緣。可是仰首夜空，卻被紫灰色的雲幕翳住了星斗，只有欲圓未圓的月兒，在幕後探首，微露嬌容。

『糟糕！火星又看不成了！』

『諾！西方天邊有一顆亮星在呢，是不是火星？』

『不是，那是金星。』

『那末我們先去要求看了金星再說吧！』

我們到了觀星臺，觀星臺的看守便來開門。一會兒林科長來了，他指點火星已經出現在月亮的東面，那紅騰騰的便是。他把觀星臺的屋頂拉開一爿天來，轉往東南火星的方向，再揭開一尊大砲模樣的三百七十五倍的新望遠鏡，對準方向觀測了一會，把距離角度等都校正，便請我們依次觀測。我們由小韻打頭一個個看了，都覺得火星太模糊。因爲火星上仍有一薄層雲翳遮着，於是我們要求改看金星。但金星地位已太低，不便觀測，同時另有兩批客人也來了，於是林科長一面吩咐另外抬出一座舊一些的望遠鏡放在露臺上觀測金星，一面把新望遠鏡換上二百倍的鏡頭，再給我們看。因爲換了鏡頭，在鏡中已能看淸整個的星形，似乎反而淸楚些，連火星上黑影和南極的極光也有些辨得出了。我們觀測時，林科長告訴我們七月二日火星與地球的距離是四千〇三十萬哩，後年九月十一日還要近，只有三千五百五十萬哩，那時比今年更易觀察。

這時所長室的樓先生也來招呼我們，說鄭所長因事不能親來招待，特地派他來代表的。他招呼我們去看金星。小韻一看到便歡呼：『媽啊！紅紅綠綠的好看極了！』於是鄭太太也湊上去看。輪到我看，我一看，果然金星的上部紅色，下部綠色，而中間是鑽石一般的白色，美麗悅目。但是一會兒金星落到地平線下去了，我們覺得還沒有看夠。

樓先生又招呼我們到新望遠鏡處去看土星。林科長指點我們月亮西邊有兩顆亮星，一上一下，上面的一顆，便是土星，土星除有光環盤繞外，另外還有幾個衞星。那時有一小女孩佔據了望遠鏡兀自看着不放，大人好言抱開，我們才依次觀測。土星的光環如玉帶之圍明珠，光彩煥發，玲瓏而晶瑩。難怪那小女孩愛不忍釋。

這時，樓先生又招呼我們到舊望遠鏡處去看月亮。只見鏡中月面斑斑剝剝，好像無數不平的碎石子，又像一盆肥皂泡沫，要把望遠鏡移動，才可找到盆緣——那月亮的邊界。

我們看過月亮，再去看一遍土星，發現那小女孩還在那裏。我們雖要看了兩遍土星才過癮，這小女孩簡直要把土星放進衣袋帶回去才滿足呢！

我們謝了樓先生和林科長告辭下樓，卻不見了小何。查詢之下，他還在看月亮。等了兩分鐘他才跑下來。我問他月亮看得怎樣？他說：「每一部份仔細看過了，月亮的表面好像剝蝕壞的水門汀，有的地方有窟窿，我問他們，他們說是火山口呢！」這時我不禁「哎喲」了一聲，後悔我沒有看仔細，已經告辭，不便再上去了。

（四十三年七月十八日中華副刊）

談畫月

年輕時曾學過畫畫，因而我很知道一些個中艱難。作爲一個畫家，對於所畫題材的正確觀察和親切了解，最是基本的工夫，否則往往會鬧出笑話來。對於張大千先生畫猴卽豢猴，畫番犬卽畜西藏狗，畫天竺美女就要他太太試穿紗麗，有人以爲過事舖張。但你要知道西藏狗的猛鷙難馴，便可明白他用心良苦。他豢養暹羅猴卽曾被噬傷指，苦痛不堪，不能執筆者達三月之久。可見他爲忠於繪畫題材的認眞犧牲態度，實也是不得不如此。以他如此淵博而認眞，猶嘗自歎見識之不廣。我曾在他家欣賞他收藏的古畫。他面告有一幅駿馬圖，馬蹄後根有毛如鬚，他不能欣賞就放棄了。後知此畫出於名家，塞外駿馬，蹄鬚爲最，後悔莫及。所以知道一個畫家，要無所不知，那也是不可能的，只能盡量求知而已。

以畫月爲例，雖則我們每人對月亮都很熟悉，但能細心觀察的人，卻屬少數。畫家畫月而畫錯的常有所見。

我們對於月亮的形狀，一般大別爲五：⑴新月（亦稱蛾眉月，月牙）⑵上弦月（半月）⑶滿月（團圓月，圓月）⑷下弦月（半月）⑸殘月（蛾眉月）。

新月指陰曆初三、四狀如蛾眉之月而言，所以也稱月牙，與二十七、八時殘月的樣子相似。其不同之點：新月在西方，向右彎作蛾眉狀，而殘月在東天，向左彎作蛾眉狀。上弦月指初八前後之月而言，下弦月指二十三前後之月而言，都是半圓形，狀如弓弦。但上弦月弓背在右方，下弦月則弓背在左方。滿月係指十五之圓月而言。有人給一本名「下弦月」的書畫封面，把下弦月畫成新月，當然要受人指摘。有時書中未指明係何種月亮，作畫的也會畫錯。

我曾看到一本小說中的插圖，畫「醒來看見窗外曉月一勾」一句，在窗外畫了一個新月，那就錯了。因爲新月之形雖爲一勾，卻受時間所限，新月只能在黃昏出現。曉月的一勾，絕對是二十七、八的殘月。所以畫時月牙只能向左彎，決不能向右彎。同例，畫柳永的「楊柳岸曉風殘月」，也決不可畫成新月。

大凡畫家畫落月，習慣畫新月；松月圖習慣畫滿月。我曾見過一幅「楓橋夜泊圖」，在天邊畫了一彎新月，這還是畫錯了。因爲張繼詩中月落在夜半，當爲上弦月，而非新月。我們得弄清地球自轉一週爲一日，而月球繞地球轉一週，卻須一日有餘。所以我們看見天上的日月競走，月亮常是落後：初三、四日落時新月在西天追太陽，一會兒便沒入地平線了。初七、八太陽落山時，上弦月已落後在天心，要到深更半夜才西沈。滿月時日月東西相望，月亮已落後半圈。下弦月時變成太陽追月亮，月亮半夜方東升，黎明時月正中天。二十七、八的殘月只有破曉時才在東方出現。陰曆每一個月，月亮是要比太陽少走一圈的。也就因月亮少走一圈，太陽光照到月球上的角度不同，所以我們見到月亮有新月、滿月、上下弦等分別啊！

現在臺北中山北路國父史蹟館所陳列的蘆溝橋事變圖，因爲「蘆溝曉月」原爲北平郊區名勝之一，所以在這張圖上也要畫月以應景。羅家倫先生爲研究這圖上是否可以畫月，還特地查考七七事變那天，是否能夠有月呢！

關於月亮的常識，不但畫家要知道，一般從事文藝工作的人都應懂得。因爲這是最易弄錯的。我曾見越劇「風雨之夜」的佈景，作初五的舟形之月，曾兩度出現：第一次是劇中黃昏時候，這沒有錯；第二次是在劇中當夜黎明之時，卻有不合了。因爲這種形狀的月，不到半夜，早已落山，劇中當夜之月，不該第二次出現了。像這種劇情，是應該採用滿月的。惟滿月才整夜在天上，然而第一次滿月應掛在東邊，第二次掛在西邊。

我們知道泰戈爾的詩集Crescent moon譯作「新月集」，泰戈爾的劇本中有這樣一句："Helay asleep with a vague smile about his lips like crescent moon in the morning"這句中的Crescent moon 只能譯作蛾眉月了。但瞿世英譯該劇時仍把牠譯作「新月」，成爲：「他還睡着，唇邊略有笑容，如早晨的新月一般」，泰戈爾以清晨的蛾眉月，形容嘴邊的微笑。十分巧妙，但早晨而有新月，卻就不通了。

見瞿世英的誤譯，聯想起畫月之難，「談畫月」。

（四十六年十月一日筆滙十四期）

談愛與美

印度詩哲泰戈爾於民國十三年訪華，就在那年五月六日，我國文藝界人士為慶祝他的六十四歲壽辰，特在北平協和禮堂，演出他的名劇「齊德拉」，由林徽音女士扮演劇中女主角齊德拉。屈指算來，這事離今已三十年了。

泰翁的「齊德拉」劇作，取材於古印度史詩摩訶婆羅多中所載一節傳奇故事。史詩中敍述婆羅多族王子有修漫遊至東印度曼尼坡王國，國王膝下僅有一公主齊德拉，故令習武事以備傳位。有修與公主相愛，因於曼尼坡居留三年，生一子而離去。泰翁根據這傳說，寫成「齊德拉」劇本以闡明他自己的見解。他在劇本中寫兩人相愛的經過是當公主在森林中發現這英武的王子時立刻愛上了他，但他對這男性化的粗魯女子，沒有看在眼中。於是公主自慚形穢，禱於濕婆神廟，乞得為期一年之美貌；王子見之，驚為天人，遂相愛悅，結為夫婦。一年之期瞬屆，公主為將復原形，失去美貌而中心憂急。可是這時王子已認識公主的眞性實美，不再計較她的外貌，超越了世俗的愛而獲得眞正的愛了。外貌的美是假相，是無常的，可以是不全善的。但那內在的美，是永恒不變的眞性實美，才是眞美善的本體。

此後外國作家的作品以「愛與美」爲主題而揚名於我國的，據我所知，有日本名作家谷崎潤一郎的小說「春琴抄」。他寫一日本美貌閨媛，因失明而習琴作琴師。她的帶路的書童也愛好音樂，有志習琴，她破格收他爲弟子而令他隨侍左右，於是兩人的心靈上有着愛的結合。後來女琴師因拒絕登徒子的接近而被毁容，變成奇醜，他便也自盲其目，以保留她永恒美麗的印象而兩人相守終身。

今年，徐訏又出版了一本小說「盲戀」。這本小說的主題也是「愛與美」。他寫盲女盧微翠得醜男陸夢放之愛而如獲新的生命。醜男陸夢放得美麗盲女盧微翠之愛而獲寫作的靈感，兩人生活在無邊的幸福中。但當盲女復明之日，發現無法再維持以往的愛情，於是她自殺了。

在徐訏的盲戀出版之日，琦君在她以德性之光照耀文壇的「琴心」出版之後，也用「愛與美」爲主題寫了一篇小說「美與殘缺。」她寫一位公立醫院醫生的太太希望她丈夫成爲一位最美的醫生，那就是有一顆愛護病人的心的醫生。因爲要她丈夫可以把全部的力量貢獻給許多痛苦的病人，除了操持家務外，還兼了一份中學教員的工作，以減輕丈夫的負擔。她因過勞而臥病，一隻脚不能走動，最後決定要鋸掉才安全。她怕鋸腿以後成殘廢，她說：「你會喜歡一個殘廢的人嗎？多麼醜啊！」但她的丈夫答覆了：「醜？……我愛你，多少年來，是你的德性在培養着我，使我懂得什麼才是人間眞正的美。你雖缺少了一條腿，卻無損於你的美，因爲你的心靈原是美的，我已永遠有你了。」於是丈夫陳述他怎樣受到她精神的支持與鼓勵，去盡他救治病人的責任。讚美她愛的力量是多麼偉大。終於她被他懇摯的言語感動得掉下淚來，接受他鋸腿的決定。

從泰戈爾的齊德拉，到琦君的美與殘缺，用同一主題，寫出了不同的作品。泰戈爾是以東方哲學壓倒西方而最受西方崇拜的一位大文豪，他對愛與美有精到的見解。世俗的人，大多只會見美貌而生愛，但一旦認識了內在的眞性實美，那麼外貌的美醜是不重要的了。這就是超凡入聖，從物質昇華爲精神，從無常獲得永恆。

谷崎潤一郎的春琴抄似乎是承接泰戈爾的，他描寫的愛是很純潔而眞誠的了。然而還是強制的不自然的，到最後美麗的外形還佔着相當重要的地位。

徐訏的盲戀再從春琴抄翻花樣，寫到與泰戈爾的順序成爲一個倒轉的方式，即由聖返俗。他的主要的一句是：「祇有所有的感覺加在一起方才有一個心靈的感覺。」所以盲女復明後說：「原來沒視覺，連聽覺也不完全的。」於是由此推衍，官感的物質的倒佔了重要的地位，結果成爲泰戈爾的反面文章。我們雖然也可以解說徐作主張物質與精神並重。但微翠的精神畢竟站不住，在徐訏的筆底倒下去了啊！

琦君的作品承接以上三作來看，她是完全站在泰戈爾方面的。這四個作品，可以看作「愛與美」的「起承轉合」四部曲。但琦君的力量還不克擔當這重擔。雖然她的路線是對的，她的字句是光煥的，正像「愛的教育」「小婦人」等名作一般散發着人性的溫暖。但第一是四作中篇幅最短，故事不能發展到曲折而生動，又不能精簡得像鑽石一樣晶瑩到不嫌太小。第二是心理描寫尚不夠縱深，敵不過徐作的層層深入，刻劃透澈。

泰戈爾的是詞藻美麗，珍瓏透剔，自然而富詩意，非常雋永。谷崎的是委婉細緻，引人入勝。

「愛與殘缺」在未發表前我已看過一遍，在中華副刊上刊登出來後我又重讀了一遍，這是值得稱許的一篇作品，所以引起我殷切的期望，嚴酷的苛求。順便把泰戈爾等三作，簡單的介紹給讀者。

文藝隨筆六則

一、新奇

好奇心是人類天性之一，所以寫小說能情節離奇，出人意外，總是討人歡喜的；陳詞爛調，江湖八股，最敎人生厭，要強逼諦聽，不免昏昏欲睡。新穎的東西可以令人醒目，新穎的言論，(例如翻案文章)可以吸引讀者，所以作文要「務去陳言」，立論要「獨出新裁」。新與奇是作文的訣竅，是進步的要素。

可是，新與奇都不過是一種作文方法，並不就是文章的內容，新奇而無內容，仍不是好文章，奇而成怪，新而成詭，非但不足爲訓，且將貽害無窮，所以怪誕的小說，詭辯的文章，是應該摒除的。

文章的內容，不能離開眞善美，眞善美是作文最高的標準。傳奇的小說仍須合情合理以求其實，新穎的言論仍須合情合理以求其善，新奇的藝術亦務須不失其美。我們就舉海明威這次諾貝爾獎金得獎的作品「老人與海」爲例吧，海明威的作品是新奇的，老人與海是寫的我們所不熟悉的漁民生活，他在這篇小說中告訴了我們許多捕魚的新知識，他寫了老人獨駕小舟駛出遠洋經過三天三夜捕捉一條大魚的奇蹟。但這並不是他的閉門造車，空中樓閣，他的確體驗了漁人生活的眞實，寫出了海洋風光的美妙，最重要的是寫出了一個人生的極大的善，那就是老人的堅毅沉着的奮鬪精神。這說明了『人爲保持自己的尊嚴，勇敢地和年齡，和自然界的敵對勢力，獨力奮鬪到底。』

二、平凡

人心雖喜歡新奇，大多數人的生活卻是平凡的，換句話說，平凡的生活實在是最正常的生活。而文藝是社會的鏡子，文藝的可貴在反映社會生活。所以有眼光的作家，反而拋卻新奇不寫，專寫社會上的平凡人物的平凡生活，像莫泊桑的「她的一生」，便是一個好例。

寫平凡人物的平凡生活的困難在於寫得等於一杯白開水，淡而無味，結果往往寫出的只是平凡作家的平凡作品。不平凡的作家才能在平凡的人物的平凡生活中觀察出新奇的地方來，體認出新奇的意義來，所謂能「見人之所常見，而道人之所不能道」。福祿拜爾要莫泊桑從十二個平凡的車夫寫出十二個不同的人物來，更從十二個不同的車夫中提煉出一個車夫的典型來。莫泊桑經過這樣的訓練，經過這樣的不斷學習，才卓然成爲寫實主義的偉大作家。

不要輕視寫身邊瑣事寫平凡人物的作品，歸有光最成功的作品「項脊軒志」所寫不過是些平凡人物的身邊瑣事，沈三白的「閨房記樂」也是如此。

不要輕易寫身邊瑣事，寫平凡人物，因爲如果你是一位平凡的作家，沒有歸有光沈三白那樣的感情滲透，沒有莫泊桑那樣的深刻觀察，不斷訓練，你絕對要失敗的。

三、西洋文學與中國作家

近來文藝界有人主張多讀西洋名著，模仿西洋作品。有人提出反對，以爲不可刻意模仿，要能吸收他人之長，以完成自己的風格。我覺得兩種意見都對。無庸諱言的，我國現代的新文學，是受到西洋文學極大的影響而產生而長成的。最初，當然免不掉模仿的階段，但以後必須創造自己的風格，發揮自己的個性，才能出人頭地。一個作家的作品如此，一個國家的文學也是如此。袁子才說：『不學古人，法無一可；竟似古人，何處着我？』學我國古代作家如此，學西洋作家也是如此。

日本人善於模仿，而且往往是刻意模仿，但不能獨立創造。所以日本維新迄今，還不能產生轟動國際的偉大作品，也沒有可以雄視世界的大文豪。印度憑其有悠長的獨特文化，所以一經配合上西洋文學的新形式，便有泰戈爾的風靡世界，奈都夫人的蜚聲國際。我國林語堂懂得此中三味，所以他的「京華煙雲」，也能博得崇高的國際地位。我們的作家，不可學得有點像西洋作家，便沾沾自喜，應力爭上游，創造自己獨立的風格，更應該表現我們中國的國情，表現我們中國文化的特有精神，來爭取世界文壇的一席地。

我們要吸收西洋文學，獵取它的精華，但不可做西洋文學的影子。要得魚忘筌，不可刻舟求劍。貌似西洋文學的作品，西洋不會欣賞的。現在西洋人很想讀我們中國現代作家的作品，但我們拿不出令人首肯的作品，寥寥幾部應時的報告文學，是不能滿足西方讀者的。這是我們今日中國文壇的悲哀，這是今日我國文壇許多作家沒有深切注意到這點的緣故。只要提醒了這點，大家努力以赴，不久的將來，是可以補救這缺憾的。

四、戰鬥文藝

文藝最能感染人，而且在不知不覺中改變了讀者們的思想和行爲，所以文藝最富於宣傳的力量。思想的體系要哲學家來建立；問題的討論，要理論家來思考。但哲學的文字，理論的文章，往往不能爲一般民衆所理解和歡迎；就是接受了你的哲學，讚同了你的理論，在實際的行動上，也往往發生矛盾的現象。就是說，這種思想和理論，只是口頭禪，和實際的行動是脫節的，甚至背道而馳的。因爲空洞的思想是虛浮而不切實的，必須有感情的滲透才深切顯明，有生活的實踐才牢固凝定。文藝是通過了生活的描寫來感染人們的情感培養人們的思想的。它能補理論的不足，達成理論所不能完成的任務。所以要理論與文藝有適當的配合，才能發揮教育與宣傳的最大功能。

因此在政治上思想上發生理論鬪爭的時候，也隨之有文藝政策的配合。共匪用種種方法緊握住這文藝的武器，以爲政治的工具，曾收到了一時的效驗。但對於文藝管制的太嚴厲，要求太苛刻，甚至把文藝就當做政治論文一樣來製作，結果阻塞了文藝的生機，扼殺了文藝的生命，所產生的作品，只是政治論文的替身，無復文藝特具的感染力，不復是文藝。結果也就喪失了文藝的効力。

所以自由中國文藝的相當的放任政策是對的。文藝應該有寫作的自由，不能有硬性的規定。可是人是有惰性的，有許多讀者，就只要看看消閒性的刋物便滿足了。有許多作家就只要寫寫愛情至上的小說便止步了。甚至出版商的唯利是圖，弄得黃色刋物，泛濫市上，淹沒了戰時的空氣，冲淡了克難的精神。於是文藝界人士，在消極方面，要有文藝清潔運動的發起；積極方面，要有戰鬪文藝的提倡。

戰鬪文藝是怎樣的文藝呢？廣義地說，凡是有助於反共抗俄的文藝，都是戰鬪文藝。描寫前線將士及匪區游擊隊地下工作人員等英勇戰鬪的作品，固然是戰鬪文藝，暴露匪幫暴政以及一切絕滅人性的措施的作品也是戰鬪文藝。描寫自由中國進步建設的作品既是戰鬪文藝，發揚民族意識，發揮人類德性的作品也是戰鬥文藝。積極方面，表現克難奮鬥精神有向上性的作品是戰鬥文藝；消極方面，斥責荒淫揭示病癥的也是戰鬥文藝。狹義地說，要描寫與共匪戰鬥的才算是戰鬥文藝。我們需要廣義的戰鬥文藝，而在前線不斷與匪作戰，全體積極準備反攻大陸的今日，狹義的戰鬥文藝，更須鼓勵寫作。

鼓勵寫作的方法，可以設立獎金，贈予優秀作品的作者及出版其作品。而基本的辦法是一面資送青年作家到前線去生活去寫實，一面培養軍官和士兵的文藝閱讀和寫作能力。前者是給與有寫作能力的以實際生活實際題材，後者是把有實際生活實際題材的人士培植出寫作能力來。空喊是無用的，急切是不能收宏效的，只有這樣切實做去，持之以恆，方克有成。

而我們從事於廣義的戰鬥文藝的提倡也是不可忽略不可鬆懈的。

五、農工作家

要表現自由中國的進步建設，在軍隊中要有軍人作家，在工業界要有工場作家，在鄉村中要有農村作家，才容易有深刻親切的表現。現在由於軍中文藝的提倡，已產生了好幾位軍人作家。描寫戰鬥的、描寫軍隊生活的作品也已有相當成績。但是描寫工業建設描寫農村建設的作品還是很貧乏。這方面的作家，也有待於文藝界的提拔。像目下有些刊物上連篇累牘的充滿了愛情小說，沒有切實注意留出篇幅來鼓勵這方面的作品，也只是惰性的現象。

今天最難培植的是農村作家。軍隊中和工業界的份子，很多是從大陸來的，所以還容易培植寫作軍隊生活和工業建設的作品的作家。農村中很少外省籍的人口，外省籍的農民，尤其絕對稀少，所以農村作家，須從本省籍的人民中下工夫培植出來。

現在自由中國文壇上活躍的本省籍作家寥寥無幾，其中像女作家林海音還是從大陸上來的。但是光復來八年的政治薰陶，八年的國語教育，已經到可以培植本省籍作家的時候了。希望我們自由中國的文藝界，大家留意提拔軍人作家，工場作家，農村作家，尤其留意本省籍作家的培植，以期有大批農村作家的產生。

六、創作、理論和翻譯

我一向主張辦一個文藝刋物，第一要注意的是刋登優秀的創作，提拔新進作家；第二是文藝理論的研討，作品作家的評介，和國內外文壇的報導；第三是世界名著的翻譯。這三種文學在一個刋物上所占篇幅的比例，應該是第一種創作占十分之五，第二種理論占十分之二，第三種翻譯也占十分之二，留下十分之一作爲三種文字伸縮的餘地及刋登雜文。現在市上流行的文藝刋物，有些全是蕪雜的創作，有些全是蕪雜的翻譯，從編排上講，都不是健全的刋物。

因爲一個國家文藝的盛衰，是以產生優秀的創作爲衡量的，所以辦一個文藝刋物要以刋登優秀作品爲其主要任務。但創作不能沒有理論來支持和指導，不能沒有世界名著以爲觀摩。創作是主體，所以分量要重。理論和翻譯所以扶助創作，所以分量不宜太多。三者缺一不可，但都要精選，不可濫，也不宜單調。至於報紙的副刊，似宜以短小精悍的雜文和雋永的小品爲主，又當別論。

（原載四十五年十二月二十六日中華副刊）

文學與德性的再認識

一

我國文學，向重德性的修養。詩歌的表現，要「樂而不淫」、「哀而不傷」、「怨而不怒」；以「溫柔敦厚」爲詩教。男女戀愛的作品，須得「風流蘊藉」，不可失之輕薄。就是寫一些幽默諷刺的遊戲文字，也得「謔而不虐」，保留忠厚的心地。至於文人無行，一位作家如品德敗壞，不齒於人，他的作品便也無人欣賞。

唐朝大文學家韓愈提倡古文，重視作品中所表達的思想，提出「文以載道」的口號。但是他的論文，理論並不十分精闢。用純文學的眼光來評價，他作品中「祭十二郎文」「自詠」等詩文，能從至情的流露中表現出他完美的德性，實在是頂好的傑作。

我們知道思想是理智的產品，必須透過情感的培植，成爲支配生活的觀念，才能有具體行動的表現，否則思想不能生根，言行不能一致，這思想還是空的。思想的花朵，必須經過生活的實踐，培養成個人的品德，社會的習尙，才算結出了成熟的果實。所以在文學中德性的表現，歷來被我國所重視。可以用德性來評定文章的價値，也可從文章來判斷作者德性的修養，而有「文如其人」之語的流傳。在西洋，同樣也有「作品卽人」之說。

大概野蠻時代的人，感情恣肆，不知節制，正像一匹不羈的野馬，一任放縱，易生禍端，社會秩序，常在紊亂之中。文明社會的人便有德性的修養，一舉一動，不憑感情的烈馬衝動，不讓私慾的莠草滋長，隨時注意七情之發，和而中節，因而個人有優美的品德，社會有良好的秩序。這種德性的修養，在文學中可以觀察出來。換言之，文學的創作，在某種意義上說，也就是德性修養的表現。所以孔子說：『詩三百，一言以蔽之，曰思無邪。』在這過程中，文學作品也就盡了「文以載道」的功能了。

二

可是若干口是心非言行不符的假道學者，沒有眞實的德性修養，在他們的筆下，沒有眞情的流露，往往只有虛僞的矯飾，毫無親切之感和動人之處。還有其他種種的原因，可使一時作品，失去了文學的活力，呈現着死氣沉沉的現象。而近百年來中國社會爲適應國際的情勢，不斷地在變遷，在求進步。於是中國文學，也急劇地有了新的改革，呈現着一番新的活潑氣象。但是舊的道德打倒了，新的道德還沒有建設起來。這時國際的局勢也正在動蕩不安中，極權主義乘機抬頭，氣燄日漸高張；第三國際赤化世界的陰謀，更到處伸展他的魔掌。他乘隙而入，配合着他軍事政治的陰謀，首先覇佔了中國文壇，用煽惑性的文字，散佈着赤色的毒菌。終於中國文學中無復個人德性修養的表現，而代之以匪黨的嚴酷的紀律。

極權主義抹殺了個人的存在，抹殺了人性，人這東西只成爲極權主義者的工具而才有價值。中國歷史上曾清楚地記載下匈奴單于冒頓的興起。冒頓爲要建立他個人的權力，無視人類應該遵守的德性，而陰謀弑父自立。他先訓練他手下的士卒抹殺人性，他下令他的部屬，他的箭簇射向那裏，每個人得跟着他一致行動。他先射他自己的坐騎，他的部下有不射的便都被殺掉。他再射他自己的愛妾，他的部下有不射的又被殺掉。這樣，他的部下，已經沒有了人的理智和感情，所剩只有絕對的盲從。於是他的箭簇射向他自己的父親而攫得匈奴的最高統治權，從此爲所欲爲，南下侵略中國，一時強大無敵。

爲了保守軍事的機密，士兵服從長官，不使知道軍事行動的目的是可以的，爲達成個人陰謀或某種慾望而抹殺人性，只教人盲從是絕對行不通的。因爲這種辦法是等於盲人騎瞎馬，非掉下深淵不可。所以匈奴固不能專恃此而長期強盛，希特勒也暴興而慘敗。共產主義的極權政治是不會久長的。這只是人類失卻德性修養時慘遭的一次浩刼而已。我們只有重整我國固有道德的園地，來培植自由民主的新精神，才有早挽狂瀾的希望。

三

德性修養的重提，不只是我們文學上的課題，這是整個中國文化的課題，而且也是今日世界文化的一個重要課題。世界道德重整運動的興起，就是一個明顯的事實。至少，我們今日須將誠實、純潔、公正、愛人這些德性發揮在我們自由中國的文學作品中。這裏，我可引用錢賓四先生的話說：『惟此乃廣大心靈之所同喻而共悅，亦廣大德性之同趣而共安。』我們自由中國的多數作家，早已在有意或無意地如此做了，今天，我不過是特別提出，要大家有一個淸楚的再認識，積極地，寫有德性的文章，我們得再在作品中放射出人類德性修養的光芒來，消除那鐵幕的黑暗！

（原載文藝創作五十五期四十四年十一月一日出版）

文學與德性修養問題

林海音女士，終於結集了她六年間文集「冬青樹」。她的作品，有着濃厚的人情味，而又幽默風趣，深刻動人。這本「冬青樹」的即將風行一時，自在意料之中。我開卷讀到她丈夫夏承楹先生的序文，我覺得他的話，正說在我心裏，引起我再要說幾句「德性修養」的話。

文藝界的發起文藝清潔運動，給戰鬥文藝做了一次清道的工作。但我總覺得掃除赤、黃、黑三害只是打破障礙的工作，要建設起完美而有力的戰鬥文藝來，還得從德性這方面積極地下一番基本的工夫，然後可收反共抗俄心理作戰的宏效。世界道德重整會的來臺訪問，格外使我堅定這信心。同時默察文藝界的趨勢，也的確在向這方面走，無意中有德性派的形成；而無形中也有反德性者的活躍流行。德性派的作品，已充實了戰鬥文藝的內容；而同情乖張性格人物的作品的流行，其毒害青年，也不下於黃色文藝。有識之士，早已洞鑒，知道必須予以糾正。趙友培先生就曾在他「思想戰鬥與文藝戰鬥」一文中說：

『近年來有一種相當流行的作品，已在青年心中生出顯著的壞影響，那是三色以外的一色。那種作品中，常有這麼一個美麗、倔強、聰明、驕傲、與衆不同的女主角，以孤僻的性格，畸形的身世，演出變態的心理，和反常的愛情。她自以爲是現實的叛徒；而實際恰是現實的俘虜：她在物慾中流連享受，她在放縱裏吐露厭倦，她徬徨在凄迷的夜霧中，她跌倒在灰色的悲哀裏，因爲她失去生命的熱望，失去生活的信念，失去奮鬪的意志，失去崇高的理想。這一類型人物，充滿了病態的思想和病態的情感，本是時代應該淘汰的渣滓，卻成爲一般的讀者喜愛的對象。這是反戰鬪文藝的一股暗流，也是有識之士難以釋然於懷的隱憂，我誠懇希望寫這類作品的作家，能夠移生花之筆，不再寫足以腐蝕戰鬪精神的作品，而改寫足以旺盛戰鬪精神的作品！』（見文壇社出版「戰鬪文藝與自由文藝」書中）

自從我在「文藝創作」五十五期發表了「文學與德性的再認識」，提出了文學與德性修養的問題，拋磚引玉，引起文藝界前輩蘇雪林女士正式豎起了提倡文藝工作者注重德性修養的大纛來，同時發表了兩篇理論文章，促起大家對這問題作一次「再認識」的探討。那兩篇是：「文藝創作」五十七期的「談文藝功用與其對國民品性的影響」和「暢流」十二卷十期的「文藝與道德簡論」。響應這問題的討論的，還有師大教授趙雅博先生「文學與道德」等文。在蘇雪林女士的文章裏，也指出了文藝界少數作家病態文藝的流毒，呼籲文藝界加以反省。

她說：『現在作家所創人物在極端自私自利之下更加以傲慢驕橫，縱情任性的惡德。自從小家庭制度實行以後，兒童受父母無限度的溺愛，個個成了小王子、小公主。文藝作品再把這類驕傲任性的典型，灌輸到他們心靈之中，則品性的惡化將更不堪設想。文章寫得愈工，傳播愈廣，則毒素入人心也更普遍。我們雖努力提倡樂觀進取的精神，鼓吹克己犧牲的美德，而容許這類病態文藝的流行，想取得預期的效果，實等於緣木求魚，也等於欲南其轅而北其轍。我想這是教育上值得注意的事件，也是文藝界應該反省的問題。』

現在又讀到夏承楹先生「多青樹序」，也與蘇女士抱同樣主張。他說：『集中文字都是鼓舞成家立業之言，尚無超出常情的主張。雖是世俗而平凡，但卻不致爲害世道人心。斯邁爾斯曾說，世上不知有多少人的思想行動，隱隱受讀物的控制。良好的作品能增進人類的純潔心志與精神健康。反之，有些作者以架空虛構的故事吸引讀者的好奇心，他們描述男女私情，經常以苟合始，以殺戮終，不知不覺使人將種種不道德的思想植諸腦中，實爲有百害而無一利。他又引述路克巴爾評司各德的小說，是「三十年來最有益於人類的出版物，能使讀者吸收高尙純潔的思想，鼓舞強旺活潑的精神，增長仁慈博愛的感情。」和曼基斯達評狄更司的作品，「裏面沒有一章一字一句，含有不潔的意味，它使人明瞭忠義的可貴，勤勉的可尊，又不時灌注宗敎的同情，使人擴充其愛心。……他的感化力量，已使無數的人造就了高尙純潔的生涯，我們全英國的人都應該向他致敬感謝。」』

『我人雖不能媲美司、狄二氏，但是也不願利用印刷術的光榮的發明，來傳佈無益於讀者的文字。』

夏先生夫婦寫文章的態度正代表大多數今日自由中國文藝工作者的態度，但像斯邁爾斯所說「以苟合始，以殺戮終」傳佈不道德思想的那種作品，在我們的文壇上也不乏其例，我們不要爲滿足讀者的好奇與刺激而貽害青年，我們不要只顧自己作品的暢銷而沾汚自己，我們該反省一下了！今日僅只太保式的學生之多，情殺案燬容案的層出不窮，已不容我們忽視了！

(原載四十五年一月十七日中央副刊)

陶淵明詩中的酒與菊花

淵明愛菊，人人皆知，但淵明服食菊花，卻沒有聽人說過。我細玩陶詩，覺得他採了菊花，非但欣賞牠的傲霜之姿，而且將花瓣放在酒裡一起吃下去了。他爲什麼要把菊花瓣吃下去呢？因爲在古時，菊花是一種藥物，江南一帶原來盛行服食菊花的。荊楚記云：『菊花水，飲之能瘳疾延年』。屈原離騷云：『朝飲木蘭之墜露兮，夕餐秋菊之落英』。楚國人服食菊花的風俗，由來已久。現在流行的菊花茶，大約就是荊楚記上的所謂菊花水了。

不過陶淵明服食菊花，換了個花樣。他是喜歡飲酒的，便把菊花瓣放在酒中一起飲下。所以他的飲酒詩之七云：『裛露掇其英，汎此忘憂物』。英是花瓣，忘憂物是酒。一杯在手，中有幾片金色的菊花瓣浮泛在琥珀色的酒波上，多麼富有詩情畫意的鏡頭啊！

九日閒居序云：『秋菊盈園，而持醪靡由，空服其華。』註釋家謂「服，佩也。」不知此詩中有句云：「酒能祛百慮，菊解制頹齡，」正是荊楚記「瘳疾延年」之意。在這首詩裏，他採了菊花是服食的，並非佩帶的啊！當時淵明家貧，重陽節無酒可與菊花同飲，所以只得「空服其華」，光是服食菊花了。

因爲留意陶淵明與菊花和酒的關係，我又發見歷來替陶淵明作年譜的人，定他的飲酒詩二十首爲同一年中的作品，都欠仔細。這二十首詩，應該是兩年的作品。

飲酒詩二十首，爲陶詩中最有名的傑作。淵明年譜，有吳仁傑、王質、丁晏三舊譜，梁啓超、傅東華兩新譜。或定其爲淵明四十歲之作，或考其爲五十三歲之作。我讀這二十首，疑其非同一年之作，而爲二年絡續寫成。我們知道，淵明詩每年所寫甚少。我們看他這二十首的序文云：『余閑居寡歡，兼比夜已長，偶有名酒，無夕不飲。顧影獨盡，忽焉復醉；旣醉之後輒題數句自娛，紙墨遂多。』則好像是同一年秋冬絡續寫出。可是二十首中有秋菊，有春蘭，故知其自秋迄翌年春方寫足二十首哩！

第五首「採菊東籬下」，第七首「秋菊有佳色」，是秋季的詩。第八首「凝霜殄異類，卓然見高枝」，第十六首「披褐守長夜，晨鷄不肯鳴」，是冬季的詩；第十七首「幽蘭生前庭，含薰待清風，清風脫然至，見別蕭艾中」，則是翌年春天的詩了。依此，可推算出他在第一年寫了十六首，計秋天寫七首，冬天寫九首。到第二年又寫了四首，才成飲酒詩二十首之數。若依傅譜，飲酒詩作於義熙十三年（公元四一七年）陶令五十三歲時，那末這年僅作十六首，最後的四首，應該是五十四歲（四一八年）時所寫的了。

（四十二年三月香港中國學生周報）

屈原的神話

一、小引

答應了乘如法師給慈航雜誌第十二期撰稿，因牙疾復發，未克交卷，失信於人，殊爲歉疚。現在慈航第十三期又來限期催稿。我的牙齒經過診治，目前已不成問題。當時照愛克司光，醫生說要拔牙七顆。另換醫生磋商結果，五顆可以暫時不管，重要的兩顆，則開刀將齒根骨上的濃包刮淨，而將已破爛的半截鋸去，接上假牙。這樣假牙牢固地接合在留下的齒根上，其性能和色澤，等於自己的眞牙。不，比自己的眞牙更美觀而耐用，也沒有一般活動假牙每天裝卸的麻煩和牙面露金絲的缺點。可是問題又發生在原來預備給慈航寫的材料，當時未及整理筆錄下來，事隔三月，印象已模糊，非得重新摸索十來個黃昏不可。而我現在正與內子普賢合撰附有作品欣賞的中國文學史，一時放不下手。上星期剛寫完楚辭時代，腦中留下屈原在作品中自製的神話以及他生前與死後的神話傳說，印象都很深，手頭也恰好有些書可供查考，化上一兩個有空閒的黃昏，就可寫成一稿，在限期內付郵。因此臨時改寫此題，寄慈航補白。

二、屈原在作品中自製的神話

屈原是中國詩人中唯一的神話製造者，在他的代表作離騷中，自述他乘龍跨鳳，帶領着日、月、風、雷諸神上天下地的遨遊，彷彿但丁的神曲。這一大段上天下地的自述，也是離騷中最精采的部分。述其大意如下：

屈原既遭讒於外，失寵於國，回到家裡，不料又給姊姊責罵，不見諒於內。內外夾攻，使無容身之地。於是他在極端苦痛中，靈魂出竅，南渡沅湘，到九疑山去跪在帝舜的面前禱告，哭訴他的滿腔悲怨。自言生平思義服善，忠貞不渝，雖遭剁成肉醬的醢刑也絕不後悔。哭訴以後，吐出心頭的鬱結，恢復了自信。自信已得中正之道，上與天通，無所阻隔。就憑一股中正之氣，可以去遨遊於神靈的世界。於是他乘龍跨鳳，朝發蒼梧，傍晚就到了架空園——縣圃。他便吩咐駕龍車的日神羲和按節徐步，小心前進，上下求索，去叩見天帝。一路上他飲馬咸池，攬轡扶桑。略事逍遙後，便敎月神望舒前導，風伯飛廉後隨，帶領着飄風雲霓諸靈，日夜奔馳，終於到達了天門。但當他去叩閽時，卻遭到了司閽的白眼。想不到天上也和人間一樣的混濁。於是無可奈何，他改變方向，去尋求美女的垂青。他濟白水，登閬風，因不見神女，不禁反顧流涕。此後他找到了洛神宓妃，有娀的佚女，有虞的二姚，遣媒求合，都遭讒受騙而落空。閨中的美人既渺不可即，無可奈何，他便向靈氛和巫咸處占卜，求問吉凶。他們都勸他離開故鄉，遠遊他邦，必有所得。於是他重振精神，準備了瓊枝玉屑的乾糧，駕起龍車，再上征程。經歷了崑崙、天津、西極、流沙、赤水等遙遠的地方。雖道路艱險，他仍吩咐衆從車抄近路走，而自己繞不周山左轉，於西海相會。可是當他正在雲旗飄飄，心神高馳，載歌載舞的當兒，卻驟然間又看到了下界的故鄉，僕夫悲歎，馬不肯行，無法前進，依舊使他墮入苦痛的深淵。

屈原這一大段爲宣洩苦痛而寫的神話，着實寫得曲折離奇，也充分表達了他熱愛祖國的一片赤忱。五年前在馬尼拉時普賢曾試譯過其中四章，現在我們已把離騷全文九十四章，節縮成五十五章，加以譯註，即將發表。這裡先將普賢舊譯四章的原稿附錄於此，以見一斑：

原句	今譯
飲余馬於咸池兮，	讓我的馬兒去飲水於浴日的咸池喲，
總余轡乎扶桑。	把我的馬繮繫上那扶桑的樹枝。
折若木以拂日兮，	折取若木做棍棒來撥弄太陽喲，
聊逍遙以相羊。	我且暫時逍遙而徜徉。
前望舒使先驅兮，	前頭是月神望舒做嚮導喲，

後飛廉使奔屬。　　後面是風伯飛廉做跟班。
鸞皇爲余先戒兮，　　鸞鳳雙雙飛翔做我開路的儀仗喲，
雷師告余以未具。　　雷公卻說「且慢！且慢！」還要等他打扮。

吾會鳳鳥飛騰兮，　　我吩咐鳳凰展翅飛騰喲，
繼之以日夜。　　日以繼夜地趕奔旅程。
飄風屯其相離兮，　　旋風聚攏又散開喲，
帥雲霓而來御。　　率領着雲呀霓呀來相迎。

紛總總其離合兮，　　成羣結隊的神靈乍離又乍合喲，
斑陸離其上下。　　上上下下地穿梭。
吾令帝閽開關兮，　　我要天帝的司閽開啓天門喲，
倚閶闔而望予。　　他只斜靠天門獃瞪着我。

三、屈原生前的神話

屈原生前神話，有墮淚化生玉米的傳說見江陵志。唐人沈亞之屈原外傳，記其事曰：

屈原瘦細美髯，豐神朗秀，長九尺，好奇服，冠切雲之冠，性潔，一日三濯纓。事懷、襄間，蒙讒負譏，遂放而耕，吟離騷，倚耒號泣於天。時楚大荒，原墮淚處獨產白米如玉，江陵志有玉米田，卽其地也。

這是說屈原的報國愛民的赤忱，感動了天，因此他向天號泣時所墮淚珠，會化生玉米以濟荒年。

四、屈原死後的神話

屈原死後的神話傳說甚多，我所知者有四則，那是：

(一) 屈原顯靈

沈亞之屈原外傳記其事曰：

晉咸安中，有吳人顏珏者，泊汨羅。夜深月明，聞有人行吟曰：「曾不知夏之爲直兮，孰兩東門之可蕪？」珏異之，前曰：「汝三閭大夫耶？」忽不見其所之。

(二) 粽子的故事

粽子的故事出於續齊諧記，其文曰：

屈原五日投汨羅，楚人此日以竹筒貯米投水祭之。漢建武中，區曲白日見人，自稱三閭大夫，謂曰：「聞君當見祭，可以楝葉塞筒上，以綵絲纏之，二物蛟龍所憚也。」今人作粽，並戴楝葉五色絲，皆汨羅遺俗。

沈氏屈原外傳亦記其事，區曲作區回，其文曰：

原死日（楚人）必以筒貯米投水祭之。至漢建武中，長沙區回白日忽見一人，自稱三閭大夫，謂曰：「聞君嘗見祭，甚善。但所遺並蛟龍所竊。今有惠，可以楝葉塞上，以五色絲轉縛之。此物蛟龍所憚。」回依其言。世俗作糉，並帶絲葉皆其遺風。

又，憶曾閱及另一記載，謂屈大夫顯靈，指點區回，祭品筒米可改爲包穀。區回不明包穀爲何物，屈靈遂加以描摹說：「米色如玉，其外以蘆葉層層包裹，並有紅絲繫垂。」區回卽遵囑，改用蘆葉紅絲裹粽爲祭品。不知屈靈所云，卽其生前淚珠所化生之玉米，故雖爲賤物，而蛟龍憚之。或謂當時區回雖遵囑以包穀代筒米，惟後世總以玉米賤物，不足以示敬，故以蘆葉綵絲作粽，象包穀之形以爲祭品。包穀卽玉蜀黍，嗣後粽變玉蜀黍之紡錘形爲角形，故名角黍。

（三）屈原爲水仙

屈原死後爲水仙的神話出於拾遺記，其文曰：「屈原隱於沅湘被逐，乃赴清冷之水。楚人思慕，謂之水仙。」沈氏外傳所記，略有增益，其文曰：「原於五月五日遂赴清冷之水，其神遊於天河，精靈時降湘浦。楚人思慕，謂爲水仙。」

（四）水仙花的故事

世傳古姚氏有好女，住長離橋，以詩文名，因其母寒夜夢女史星墜地，化爲水仙花，香美非凡，摘而食之，覺而生女，故水仙花又稱女史花。（內觀日疏）或曰：水仙花卽水蘭，屈子愛蘭，楚人既以屈原爲水仙，因指澤畔似蘭之花，乃天帝自山谷移植水濱以慰屈子者，故名之曰水仙花。而水仙花所生之姚女，名令淑，卽離騷中屈子所夢寐追求的「有虞之二姚」的小姚。虞思的女兒大姚小姚嫁少康，小姚受制於其姊大姚，常中心悒鬱，以吟咏自遣，遂爲女史星。及聞屈子對伊之慕戀，感而下凡，投生湘江姚家。花晨月夕，卽步出長離橋，在澤畔吟詩，以慰屈子之魂。屈子死而爲水仙，得償所願，有香草美人相伴，可以無恨矣。

文開按：水仙有多種，一種是服食修道而成之仙，例如晉之郭璞。神仙傳：「璞得兵解之道，今爲水仙伯。」一種是因平日生涯有似水上仙人而得之雅號，亦猶李白好飲，自稱酒仙。例如唐之陶峴，甘澤謠曰：「陶峴自製三舟，遇興則窮其山水景物，吳越之士，號曰水仙。」一種是「生而爲英，死而爲靈」，其靈在水，故曰水仙。例如春秋時伍子胥直諫而死，遂爲錢塘潮神，亦稱水仙。屈原之成水仙，與子胥爲同類，而水仙花的確是屈子高潔的表徵。本草載水仙金盞銀臺，花之狀也。金盞猶覺其俗，一種千葉者，花皺下輕黃而上淡白，不作盃狀，人重之，指爲眞水仙。水仙不僅具有蘭花清高脫俗的風韻，亦且兼有梅花冰肌玉骨的氣質。幾根白莖青葉，挺立清水之中。幾朶淡淡的星狀黃花，玲瓏剔透，微微的清香，沁人心脾，高雅無比。李時珍曰：「其花瑩韻，其香清幽」，尚不足以傳其神。案頭供養此花，可以彷彿體會到屈魂的修潔。水仙花，名符其實的水仙花！至於姚女神話的產生，或由於水仙花形似星之故，本與屈子無關，竟以屈子爲水仙，與離騷有「留有虞之二姚」句的兩重巧合，而歸附於這位大詩人，更是奇絕！奇絕！頰上三毛，龍睛一點，實獲我心！

五、結語

以上拉雜寫出，均屬與屈原有直接關係之神話。女嬃廟擣衣石等傳說與屈原無直接關係者，則不錄。聞元曲「楚大夫屈原投江」中亦有神話資料，已不及搜羅。而上述故事中，或一時未能考得其出處，僅憑記錄，亦不無遺憾。

至於這許多神話傳說產生的原因和意義，可引沈亞之屈原外傳的結語來作答，並卽作爲本文的結語。沈氏曰：「嘻！異哉！原以忠死，直古龍（逄）比（干）者流。何以沒後多不經事？特千古騷魂鬱而未散，故鬻熊（楚祖）雖久不祀，三閭之跡，猶時彷彿占斷於江潭澤畔蒹葭白露中耳！」

（民國五十五年二月十四日草於臺北）

波斯的李白——莪默

十一世紀波斯詩人莪默所作小詩，清新俊逸，頗得歐西人士之推崇。或云：這種小詩，脫胎於我國絕詩，而莪默詩，尤受唐詩影響爲多。閒嘗讀其詩，頗感此論之不誣。而莪默詩中李太白的影子，竟呼之欲出。玆試譯數首，以見一斑。

睡夢中「黎明」舉起他的左手在天空，
我聽見呼喚的聲音在這逆旅中，
『醒來，小東西，快注成你的滿杯，
趁生命的液汁尙未乾。」

——魯拜集第二首

於是當公鷄一啼，那些佇立在旅店前的人們

高叫着：『開門，快開門！
要知道我們的寄寓是多們短暫，
而且一經離開，也許永不再回。』

——魯拜集第三首

伊冷姆的繁華去也，隨同牠所有的玫瑰，
也無人知道，佳木顯王的七節之杯何在？
但紅寶石依然在藤梢懸掛，
水邊的園林依然按時開花。

——魯拜集第五首

於是大衞的雙唇雖已閉口，
但聽那超越的高調：『美酒、美酒，紅色的美酒！』
——夜鶯對玫瑰在呼喊，
喊得她柳黃的面頰泛成朱顏。

——魯拜集第六首

牧羊的綠洲跟隨着我舖伸，
這草地把沙漠劃分，

那些奴隸和蘇丹的名字幾曾有人清楚？
讓摩牟特去坐他的黃金寶座。

——魯拜集第十首

一卷詩詞，在樹蔭裏，
一壺酒，一塊麵包——還有妳
陪伴着我歌唱在洪荒——
於是，洪荒便是眼前的天堂。

——魯拜集第十一首

想，在這叩門求宿的旅舍，
它的入口交替着日與夜，
怎樣一位一位的蘇丹和他的豪華，
寄寓了他一二個鐘點，又各自奔向別的世界。

——魯拜集第十六首

且口啣這瓦杯，
學習那生命的秘密之教誨：
這是喃喃的低語——『生時當盡醉！

一經死亡，你將永不再回。』

——魯拜集第卅四首

好了，我就譯出這魯拜集前面的這八首已夠了。第一，這裏所引第五首第十首等懷古詩的情調，絕似李白的七絕「蘇臺覽古」「越中覽古」等詩，李白「蘇臺覽古」云：「舊苑荒臺楊柳新，菱歌清唱不勝春。只今唯有西江月，曾照吳王宮裏人。」魯拜集的第五首，便是同樣的情調。雖則「伊冷的繁華去也，隨同牠所有的玫瑰」之句，其筆法與晚唐杜牧的七絕「繁華事散逐香塵」之句更相似。但莪默的懷古詩還沒有發展得像杜牧「金谷園」那麼細緻深刻，仍只是李白型的純樸小詩。

第二、李白有超塵出世之想，但他又離不了醇酒美人，又是詩酒風流。綜合這些特點，莪默寫了他最有名的魯拜集第十一首的代表作。其他第六首，第三十四首等均是酒的讚美詩。魯拜集中美酒詩的充斥，眞可與李作相伯仲。

第三、李白「春夜宴桃李園序」開頭那幾句：『夫天地者，萬物之逆旅；光陰者，百代之過客。而浮生若夢，爲歡幾何？……』眞是精警之至！可說是空前的妙筆！但我國後代文人，以天地爲逆旅之句，很少引用。想不到流傳到萬里之外的波斯去，卻給莪默大大地引用起來了。上舉魯拜集第二首、第三首，把這個李白思想，整個地引用了。而以後第十六首等又一再把這「天地逆旅」人生短促的感觸儘量發揮，這眞是世界文學史上的奇蹟！

李白生當我國唐代的盛世，他的生卒年月是公元七〇一年至七六二年。莪默的生平不可考，他逝世的年代是公元一一二三年。白居易的詩在當時傳誦於雞林國，固然見得唐詩的偉大；李白詩更遠播波斯，三百年後在彼邦發生了極大的影響，竟產生了波斯的李白如莪默者，尤其是我國文學史上無上的光榮。莪默的小詩雖流傳有五百首，可是僅就我引證的幾首所指出以上三點，以及他小詩的風格富於神韻來說，他已確乎可稱爲波斯的李白了。

四十四年二月於臺北

南儀漢的新魯拜集

十一世紀波斯詩人莪默的魯拜集百餘首，世界傳誦，既爲歐美人士所讚美，尤令我國讀者醉心，爭相迻譯。當代波斯詩人兼外交家南漢儀氏（H' Ghods Nakhai），詩酒風流，頗似莪默。現任伊朗駐華大使，方於今秋到任。其所著波斯文新魯拜集百零四首，已有英譯。玆選譯五首，以供一臠之嚐。

④

玫瑰花園是人間的天堂，
我與你舉杯互祝健康！
不是那藥品，不是那大夫，
療苦解憂啊，只有那杯中之物！

⑥

通達來世的門戶永不露呈；
而一經瞑目，不復再生。
可惜啊！那來世只爲死亡開放，
我們活人不被許可前去探望。

⑦

逝去的時日永不再回，
啊，心花未開已成灰！
願撕下一頁頁命運隨風飄散，
人生所有：
冷淚——浩歎！

⑩

新月出現在晚空，
她笑說：你更老了，我雖返老還童。
多少假裝無知的人我見過，都像你——
趕快努力，黑夜一到，白晝便告終。

（四十六年十二月五日中央副刊）

李望如和他的小說紅蘿蔔

正如我十年前到馬尼拉後才獲識施穎洲、亞薇、許希哲等菲華作家，今年我也在來到曼谷後，才獲識泰華作家李望如。對我，在海外而能與華僑作家在一起，生活才覺得格外有意義。

李望如本名從心，望如是他的號，在抗戰前早已成名，在南京中國文藝社主辦由王平陵主編的文藝月刊，和上海現代書局發行，由施蟄存主編的現代月刊等刊物發表作品。抗戰時期的作品則刊載在重慶中國文藝作家協會的會刊抗戰文藝等刊物。他所寫的採茶女、白莎哀史、殘灰集、島上落霞、她的戀人等書，陸續出版。以文筆簡潔，風格樸素、描寫生動而著稱。但那時他用的是辛爾、列躬射等筆名。到戡亂時期，才用他的本名李從心撰寫鐵幕眞相的小說「還鄉記」（民國五十一年）。到五十五年寫匪情研究著作「北望神州」，五十七年寫「中國人民之路」，才改用望如之名出版。其中北望神州一書，曾獲僑聯文藝獎金。不過該書於曼谷印行，國內傳播不廣，所以知其人者仍不多。這次三十五萬字鉅著紅蘿蔔問世，始蜚聲臺灣。在曼谷初版五千册，不旋踵卽行售罄，現將改在臺北再版發行。我旣已熟知其人，細讀其書，穆社長中南兄來信囑我爲文壇撰文介紹，也就不辭譾陋，趕寫幾句以應命。

首先，我要指出的是：李望如先生是資格最老的反共作家之一，他抗戰前卽在南京文藝月刊發表反共作品；其次，我要指出的是：他站在作家兼匪情專家的基礎上來蒐集匪情，而以超然的態度來從事寫作，因此他的成績特別好，他的作品最爲成功，深受華僑歡迎。

他的十萬字小說還鄉記，是一部經十年鍛鍊而塑造出來，暴露鐵幕眞相的一件優美藝術品。王平陵先生在跋文中說：「作者純粹站在客觀的立場，用樸素簡潔的筆觸，揭開鐵幕內慘無人道的畫面，來拆穿『赤色天堂』的謊話，喚醒多數人的迷夢。」他的匪情研究著作北望神州，李健吾先生之序文中稱其：「確已盡其公正探討之能事，作客觀而有系統的全面檢討，對中共之主義、政策、措施、以及未來趨勢，莫不精闢扼述，發人深省。」

他北望神州的姊妹作「中國人民之路」，張岳軍先生稱其「陳論持平，洵能表達大多數同胞之意志，推論暴政必亡，尤具灼見。」

李望如先生鍛鍊又鍛鍊完成了上述三書，然後又一鼓作氣，寫出了他的鉅著小說「紅蘿蔔」，他的成功，不是偶然的。

「紅蘿蔔」以大陸當前混亂背景爲題材，借一對大學生複雜曲折的戀愛故事，貫串共產暴政各方面的典型罪惡，刻劃出人心的反共反毛，表現了毛政權日趨崩潰的整個情勢，寫得非常逼眞動人。

故事的梗概是：出身貧寒的僑生柳明，懷着滿腔的愛國熱誠回大陸升學，他忠心耿耿，渴望做到共產黨所說的：「做好黨的好兒子和毛××的好學生」，學成後留在大陸爲國家建設服務。但他親眼所見，親身經歷，卻和他所理想的完全相反。無論是在校內和同學和共幹相處，或是到農村接觸農民，到工廠接觸工人，都一概使他愈來愈失望。而無窮盡的鬪爭又使他窒息，迫使他感覺已陷於千百矛盾的精神地獄中。一面預感到自己極可能終將重拾自由，一面又不甘心於半途而廢離開「祖國」。一九六四年春天，正在這種陰影下困惑徬徨時，他去青島度假，遇見了一位聰明美麗的純潔女學生，也和他同樣表面是手不離毛語錄的毛澤東信徒，而暗中卻渴望自由的燕雲。兩人墮入情網，背着人戀愛起來，使他更陷於理智與情感的矛盾中。燕雲願意把整個的身心交給柳明，把希望寄托在柳明身上。但柳明知道他倆婚姻的前途險惡，一再克制住熱情，始終保留着燕雲的處女身。而因此讓燕雲更瞭解柳明人格的高超，意志的堅強，而更勇敢地深愛柳明。

可是這對理想的愛侶，終於被暴政拆散。柳明在離開青島回校後，受不了那不斷的鬪爭，不得不在愛情與自由兩者之中，選擇了自由，以僑生的便利，悄然逃離鐵幕，回到了南洋僑居地。但他雖慶幸自己重獲自由，同時也發現自己鑄成大錯，將無法彌補辜負燕雲的罪過，他的靈魂將永遠不安，而且失去燕雲，使他也失去了生機，變成枯木一株。一位童年時青梅竹馬的女友對他的熱烈追求，更使他感到萬分痛苦。

這時大陸迅速地起了紅衞兵的暴亂，一位剛從大陸逃到香港的同學林眞，轉來了燕雲的口信。她說：我不怪你不告而別，因爲我也嚮往自由，現在我已加入了紅衞兵的造反派，爲了打倒毛澤東而擁護毛澤東。你要問紅衞兵到底是什麼？我只能回答你：紅衞兵是紅蘿蔔！紅蘿蔔外紅內白，儘管表面是紅透了，裏面卻是純潔而雪白的。

「生命誠可貴，愛情價更高，若爲自由故，兩者皆可拋！」柳明爲重獲自由，凍結了他和燕雲的愛情，逃離匪區，這是柳明的出路。但大陸上的青年，有幾個有機會能逃出鐵幕？毛澤東要搞文化大革命來奪權，要搞紅衞兵來排除異己，外紅內白的紅衞兵，也就借此機會來散佈火種，來搞垮共匪的政權，這才是大陸青年人人可走的途徑！這是紅蘿蔔不同尋常的見解，也是所以成爲鉅著的最高價值所在。大約也就因此，嚴副總統對紅蘿蔔有「主題正確，不落一般窠臼」的讚詞，李望如不愧是有成就的匪情專家！更不愧是百鍊精鋼的老牌反共大作家！共匪術語的純熟運用，人物描寫的深刻細膩，故事發展的引人入勝，猶其餘事。

唐詩人劉禹錫未遊金陵，嘗以爲憾，而所作金陵五題，其友白樂天掉頭細吟，歎賞良久，曰：「吾知後之詩人，不復措詞矣。」此未得親歷其境，而所寫作品反能勝人者。菲律賓名作家羅細士，生平未臨鬪鷄場參觀過一場鬪鷄實況，而他寫的七篇菲律賓鬪鷄小說，對鬪鷄的一切，如數家珍，描寫鬪鷄場面，更爲逼眞而震驚遐邇。李望如先生寫還鄉記和紅蘿蔔，都有眞人實事為依據。但大陸陷匪後，他雖沒有再跨進鐵幕一步，而他所寫匪區情形，有如身歷其境，親眼見到親耳聽到般生動逼眞。誠如周慧泉教授所說：「讀之如置身其中」者，彭歌先生更推想：「係根據親身經歷而寫，至情文章，有血有肉，令人感佩！」，李先生組織力與想像力之高超，固足驚人，而其蒐集材料之豐富，亦有為他人所不及者。但丁寫了他的不朽傑作神曲，路人指點他是地獄裏出來的人。現在李先生也被彭歌指點是「地獄裏出來的人」了，其寫作的成功，可見一斑。但也即此足證，身在臺灣的作家，不是不能寫匪情小說的，只在那一位有此苦工而已。

張愛玲女士的秧歌，寫出了共匪初到江南時窮人翻身的眞面目，李先生的還鄉記寫出了窮人翻身十年後僑鄉窮人的慘狀，深刻而幽默，可以媲美秧歌。張愛玲的赤戀，對共幹的戀愛，寫得不見得十分成功。而李先生的紅蘿蔔，卻以匪區學生戀愛故事為經，以一九六四到六八年大陸的匪情為緯，描繪出這幾年中，共匪文化大革命的眞面目的一幕，更表達了反共的正確主題，完成了這年代的偉大史詩。那末，紅蘿蔔的成就，非但遠超過張愛玲的赤戀，且具備追蹤但丁神曲，歌德浮士德不朽傑作的意義了。謝冰瑩女士說得對：「本書在修辭和技巧方面，有時也有些小缺點，但卻無關宏旨，並不影響其完整性及價值。」

此外，紅蘿蔔的作者所着力描寫的，是大陸人民處於暴力淫威底下，表面上口口聲聲歌頌共產黨和毛澤東，實際上，心裏正相反的深惡痛絕着毛澤東和匪幹。口頭極端地歌頌只是反映人們沒有沉默的自由之苦痛。揭發這種事實，是幽默，也是對毛共銳利的諷刺，也是寫作上異常高明的技巧，而客觀的感染力也特別高。有不少國際知名的專家和學者，他們縱使多少明白共匪的罪惡，而往往不了解爲何毛澤東極端獨裁殘暴，仍然有許多中國通迷信大陸人民對毛共的歌頌，因而高估毛共的力量，對毛政權仍存幻想。這裏拆穿了這一內幕，讓我們可以理解，類似暴秦的統治，也將在人民揭竿而起時，會一下子崩潰瓦解的。這書也可作國際宣傳的利器，尤其在各地華僑社會裏，會有很大的影響力。

李先生曾向我談起撰寫紅蘿蔔續集的計劃，在續集中，柳明將到臺灣完成其大學的學業，最後參加了敵後工作的隊伍，憧憬着與燕雲會師，並肩作戰的場面，而勇敢地潛返大陸，獻身革命。這裏，我預祝他紅蘿蔔續集的早日完成，和更大的成功！

五十八年七月於曼谷（原載文壇月刊）

附註：李著還鄉記紅蘿蔔二書，經本文作者介紹，已在國內商務印書館列入人人文庫再版印行。

佛像的故事

一、釋迦悟道佛像

釋迦牟尼爲中印度迦毘羅衞國飯淨王的太子，其出生地藍比尼園，在今尼泊爾邊境，誕生後七日，其母摩耶夫人卽逝世，由其姨母撫養長大。他於二十九歲時（或云十九歲）夜乘白馬潛行出城入山修道。苦行六年，日食一麻一麥，形容毀悴，膚體羸瘠，未成正果。於是起行赴菩提伽耶，經尼連禪那河，入水沐浴；又於河側不遠處，受牧女奉獻乳糜，始稍恢復精神。於是復北行登鉢羅笈菩提山，在大石室中打坐，但總覺心神不寧靜。於是又走到菩提樹下，以吉祥草舖在石上，跏趺而坐，終於在這金剛座上悟道成正覺。

俗云：『道高一尺，魔高一丈。』釋迦得道時魔王來誘擾的神話，是很有名的；而釋迦悟道佛像，也依據這神話而塑造。這神話的記載，在法顯的佛國記中與玄奘的大唐西域記中，微有不同。

佛國記云：『時魔王遣三玉女，從東北來試，魔王自己從南來試。菩薩以足指按地，魔兵退散，三女變老。』

西域記云：『菩薩將證佛果，魔王勸受輪王，策說不行，殷憂而返。魔王之女，請往誘焉，菩薩威神，衰變治容，扶羸策杖，相携而退。』

又云：『菩提樹垣東門側有窣堵波，魔王怖菩薩之處。初，魔王知菩薩將成正覺也，誘亂不遂，憂惶無賴。集諸神衆，齊整魔軍，治兵振旅，將脅菩薩。于是風雨飄注，雷電晦冥，縱火飛煙，揚沙激石。備矛盾之具，極弦矢之用。菩薩于是入大慈定，凡厥兵仗，變爲蓮華，魔軍怖駭，奔馳退散。』

至於玄奘記他到印時所見悟道佛像則曰：『菩提樹東有精舍，高百六七十尺。精舍故地，無憂王先建小精舍，後有婆羅門，更廣建焉。精舍內佛像儼然，結跏趺坐，右足居上，左手斂，右手垂，東面而坐，肅然如在。相好具足，慈顏若眞。佛像垂右手者，昔如來之將證佛果，大魔來嬈，地神告至。其一先出助佛降魔，如來告曰：「汝勿憂怖，吾以忍力，降彼必矣！」魔王曰：「誰爲明證？」如來乃垂手指地，言此有證。是時第二地神，踊出作證，故今像手，倣昔下垂。』

三十九年二月，曾與張大千先生夫妻查良釗先生等六七人結伴同遊其地。菩提樹大精舍俱在，金剛座下有一大脚印，謂係佛足跡，玄奘所記未提及，或係後人根據佛國記：「菩薩以足指按地」句所加。大精舍形似大塔，所供佛像，雖垂右手，而係立佛，即我國所稱接引佛，與玄奘所記本像不符。千餘年來，當然此地已歷經滄桑，就是這棵菩提樹，在玄奘當時，也已經過幾次砍伐，從老根新生，現在這棵菩提樹是否原物，也有誰能證明呢？

二、第一尊佛像

近代歐西東方學者，研究印度宗教藝術的，都主張佛像的興起甚遲。當時釋迦死後，佛教徒對佛祖更加崇敬，以至佛畫中不敢畫佛像，更無論佛像的雕塑！直到大乘佛教興起，爲滿足民衆膜拜偶像的心理之要求，佛寺中始供奉佛像。

可是考之晉法顯佛國記，及唐玄奘大唐西域記，據他們當時在印度所得史料，則釋迦在世之時，即已有釋迦的雕塑。玆摘錄於后，以明印度傳說第一尊佛像雕塑的情形。

佛國記祇洹精舍佛像云：『佛上忉利天，爲母說法九十日，波斯匿王思見佛，即刻牛頭栴檀作佛像，置佛坐處。佛還入精舍，像即避出迎佛，佛言：「還坐，吾般泥洹後，可爲四部生作法式。」像即還坐。此像最是衆像之始，後人所法者也。佛於是移住南邊小精舍，與像異處，相去二十步。祇洹精舍本有七層，鼠銜燈炷燒華幡蓋，遂及精舍七重都盡，皆謂栴檀像已燒卻。後四五日，開東小精舍戶，忽見本像，皆大歡喜。共治精舍，得作兩重，還移像本處。』那末這是第一尊佛像，法顯到時，精舍雖係失火燒卻後所重建，但謂佛像仍屬原物。

西域記卷六逝多樹給孤獨園曰：「城南五六里，有逝多林（唐言勝林，舊曰祇陀）是給孤獨園，勝軍王大臣善施爲佛建精舍。昔爲伽藍，今已荒廢。室宇傾圮，惟餘故基。祇一甎室，巋然獨存，中有佛像。昔者，如來昇三十三天爲母說法之後，勝軍王聞出愛王刻檀像佛，乃造此像。』給孤獨園卽祇洹精舍。那末，玄奘到印時，重建的精舍二重，亦已不存，祇阿育王二石柱及佛像尚在。

但是以上所云，在佛國記中雖肯定說：「此像最是衆像之始」，不過根據西域記所載，此像乃「勝軍王聞出愛王刻檀像佛，乃造此像」，則此像已是第二佛像，出愛王所刻第一佛像，乃在憍賞彌國。

西域記卷五憍賞彌國：『城內故宮中有大精舍，高六十餘尺，有刻檀佛像，上懸石蓋，鄔陁衍那王（唐言出愛）之所作也。靈相間起，神光時照，諸國君王恃力欲力舉，雖多人衆，莫能轉移，遂圖供養，俱言得眞。語其源迹，卽此像也。初如來成正覺已，上昇天宮，爲母說法，三月不還，其王思慕，願圖形像。乃請尊者沒特伽羅子（卽目蓮）以神通力接工人上天宮，親觀妙相，雕刻栴檀。如來自天宮還也，刻檀之像，起迎世尊，世尊慰曰：「敎化勞邪？開導末世，實此爲翼。」』

既然給孤獨園的佛像的雕刻，在此像之後，或且係仿刻此像，故玄奘回國所携擬塑七佛像，祇擬此像而未及給孤獨園的像。

玄奘自印度携歸所擬七像一併錄后：

㈠金像——摩揭陀國前正覺山龍窟影像。

㈡金像——鹿野苑初轉法輪像。

㈢檀像——出愛王思慕如來刻檀佛像。

㈣檀像——刼比他國如來自天宮降履寶階像。

㈤銀像——鷲峯山說法華等經像。

㈥金像——那揭羅曷國伏毒龍所留影像。

㈦檀像——吠舍釐國巡城行化像。

三、我國佛像的改造

釋迦牟尼佛，生於印度，是印度人，他的像貌，自然同現在的印度人一樣。可是我們現在國內任何處所見的佛像，無論是雕的，刻的，繪的，塑的，無一不是體格健壯，面貌美好，完全是我國健美男子的樣子，一點也不像印度人。其所以如此者，據唐朝人李綽作的尙書故實說：佛教傳入我國之初，佛像本是印度人的模樣，在我國人眼中看來，醜陋不堪，無人對之生有敬心。佛教的傳佈遂受了佛像醜陋的影響而傳佈不開。於是有一位姓戴名顒的，就雕了一具佛像放在外面，自己則隱在幕後聽人批評，隨時改雕。經過了十年的時間，改雕了無數次，直待看的人滿意認爲這才像是佛，方不再改。後世繪像，固爲戴顒改擬的佛像，在莊嚴之中含有慈祥，是一般人所想像的佛像，能引起人的敬心，也就未再改動。以致生長在印度的佛，其像則是中國健美男子的樣子了。

至於我國佛寺入門常見之笑口大肚彌勒佛像，更係我國唐代布袋和尚塑像。

（原載四十四年四月中華日報）

禪宗的故事

「敎外別傳，不立文字，直指人心，見性成佛。」這十六字表達了我國佛敎禪宗的特色。因爲不立文字，唐朝禪宗的黃金時代諸禪師，只有他們的故事和語錄流傳下來。

趙州從稔(西元七七八——八九七)是六祖慧能的第四代大弟子。他在趙州東郊的觀音院任方丈四十年，享壽達一百二十歲。一次，一個和尚參見他，說：「弟子初到叢林，請師父指點！」趙州說：「你吃過粥沒有？」和尚答：「吃過了。」趙州便說：「那麼，就去洗鉢盂吧！」那和尚恍然大悟，見到了眞心自性。

又一次，另一和尚問趙州：「什麼是祖師西來意？」他答：「庭前柏樹子。」對方抗議他只指出一個物體。但趙州卻說：「不然，我不是指給你一個物件。」對方再問：「什麼是祖師西來意？」他仍然回答：「庭前柏樹子。」那和尚始終不悟。

禪師的故事是不易解釋的。但這兩則故事，我們讀了臨濟語錄，便可體會得出。

楞嚴經裏，阿難七處徵心失敗後，釋迦佛開示他說：「諸可還者，自然非汝；不汝還者，非汝而誰？」「遠能見能知的本元，即無可歸還之處，不是你的眞心自性，又是什麼？」臨濟語錄發揮能知能見的本元云：「心是無形的，能夠通貫十方。他透過眼睛看，透過耳朶聽，透過鼻子聞，透過嘴巴說，透過手來捉摸，透過脚來奔走。……他貫通十方，在三界中自由自在，做自己的主人。在一念之間，他會透入法界，逢佛說佛的話，逢祖師說祖師的話，逢羅漢說羅漢的話。他遍歷一切諸地，教化衆生，而仍未曾離一念之間，隨處淸淨，光透十方，萬法一如。」

原來趙州從諗指點庭前柏樹，不是指柏樹這物件，而是指點當你看見柏樹時你自性有能見能知的功能；指點吃粥洗鉢，同樣是要你掌握住自性有吃和洗的動作的功能。因其功能的顯現而找到自性，就是禪宗明心見性的悟的工夫。這就叫做「直指人心，見性成佛。」

六十一年二月於臺北（原載慈航雜誌三十五期）

對聯的故事

一、開場白

威爾斯在世界史綱裏曾敍述中國民族的特點之一是善做文章。我因此領悟到我們中國歷代人物的精力都消耗到做文章裏去了。自明朝以來，大多數的智識份子，沒有切實研究經世致用的學問，爲科舉文字的規定，卻先要在八股文試帖詩上用功夫。因爲八股文要講究對仗，試帖詩是律詩的形式，所以讀書人從小便要練習「天」對「地」，「風」對「雪」，「桃紅」對「柳綠」，「春花」對「秋月」這種玩意兒，於是對聯成爲八股文試帖詩的副產品。自從康梁維新，廢止八股文試帖詩的科舉，五四運動以來，更積極提倡科學，我們智識份子的精力自不能再用到這種對聯和律詩上去了。而事實上，對聯和律詩失卻了科舉的依憑，也自然會衰落下去的。正不必我們再來反對。反之，多少年多少人的精力用在這兒上，當然一定有其可觀的成績，我們自也不妨欣賞，了解一些我國古代文化的特色。所以我寫下了幾則對聯的故事，來給大家欣賞。

二、數字格對聯的故事。

數目字是很容易對的，只要一對三，百對千這樣平仄相對便行了。但相傳宋朝大文學家蘇東坡曾被番邦出了一副數字對聯留難過。他們出的上聯是『三光日月星』，蘇東坡便以『四詩風雅頌』相對。因爲詩經分爲國風、大雅、小雅、頌四種，而通稱只說風雅頌，所以就這樣取巧對付了。但是彼邦人士，不能心服。正在宴會時，忽然黑雲密佈，一聲霹靂，暴風雨猛襲進來，於是蘇東坡說，如果諸位認爲我對得不好，請重對下聯，那就是卽景的『一陣風雷雨』，於是番邦全國嘆服。

像「三光日月星」這種對本來是絕對，無從對起的。以蘇東坡的才學，也靠觸機而才以「一陣風雷雨」對上，換了別人，便給難住了。但做對的人也往往作繭自縛，會自己出對來自討苦吃，難住自己的。據說從前有一自鳴不凡的秀才僱船去南京應鄉試，沿途停舟遊覽。有一天在船窗裏透過蘆葦，望見岸邊孤山之上，矗立一廟，便命令船夫停泊着上岸去觀瞻一番。爬上山去一看，孤零零的破廟中，僅有關公騎馬單刀攬繮的塑像，姿勢卻很雄壯。因而想出了一個數字格的上聯：『孤山獨廟一將軍，單刀匹馬』。想出這上聯，他很得意，因爲這裏五個數字都是「一」的意思啊！於是他不期然而然的前後徘徊，要想出恰當的下聯來。他的脚下徘徊着，嘴裏吟哦着，總也對不出。船夫一再催他上船，他發怒了，立誓想不出下聯不上船。這樣子他飯也不吃，肚也不餓，日落西山了，他還在岸上徘徊吟哦；明月東升了，他還在岸上徘徊吟哦；船夫只得自管安寢。半夜裏聽見撲通一聲，這秀才竟投水自盡而死。

此後多少年來夜裏有船經過這裏，往往聽見有人吟哦着「孤山獨廟一將軍，單刀匹馬」，反覆不已，人家都說這書獃子的陰魂不散。

有一年又有一個到南京去考舉人的秀才夜泊此地，睡夢中聽到了這反覆的吟哦聲，心中很可憐那書獃子的悽慘，想代他對上下聯。但想來想去，沒有另一個數目字可以化成五個字的。因而也着起迷來了。可是他拉開船窗的布帘一望，看到了遠處兩點燈火，他知道是漁翁靜夜辛勤的漁火，於是下聯給他想出了，他便站在船頭對着蘆蕩灘高吟道：「隔河兩岸二漁夫，對釣雙鈎」。連吟兩遍，忽地一陣陰風吹動蘆葦嗯哨而過，復歸寂靜，從此那裏不再有人聽見黑夜的苦吟聲。

三、拆字格對聯的故事。

一塾師想調戲東家的美貌婢女，婢女便不進塾師的書房，三餐送到書房外窗檻上由塾師自取。塾師無奈，候在窗邊，等婢女將飯菜盤送上，便要去拉住她的纖手。不想婢女的手縮得很快，拉她不住。但婢女爲防他下次送飯再來拉手，便去報告主人。主人不便明言，便出對聯給先生對，那是一個拆字聯：「奴手爲拏，勸先生莫拏奴手！」塾師因爲沒有拉住婢女的手，當然不承認，便寫上下聯送還主人。那下聯是：「人言是信，請東翁勿信人言。」主人佩服他對得工，竟把婢女送給他了。

某地一酒店，由老闆的漂亮女兒掌櫃，因此「座上客常滿，樽中酒不空」，生意興隆，利市百倍。有一次，一個客人嫌她的酒又冷又少，便在壁上寫着：「冰冷酒，一點兩點三點，」九個字，意欲敗壞這家酒店的名譽。不料老闆眞會動腦筋，他就索性把這九字正式掛在中間，註明是他女兒的徵婚聯，誰對出就把女兒嫁給他。於是遠近喧傳，都要來這酒店喝一杯，把他的女兒看個究竟。看上了他女兒的天天來喝着一點兩點三點的冰冷酒思索下聯。於是在大批醉翁的供養下這女掌櫃打扮得格外一天漂亮一天，酒店也擴充門面成爲花園樓房了。但是竟沒有人想得出下聯，因爲這冰冷酒三字的左邊，正是一點兩點三點，那有其他可以相連的三字能配合成下聯呢？

有一天，新科狀元路過，也進店觀光。女掌櫃向他嫣然一笑，竟打動了他的心。但飲酒至夜深也想不出下聯，只得就在酒店安宿。因爲對不出自己覺得慚愧，翌日一天亮就溜到花園裏去想從後門逃走。想不到正要開後門時樓上窗子亞的一聲打開了，他急忙躲在花叢中，蹲下身去，看樓上有什麼動靜。這時，發覺自己手上無意中拉下了一朶丁香花，於是左手一拍大腿，口說：『有了』，便站了起來，猛抬頭，向樓上一看，那美人兒正笑盈盈地站在樓窗口看他。於是他便採了一束丁香花退回店中，送給那美人兒，說：「現在，你屬於我了！」

他拿起筆來，在「冰冷酒一點兩點三點」的左首空白處，寫上了：「丁香花百頭千頭萬頭」九字的下聯。

（四十二年五月廿八日香港中國學生周報第九十七期）

聖雄甘地葬禮記

一月三十日傍晚下辦公回家，照例趕譯奈都夫人詩全集的初稿。突然小孩們從市中心回來報告我，一下子店舖的門都關了，小販們也紛紛收拾離去，不知又發生什麼亂子了。不一會消息傳來，使人震驚，竟是聖雄甘地被刺身死。當晚大使館大部分同事立卽被召去館中工作。羅大使志希得訊後已趕去首相尼赫魯官邸，代表我國家元首向印度政府弔唁，並已親赴出事地點，向甘地的遺體致敬。一面電報政府，一面正式函唁，並以領袖大使身份通告各國駐印使節，同時發布新聞。

羅大使從出事地點——貝拉宅（Birla House）——探知甘地被刺詳情是這樣的：每天下午五點鐘，甘地翁照例在貝拉宅的空地上舉行晚禱會。今天因與副首相兼內長巴特爾高談要事，遲了幾分鐘。當他手扶左右兩孫女步進禱告場時，照例合十為禮，參加晚禱的民衆照例答禮。不想兇手早已混入禱告場，利用這場合，拔出自動手槍來，向甘地翁接連射擊。甘地翁胸前被中三槍，只說了兩聲『羅牟！羅牟！』〔Ram 印人上帝之稱，或云，卽史詩羅摩耶那（Ramayana）主角羅摩(Rama) 之簡稱。羅摩印人奉之爲神。〕卽不省人事，抬進他的住室。過了三十分鐘，這位非暴力主義的先知者，竟死在他用畢生之奮鬬把他們從奴隸地位解放出來的印度人的暴力之下！兇手當場捕獲。最近甘地翁爲印回和平運動以絕食獲得德里印回團體的和平保證後，前幾天已有人向他丟過炸彈，可知此項謀殺是有組織的行動。甘地的遠大政策，不易爲仇恨激動的短視者所了解。

出事以後，貝拉宅門外擠滿了人。羅大使有人開路，纔好容易擠了進去，又設法擠了出來。

三十一日早晨打開報紙一看，知道印度政府已連夜決定出殯路程。送葬行列，就在當日上午十一時半自貝拉宅出發，將印度國父的遺體抬到紅堡後面貞謨拉河濱舉行火葬。這天上午，館中秘書許夢熊薛留生君等都設法擠進貝拉宅瞻仰了聖雄的遺容。印京的華僑代表也帶來一匹白布請羅大使代寫「甘地精神不死」六個擘窠大字的橫幅，便召集華僑參加出殯行列去了。

聖雄的突然被刺死，震驚了整個世界，使人人悲悼。但印度政府的連夜決定第二日便出喪，倉卒間沒有把外交團的送殯節目列入，卻使各國使節不能在這國葬大典中表示各國的悼痛與尊敬。羅大使以中印友誼的密切，又兼身爲使領團的領袖，便有決斷地馬上打電話通知印度政府，他將親至火葬場祭奠。印度政府十分感激，熱誠歡迎，答應設計一條汽車可以通行的道路。我到印四年多，在聖雄生前曾見過他三次，這時我也熱切希望能參加葬禮，一瞻遺容。我把這意思告訴羅大使，羅大使答應和我同去，並囑須易禮服，以示鄭重。

這一天全德里的人，傾城而出。附近鄉村的農民，也蜂擁而來。沿路自新德里移靈地點到老德里河濱火葬場，約五英里半長，兩旁的人早已砌成了兩道堅厚的城牆。廣大的火葬場上，更似蟻聚麕集——不，一片人頭的攢動，只像烏雲密佈。（事後報載僅火葬場上，便有八十萬衆。）印人出殯，不用棺材，是把屍體放在靈床上，由親朋弟子或僱人抬了走的。聖雄的遺體躺在靈床上，覆蓋着國旗，上舖香花。靈床放在靈車上，聖雄的家屬環侍在側。靈車四角，由聖雄的繼承人尼赫魯，內政部長巴特爾，國防部長巴爾達辛，國大黨前任主席克里帕蘭等四人護持着。前面是長長的海陸空軍儀仗隊。國葬的行列在人海中緩緩地移動，印度國父慈祥的遺容顯露在靈床上，給他萬千的子民以最後的瞻仰。沿途民衆，或作禮致敬，或擲花示愛，或熱淚潸流，有的甚至失聲痛哭了。

下午一點半，接到印度政府的通知，請羅大使於兩點鐘到總督府北院和蒙巴頓總督一起出發，他們已設計好了路線。於是我跟隨着羅大使錢述堯參事同乘一車前去聚齊。一起在總督府出發的除蒙巴頓伯爵伉儷和他們的兩女一婿外，尚有教育部長亞沙德，衞生部長安瑞悌柯爾女士等十餘人。聯合省省長奈都夫人也乘飛機趕來了。一行二十餘人，分乘汽車七八輛，繞道德里城區西北，奔赴火葬場。

聖雄的火葬壇，高約三尺，臨時用磚砌成，壇上鋪了一層碗口粗的整段檀香木。壇下除堆着檀香木外，還有椰子殼松香等引火之物。我們於三時許到達，錢參事和我帶着花圈先去接洽好臨時添入獻花圈的節目。隨後羅大使也陪同總督夫婦一批人來到壇前，大家坐在草地上等待靈車的到來。

大約四點半光景，葬禮的儀仗隊到了。接着聖雄的遺體抬上火葬壇，尼赫魯走過來和大家招呼，也便坐在一起。這時民衆似潮水般的湧向壇邊來，把我們圍在核心。呼號哭泣聲，掩蓋了站在壇上的婆羅門僧的誦經聲。在我身旁，一個女孩子哭倒在奈都夫人的懷裏了。

司儀高呼中國大使獻花圈，錢參事和我便把那大半身高的花圈抬到壇前，襄助羅大使放到聖雄遺體的頭前。瞻仰過遺容，鞠躬而退。我們獻過第一個花圈後，印度人也便從四周遞上無數的花圈，堆在遺體上和遺體的周圍。擲到壇上去的鮮花，也繽紛如雨。

此後是遺體上加鋪香木，四周擠緊，壇邊的人已不能動彈，所以祇得把檀香木高舉頭上，一人遞一人的遞送到壇上去。許多民衆也把帶來的銅壺，請前面的人遞上壇去，將壺中白色的奶油，注在木材上。木材架好，再由婆羅門僧站在遺體右首執經朗誦若干節，然後由聖雄的第三子羅牟達斯（Ramdas）點燃那焚化的火。這時四周的民衆拚命擠前來，要爭取這最後的一刹那（甚至有人想跳火殉葬）。於是不得已儀仗隊用棍棒出來維持秩序，用馬隊來抵擋人潮。

在烟焰冒升，火舌撩空之中，送葬的讚歌齊唱，眼看着這一代的大聖人的遺體，霎時將還原爲固體的物質，演化爲零。可是他的留存的精神，將萬古不朽！或者他和平的非暴力主義更將警醒這原子時代人們的殘殺之心，挽救人類於絕滅的危境吧！

散的時候，幸賴總督的衞士開路，經半小時的掙扎，才得擠出重圍。抵大使館時天已黑，電燈光下，照見我們滿頭滿身是塵埃，兩脚鞋襪不分，已成一雙泥腿了。第二天接到政府的訓令，指示參加葬禮，致送花圈。羅大使事前有決斷，做得恰如其分，正符合政府的意旨。各國使館未及準備，所以羅大使參加火葬典禮，竟是唯一的外國使節。而我們莊重的禮服，也使印人留下了深刻的印象；華僑的送殯行列，更使沿途觀衆，特別感動。

聖雄火葬的一天，羅大使得到消息，兇手係一新聞記者，是反回教極端派「大印度教會」的工作份子。此後報上宣佈兇手名叫哥特滋（N. V. Godse），是普那地方大印度教會報紙的編輯，特地從孟買趕來行刺的。消息公布後，孟買普那等地的大印度教會機關，便被憤怒的羣衆搗毀。該會新德里領袖的住宅，也有羣衆擁入尋釁，給警察驅散了。接着印度政府宣佈大印度教會和它的附屬團體國家服務團爲非法團體，並逮捕其各地有嫌疑的領袖。在這局勢的演變中，外面盛傳着國大黨左右派的磨擦益烈，擁戴尼赫魯的社會主義派，要排除巴特爾右派，國大黨有分裂的可能。這事，我們的推測是：在這印度國基未固又兼新遭國喪之時，國大黨不致分裂。因爲尼赫魯既爲甘地的繼承人，則尼赫魯可左右大局。證之尼氏已往歷史，如左右派有裂痕，他一定顧全大局，調解於其間，當可獲得妥協。隔了兩天報紙上發表了尼赫魯巴特爾的合作宣言，安定了甘地死後的印度局面。

二月十二日，聖雄的骨灰分成五十份，同日在阿拉哈巴、德里、加爾各答等五十處聖水中，舉行水葬典禮，表示聖雄遺愛，遍及全印各處。這次最後的葬禮，印度政府特地在眞謨拉河的大橋上，排好坐椅，分發請柬，邀請各國使節觀禮，外賓滿座。可是羅大使卻又以特使名義飛赴哥崙坡，參加錫蘭獨立大典去了。所以我國大使館，便由錢參事以臨時代辦資格代表並由薛秘書和我二人陪同前去參加這典禮。

德里的水葬典禮於下午三時開始，我們坐在大橋上很是舒適，居高臨下，也看得很清楚但是河濱的數萬民衆，依然和上次火葬典禮同樣的擠。擠得有的蹲到橋墩上去，有的赤足站在水中，有的索性在水中游泳了。河邊停着一艘紮滿鮮花的汽艇，另外七八隻小船，當聖雄的骨灰被簇擁着抬上汽艇後，汽艇上便點上了香，駛向河心，再沿着河濱駛去，一路接受岸上觀衆的敬禮。小船上的新聞記者，也便散布在河中拍照。汽艇兜過兩圈，便停在河心，等婆羅門僧唸過經，便把骨灰連同鮮花，向水面撒播。這時，由一隻小船裝載的一塊翠柏大匾，搬上了汽艇，由汽艇上的人們把這大匾舉起，也浮上水面去。翠柏中清楚地顯出了鮮明的一個印度字，那便是甘地臨死前叫喚的「羅牟」。於是汽艇揚波而去，典禮完成。十三天的國喪，至此終止。

這一天，尼赫魯在阿拉哈巴（尼赫魯的故鄉）的水葬典禮上演說：『不要把甘地看成神』。因爲印度人已把甘地視作釋迦、耶穌一樣的偶像，尼赫魯要把印度人從宗敎的藩籬中挽拔出來。

那末，我們究應把甘地看成什麼呢？泰戈爾給與他的尊號 Mahatma 的中譯最能表現甘地，那便是「聖雄」兩字。甘地是以英雄的姿態出現的聖人，他一生刻苦勵行，克己而恕人，以仁愛和平的精神，感化全印人民，品德之高，足以垂教後世。而他不取流血的途徑，不屈地運用非暴力的鬪爭，使淪亡了八百年的印度古國，（公元一一九三年印度被西哈伯烏丁所滅後，經回教五代，蒙古王朝及英國統治，賡續七百五十餘年，印度均在異族統治之下。）一旦光復，獲得獨立，他又是歷史上唯一不用刀劍的英雄。他秉「聖人」與「英雄」於一身，故稱「聖雄」。

曾子說：『士不可以不弘毅，任重而道遠：仁以爲己任，不亦重乎？死而後已，不亦遠乎？』甘地一生的精神，擔當得起「弘毅」兩字。現在他已「死而後已」，完成了他英雄的事業，聖人的品德，成功又成仁，可以無憾了。否則，他被人刺死，而他的遺容，怎能依然這樣的慈祥地含笑呢？

（三十七年二月原載東方雜誌四四卷五號）

泰戈爾創辦的國際大學

從加爾各答搭乘一條北上鐵道線的火車走百哩之遙，可以到達一個名叫包爾坡（Bolpur）的小站。在包爾坡下車再走不多路，便可進入一片樹木蒼翠，掩映着大小屋宇的林泉勝地。一會兒林表傳來一陣鐘聲，一會兒空中飄揚着悅耳的歌聲琴韻。這一淸靜而幽雅的區域，彷彿加里陀莎在他名劇「薩昆妲蘿」裏描寫杜斯揚多進入甘華隱區的情境。是的，這是印度現代化的隱區，這就是印度詩哲泰戈爾（Rabindranath Tagore）創辦的國際大學（Visva Bharati）所在地和平鄉（Santiniketan 音譯爲聖地尼克坦）。

因爲這裏林木葱蘢，而泰戈爾所標榜的是森林文明，所以這裏有森林大學之稱。泰戈爾曾痛貶西方思想的沈淪於物質主義，是處處分隔與排他，從事征服的堡壘文明，他宣揚古來印度思想則是調和而合一的森林文明。像時雨般在世界到處受人歡迎與讚美的泰戈爾詩既是印度森林文明的產品，而泰戈爾所創辦的國際大學，也無異是代表印度森林文明的活的範型。難怪世界各地愛好東方文明的人士，要把這裏當聖地一樣前來朝拜巡禮，前來喝一口聖水以償宿願了。

可是，這裏原來卻是一片半沙漠性的曠無人烟的遼濶荒原，從東面的鐵路線到西面的一條小河之間一片無主的沙地上，沒有樹木，也沒有水草，一望無垠，幾乎全是不毛之地。但獨有靠西長着一棵大樹，枝葉茂密，濃蔭覆蓋，可蔽烈日，可避風雨。遠在一百年前，詩人泰戈爾的父親德本特拉（Debendranath Tagore），就因爲這裏人跡罕至，遠絕塵囂，便來這大樹下靜坐修道。沙地上能長出這麼一棵大樹，就顯示着地下有水，可以掘井而飲，於是在這裏結廬而居，這裏便變成泰戈爾父親靜修的和平鄉。

我們知道印度古代文明，萌生於印度河上游的五河地區，而發達成長於恒河流域。五河時代的產品是吠陀讚歌，恒河時代的結晶是森林書的最後部分——奧義書。奧義書是印度哲學的奥義，森林書之名所以表明印度學者隱居森林中之所完成。我們也就不難明白，奧義書和森林的關係。這就是說奧義書是森林隱士的產品。奧義書以大自然爲背境，奧義書的哲學思想，含蘊了大自然平靜和諧的精神。

原來恒河一帶，氣候非常炎熱，很易使人們頭昏腦脹，失卻思考能力，令印度民族，可以和一般熱帶土人踏上同一命運，變成懶而蠢。所以當印度亞利安人自五河地區發展到恒河流域時，許多學者便遯居清凉的山林，以便於深思熟慮。而且把這辦法推行於一般人民，變成一種社會制度，以保存其民族的活力。於是在印度法典中，有人生四期的規定：第一梵行期，兒童到智識漸開的年齡，辭別父母至師長處度學生生活十二年，以修習經典，鍛鍊身心。這通常是在山林或僻鄉的初步修行。第二家居期，梵行期滿，歸家結婚生子，主持家務，從事職業之工作。第三林棲期，年既老，一切家務交與長子，財產也分給諸子，攜妻隱居於高地之叢林，苦行修道，以求解脫。第四雲遊期，修道有成，便得比丘、行者、沙門等名號，出而雲遊四方，乞食為生，僅雨季中定居一處，稱雨安居。這樣由森林學習，返回塵世從事社會生活，再向森林中深思修道，最後以所得貢獻社會，傳播四方，成為古代印度民族維繫其文化推進其文化的一種方式。其關鍵所在，就在不斷地進入森林思考與學習，以貢獻於社會。奧義書固然是林棲學者的產品，後來釋迦牟尼和大雄也是循此山林修行的方式來創立他們的佛教和耆那教。所以印度文明，泰戈爾要稱之為森林文明。而這和平鄉的巴律舍（Parishad 奧義書時代印度研究學術類似今日大學的機構）繼承着這一古老的方式，自然該稱做森林大學了。

泰戈爾的父親德本特拉是生長在加爾各答的一位有名的宗教改革家，他出版研眞雜誌（Tattvabodhini Patrika）努力於梵教會（Brahma Samadhi）運動，主張打破世俗的偶像崇拜，追宗奧義書時代的梵我不二的思想。他隱居喜馬拉雅山，追求與梵（Brahma 唯一神、上帝）共棲，與梵共呼吸的生活，得有摩訶律西（Maharishi 大聖）的尊號。詩哲泰戈爾就是繼承他父親思想，而又吸收基督教精神的學者。公元一八七二年，當他十一歲時，他父親便帶他到喜馬拉雅去旅行，體驗森林生活，在大自然的懷抱中，給他以心靈的啓發。他們去喜馬拉雅的途中，曾先到和平鄉來小住幾天。這是泰戈爾第一次到和平鄉。那時和平鄉已成他父親的修道院，但仍很荒僻。據記載：他父親常坐在一個土堆上做早禱，泰戈爾每天在沙地上檢拾奇形的石卵，裝滿他的衣袋獻給他父親，去裝飾他父親的小山（指那土堆）。他在那兒常坐在露天讀書，或在一株小可可樹底下，伸直看一雙赤足，坐在綠草上，手裏拿着日記本寫詩。

三十年後（一九〇二年）泰戈爾決心在和平鄉他父親修道的遺址遍植樹木，佈置成森林的環境，創設一所自由和愛的學校來培植人材，用教育的改造來建立改造印度的基礎。他反對強迫的注入式教育，他主張教育的進程，愈簡易愈自然愈好。必須培養兒童自發的精神，發展智力與道德，完成一個精神圓滿的人。這學校就以聖地尼克爲名，或稱和平修道院。對學生的學業成績和品格養成都有很好的表現。英國人和印度人辦的學校要八年才能修畢的課程，這裏自由式的進展，卻只要六年就完成了。

據當時的記載：每天師生們於清晨四點半起身，各自整理好床舖，便全體跑到露天來合唱着祈禱萬有之主。沐浴後穿了白絲袍又坐下各自靜修默禱，然後早餐。所吃爲牛乳、米粥或其他清淡的食物。七點半開始上課。學生們在樹下席地而坐，各種功課，憑老師口授，學生默記，不用書本。只有科學的實驗，才進入物理或化學的試驗室。上午共上三節課，每一老師每節只教三四個學生，至多教十個，少的只有一個學生。所謂班次也不固定，每個學生因各科的進度不同，編入不同程度的年級。十點半早課完了，學生們隨意唱歌，然後師生們又去沐浴。有的跑去清流浸洗，練習游泳，有的跑到井邊汲水洗濯。大學生替幼小的學生服務，代爲汲水穿衣，如同慈母。沐浴後又唱讚美詩祈禱上帝。十一點半午飯。所吃爲米飯青菜，牛油、牛乳。飯後自由活動。學生們在圖書館看書看報紙雜誌，或研究自己的功課，或做其他自己喜歡做的事。下午兩點到四點，又在樹下授課兩節。四點以後是體育活動，他們在運動場上踢足球打網球和做各種遊戲。他們的體育成績很好。球隊遠征常勝，兵操也能與陸軍學校相比。泰戈爾鼓勵他們熱天耐熱，在太陽底下跑路；冷天耐寒，在屋外活動，赤足走路，不穿鞋襪。他們都身健力壯，一口氣能走路二十多英里。這種斯巴達式的鍛鍊，所以尚武強種。

泰戈爾的愛的教育，融和着各種方式，包括有林間的自由學習，靜修式的簡樸生活，斯巴達式的體育訓練，基督精神的社會服務，和音樂藝術的陶冶性情。

和平鄉的年長學生，受了泰戈爾的影響，常跑到鄰村去救濟貧苦的居民，他們爲村中的小孩們創設了日校夜校。當村人生病時，他們就去看護醫治，他們專心一意爲村人謀幸福。雖在炎暑，仍爲村人建屋搭棚，有如苦力般爲人服役。

通常下午體育活動以後，再次沐浴，穿上白絲袍祈禱靜修，然後晚餐，師生們都奉行素食主義。泰戈爾的父親雖於一九〇五年去世，但住在和平鄉的人，仍遵守他的舊規，絕對不飲酒食肉，或作其他擾亂和平鄉神聖和諧的舉動。飲酒賦詩是中國詩人風格，印度詩人卻自梵爾密寇

(Valmiki 史詩羅摩傳的作者)以來,只要靜坐在菇莎草上,呷着瓶裏的清泉,凝神思索,便能創作出無窮美妙的詩篇來。泰戈爾的詩也都產生於清靜簡樸的生活環境裏,或則雪山靜坐,或則恒河泛舟,詩思便應和着大自然的節奏流瀉出來。在和平鄉的林間,他也寫了不少詩篇。因爲他主持着校務,有時不得不閉門覓句,但幫助他詩思的,也只是清水一杯而已。他在和平鄉所寫,有得諾貝爾文學獎金的詩頌歌集(Gitanjali)和劇本暗室之王(The King of the Dark Chamber)等傑作。

泰戈爾的學校,很注重音樂和藝術。他愛好音樂,相信音樂給人以高尙的影響。音樂班在晚上召集起來,他們唱着,以各種樂器和着,學生中產生了好幾個第一流的歌唱家和音樂家。他們又有一個劇團,演出泰戈爾或別人的劇本。泰戈爾自任導演,有時且自扮劇中角色。他是自編自導自演的全才。他的詩和劇在校刋上最先刋登。全校有四種報刋,刋載師生的各種作品。最初印刷的文字和圖畫,都是手寫的製版。

泰戈爾常自己做飯吃,也喜歡園藝的勞動。一九一五年聖雄甘地來到和平鄉,讚美這裏簡樸生活的精神教育。因甘地的建議,廚房的事,也全由師生共同操作。

二十年後(一九二二)泰戈爾擴充這所學校爲國際大學,他宣告說:「時至現代,要把人類用地域來區分,差不多已不可能了。新的問題,是怎樣達成世界人類的大結合。比一切軍事聯盟、政治聯盟更爲深切堅固的,是急需創立人類思想文化相互交通的機構,以消除各民族間的敵視心理。所謂人類大結合，並不是把一切民族變成齊一，而是把各民族都發展開來，讓各種不同的民族互相協調。所以我特地在印度創辦國際大學來負擔這使命，我以爲這是促進東西方人類相互協調最好的方法。』

他聘請印度和東方西方各國的學者來此講學，招收各國的學生來此體認印度的生活，學習印度的哲學藝術和音樂，以期東西文化的溝通，造成國際和平的基礎。他奉獻他全部諾貝爾獎金和所有著作的收入充作這所大學的經費。並研究適合和平鄉沙地上種植的蔬果花木，以維持着森林隱區的格局。

這樣又是十多年的慘澹經營，泰戈爾把和平鄉開闢成一個生活完備的世外桃源。那裏辦有農場供應蔬菜和牛奶鷄蛋，辦有醫院維護師生及其家屬的健康，工藝品製造所更有皮製木製和陶製的工藝品和家具出售。校本部分設文學院、藝術學院、音樂學院、教育學院、農學院等學院外，更設哲學研究院。另有附屬中學和小學。所以携眷定居在那兒，非但日常生活供應無缺，小孩讀書，也可自小學起讀完研究院止。但所讀各學院，並無明顯的界限，學生也可兼任老師。例如伊朗來的研究生，可在研究院研究印度哲學，也可在音樂學院兼習印度樂器，而同時又在文學院擔任講師，教授波斯文。所以各國學人來者甚多，近鄰有西藏錫蘭的僧侶，遠道有歐美的青年。經常美國的大學畢業生和記者、作家、藝術家以及東方學者在國際大學任教或研究的有二三十人。他們沒有嚴格的入學資格，也不規定研究年限，不授與學位。課程的編制仍極自由，一般的功課，仍在露天上課，師生們保持赤足徒步，在樹蔭下席地圍坐講授。深林傳來的音樂聲，那是音樂學院的學生在練習音樂和舞蹈；溪邊散坐的男女，那是藝術學院的學生在寫生。

一九三七年，泰戈爾更特地添設中國學院，以期促進中印文化的交流與合作。我在國際大學時，最初住在中國學院，院中除住着院長譚雲山先生全家外，一起任教的中國老師有三位，其中一位也携眷住院，另兩位則係單身。外籍的中文教師有德國漢學家李德華夫婦，他們是由北平逃亡來此的。後來我也在附近賃屋，將家眷從喜馬拉雅山中搬來。長女榴麗插班文學院，三女敏麗讀藝術學院。(她們都在音樂學院兼習音樂舞蹈）我自己則在研究院的師覺月(Dr. P. C. Bagchi)指導下研究印度哲學，向靜諦比丘 (Shanti Bhikshu) 學習梵文。國際大學的藏書頗富，我從圖書館中參考了許多英日文的古藉，才得於去年冬完成我的「印度三大聖典」的編譯工作。

國際大學的生活是令人懷念的，他們的美術工藝展覽，他們的音樂舞蹈晚會，都留給我深刻的印象。改爲印度國立大學後第一次頒授學士和博士學位在林間露天舉行的典禮我也曾參加。可是最難忘的似乎還是月光會，那種在林間廣場上男女老少成羣結隊合着鼓聲拍掌齊唱泰戈爾所製歌曲，踏月前進的情調，最富詩的意味，是別處沒有的。

泰戈爾經營和平鄉四十年，於一九四一年病逝校中。學校由其長子羅諦主持，經費漸感枯竭。十年後印度政府出而支持，改爲國立，大與土木，擴充設備，並與建富麗堂皇的招待所，以備國際人士前來觀光。但在沙地上的新開闢區，雖已大厦林立，一時不易廣植花木，沙地上的樹木也不易繁茂，迄今缺乏森林花木之美的觀感，使人領悟到「十年樹木，百年樹人」古語的眞實。百年前和平鄉唯一的大樹，現在已圍護着讓人作爲古蹟來憑弔。但和平鄉全部的森林化，卻還須若干年月的開拓呢！

民國四十二年六月二十日寫於香港新亞書院（原載香港中國學生周報）

文開隨筆

第二輯

文開隨筆

（第二輯）

印度的炎熱

今年臺北的氣候，六月和八月特別熱，七月倒反而涼快些。這幾天熱得坐在電風扇底下仍冒汗，簡直不能工作。同事們看見我仍鎮靜地伏案寫字，打趣地說我是在印度受過特別訓練的，所以不怕熱。我揭開香港衫給他們看，裏面穿的汗衫龍通濕，只是我額頭不出汗罷了。

於是我告訴他們印度熱天的情形。印度雖熱得有名，但位處熱帶的南印度並不太熱，頂熱的地方在北印度。北印度的加爾各答在北回歸線以南，熱到一百多度，新德里在北緯三十度以北，和上海同一緯度，卻要熱到一百十六七度。可是印度最熱的地方更在新德里的西北，那是在印度大沙漠對面的賈可巴巴，那裏室內溫度最高的記錄是一百二十八度。這樣我們可以得一概念，地處熱帶的南印度靠近海洋，不算太熱。炎熱地帶卻在恒河流域，越向西北，越靠近沙漠越熱。

羅志希先生出使印度時，曾寫一篇「熱得痛快」的文章刊登在南京中央日報，形容印京新德里的酷熱。他說中午汽車在烈日下行走，車中熱度，大約有一百三十度，但身上卻沒有汗，只有一層層的鹽。因爲汗未出毛孔，已先化成蒸氣揮發掉，只剩下汗水中的鹽分沉澱在皮膚的表面。晚上則大家露天睡在花園裏，不怕露水，因爲空氣中已沒有凝結成露水的水分。他只怕有毒蛇出現，但他發見花園中有一種大老鼠出沒，他便能安然入睡了。因爲那種老鼠是毒蛇的尅星，有牠們巡夜便得到安全感了。

初到新德里的人對印度的炎熱往往要聞而色變的，也的確會熱得你坐立不安，或者竟暈蹶過去。但懂得處理的方法，便會覺得熱得痛快，甚至熱得有趣的。

處理的方法是每天太陽沒有出山時，先把全屋窗子打開，放進涼空氣。然後把全屋門窗緊閉，掛上內外兩重厚窗帘，把涼空氣保持在室內。然後一天用冷水洗身三四次，冷水要從頭頂灌澆，讓它流過身體，變成熱水從脚下流去。每次洗身，冲到全身熱氣消除而止。記得有一位初到的人怕熱到整個下午浸在浴缸裏覺得還是不舒服，這是不懂冲冷水的妙處所致。

在向陽的一面門窗，你還要裝上一種名叫「喀絲喀絲」的草簾。上午你可照常工作。飯後則是午睡的時間。自下午一時至四時，新德里街市全城不見一個人影。商店都由鐵將軍把門，簡直靜得有如死城。實在也無人敢於出現烈日下來觸犯死神的。這時汽車脚踏車走在馬路上，車胎保證爆裂。如果冒暑步行，便會倒斃路旁成路倒尸。午睡時如覺室內溫度已太熱，便把皮帶管裝上水喉，打開向陽一面的門窗，把自來水噴在草簾上，草簾上的水蒸氣散出去，便會有涼氣沁進來。

四時以後晝蟄時間過了，可以開始起來洗身，到花園裏樹蔭下去走動，喝幾杯冷飲，吃一點點心。五點鐘大家出門活動，城市開始復活了。那時車水馬龍，是一天中最熱鬧的時候。娛樂場所和飲食店家，到處擠滿了人，直到午夜才歇。晚間每家花園中搭出了臨時床舖，或坐或臥，或閒談，或唱歌，或開放音樂的節目。這是別緻的夜景，特別顯出了印度人生活的優閒而清靜。

新德里每年三月到七月初，從不下雨，空氣乾燥，可以熱到盤中炒好的小菜變成菜乾。但小菜從無餿味，或變成腐臭，可以說食品都等於消毒了，吃了決不生病。所以天氣雖熱，食慾還是亢進。不但不出汗，不生痱子，連霍亂吐瀉也不必擔心。比之加爾各答，一個人像是在蒸籠裏那麼難受，滿身濕漉漉的，新德里實在熱得痛快！

印度人男子穿的度底，女子穿的紗麗，都是整段的布，纏繞在身上，根本用不到剪裁和縫製的。新德里夏天洗衣服，隨洗隨乾，便利之至。印度女人的上等紗麗是各種顏色的薄紗。每見印度人洗紗麗，洗清了不用晾起，只要兩個人各執紗麗的一端，在空中飄上幾十飄，一條紗麗便晾乾了。簡直像兒童在試放風箏一樣的玩意兒，眞是有趣之至！

夏天小孩子們洗身、吃冰、噴草簾也都很感興趣的。夏夜睡在花園裏唱歌聽音樂，認識天上星座的名子和聽講牛郎織女等星的故事，孩子們也最感興趣。至於睡在床上可以欣賞一羣羣翠鳥的早出晚歸，那更是特有的情趣！

印度恆河流域是炎熱的。炎熱之地，植物容易生長，人民無憂於衣食，往往民性懶惰，腦筋也滯鈍，不易有高度的文化，甚且易於亡國滅種。但印度民族能在這一塊炎熱地帶創造他們自己的文化，屢經外族入侵而不被同化，終於能奮起復國，發揮他們印度特有的精神。這其間，印度人怎樣適應炎熱的氣候，怎樣避免炎熱給他們的惡劣影響，都是值得我們特別研究的地方。我們不能因爲今日尼赫魯的投機取巧而蔑視對印度的研究。在這篇小文中，我不能談許多大問題，但我可以確切指出：世界的最後安定，必先求得中國印度兩大民族的安定；這兩大民族之一得不到眞正的安定，世界是無法得到眞正安定的。

（四十三年八月）

印度人的食衣住行

印度道地的印度教徒，都是蔬食主義者。虔敬的婆羅門，尤爲嚴格，非但不進肉食，而且不能吃其他階級的人所烹煮的食物的。因此往往印人的宴會，只有婆羅門可充廚師，廚師變成婆羅門的專業。記得抗戰時期，有一個印度婆羅門學者訪問重慶，在歡迎他的宴會席上，他只吃了一只桔子。因爲未剝的桔子，是樹上天然長成，沒有經過別人的加工，他才可以進食。

但一般講來，印度人吃羊肉是很普遍的。牛乳牛油，不論貧富都有得吃，鷄鴨魚類也有人吃。牛肉猪肉鴿子，則例須禁食。玄奘大唐西域記的記載是：『魚羊麞鹿，時薦肴胾，牛驢象馬豕犬狐狼獅子猴猿，凡此毛羣，例無味啖。啖者鄙恥，衆所穢惡，屏居郭外，稀迹人間。』這話的上半段現在還可通用，至於「屏居郭外」的話，現在已做不到。因爲當今印度政府部份首要以及許多歐化人士，都吃牛肉猪肉，無所禁忌。雖然仍有人鄙視他們，不過他們卻正是摩登的都市人物，誰敢驅逐他們到荒郊去呢？

印度南部人大多吃米飯，北部人也有只吃麥粉餅的。老式的吃法，每人一盆飯，一杯冷水，再預備兩三樣菜，用右手撮了菜放入飯盆調和了送進嘴裏去吃。調味品不可缺少的是加厘和牛酪。總統夫婦民國卅一年訪印時，也曾用右手進食。你若問他們用手指進食是否衛生，他們的答覆是：天生五指，隨處可用，何必用刀叉，自己的手指不是最聖潔的嗎？飯前飯後，自己洗淨，有何不衛生？但他們忘掉左手的五指便算不聖潔呢！現在沒有歐化地方的印人，仍是右手進食，左手擦大便。因此左手敬禮，左手接受人家的禮物，還是禁忌的。右手聖潔，左手汚穢，這是印度的分工制，正如他們四階級的是分工一樣。但我們於此，也可理解，印度人崇尚自然，生活要簡單化，漠視物質的享受，所以他們不用刀叉筷匙，也不用草紙。

印度人愛吃甜點心，愛嚼檳榔。有客人來時，一般是敬煙敬檳榔捲，但酒是戒忌的。

印度人的衣服，也很簡單，男人一塊度底，女人一條紗麗便行。度底和紗麗都是整塊的布，不用剪裁，不用縫製。男人用的包頭巾，也只是一長條布，天冷了便把一條毛毯裹在身上。這是最基本的服裝。但是衣服的質料大有好壞，一條紗麗，可以精緻得薄如蟬翼，可以綉上華貴的金絲。所以富貴之家，一襲紗麗，往往有價值千金的。蒙古王朝的齊白恩尼莎公主跳舞時曾被父皇指責她太肉感，不應暴露肉體。她的答覆是：我已穿上七層紗麗，你怎還說我暴露肉體呢？印度上等紗麗的細薄，可見一斑。紗麗普通有六碼長，從下身裹到上身，再兜在頭上作頭巾兼作面紗用，然後把末端披在肩上飄垂下來。眞是天衣無縫，飄飄欲仙。跳起舞來，則是道地的霓裳羽衣舞。赤足紗麗頭頂水瓶的汲水女郎，則是畫印度風景不可或缺的點綴。

現在一般女人都穿內袴和奶罩，男人也穿上裝。西裝很流行，國大黨的鐘形制服和甘地帽尤爲盛行。五河一帶的女子不穿紗麗，上身穿短衫，下身穿燈籠袴，項間再繫一條紗巾，較紗麗爲便捷。現在這種五河裝，也在印度各地流行了。

印度人住的房子也很簡單，一般鄉村的農民住屋，只是泥牆草頂，室內地上舖一塊布，了無長物。因爲他們席地而坐，所以可以不用桌椅。衣服簡單，也可不用衣櫥。有一張繩床坐臥，就算像樣的了。都市裏的高樓大厦，當然大多是西式的鋼筋水泥建築，也備有沙發冰箱電扇電燈收音機以及抽水馬桶洋瓷浴室等設備，甚至有冷氣裝置。各地的廟宇也很多富麗堂皇的。蒙古王朝留下大理石皇宮，多用彩色寶石鑲嵌成花紋。據說沙傑汗的孔雀寶座，全用珠寶鑲成，價值連城。皇宮除寢浴室有鐵門花牆外，一般殿宇，都是敞廳。殿內設有水槽，殿外圍以水廊。炎暑季節，從御井中打水經常流貫各宮殿，以減燥熱。現在新德里的總統府和議院，比舊皇宮更爲雄壯寬敞，巍然矗立，氣魄宏偉。但一般印度人的住宅，仍採印度式，內有大天井，是他們席地而坐的工作場所，天井兩廂臥室仍很小。印度天熱，他們晚間喜歡睡在天井裏，有花園則睡到花園裏去，甚或睡到屋頂上去。所以寢室無須寬大，頂要緊的是室內室外，都要有淋浴的設備，以備隨時入浴。

印度的交通很便利，鐵路公路密如蛛網。飛機航線四達，都會裏有電車、巴士、滴士和馬車。人力車在新德里已絕跡，但加爾各答仍很多。鄉村裏常用牛車，但汽車脚踏車也可來去，新德里是脚踏車最多的都市。

印度火車有冷氣設備，但每節車廂隔斷，不能走通，小販能從車窗外來前去後。婦女有專設的車廂。印教徒回教徒不能同用一井，用食也各有禁忌，所以車站上也有分開飲食的設備。一般說來，別人用過的杯是不可用的。所以在車站上常見印人飲水，仰起頭來把水直灌口中，唇不沾杯。食物則盛在樹葉上吃，熱茶則盛以瓦杯，喝過卽拋棄。

印度對國外交通也很便利，海上空中的國際航線，都經過印度。加爾各答和孟買，是最主要的兩個出入境口岸。

（四十三年八月）

印度生活趣談

由於原子魚的傳說，一時駭得大家不敢買魚吃，臺灣各地魚市大受損失，使我想起了印度吃魚的趣聞。

印度敎的高等階級向不吃魚，漁人亦被視爲賤業。近來新式人物雖已沾染歐化的習慣，開始享用魚蝦之屬，但保守的婆羅門還是遵守着舊習慣，不要說不吃魚蝦，連非婆羅門烹調的蔬食也不肯進口的。厨司的好壞，不在烹調得可口與否，而在是否高貴婆羅門。所以厨子成了婆羅門的專業，人家請客，一定要延請婆羅門來烹飪。前幾年印度大鬧糖荒，糧食部長發表談話，勸大家吃魚。許多印度敎徒，不便反對，便請求這位婆羅門糧食部長首先以身作則，吃給大家看。結果這位部長竟不敢嘗試，推卻說：「我年紀老了，消化已不行，不能吃魚了。」這樣吃魚運動無形取消，糧食部長的談話，一時成爲笑柄。

想到這吃魚的笑話，我又聯想到甘地的吃羊肉。當甘地在中學讀書時代，已充滿愛國熱情。他的家庭，本來是世代吃蔬的，（他屬於商人吠舍階級，「甘地」的意思是雜貨商。）但那時青年們掀起了吃肉運動。說：英國人因爲吃肉，所以體格強大，征服了不少殖民地；印度人因爲吃蔬，所以體格矮小，做了亡國奴。復國之道，端在吃肉，以改造印度人的體格。甘地聽了，於是與同學們偷偷地買了些羊肉躲進森林中去煮食。他們是從來沒有煮肉經驗的，燒得半生不熟，便分而食之。非但毫無口味可言，簡直是嚼都嚼不動的硬嚥下肚了。於是那晚上甘地肚子漲得不好受，又不敢呻吟，怕引起大人的查問。好容易熬到三更迷迷糊糊地睡着，卻夢見小羊在他腹中哶哶地叫，直駭得他醒來滿身冷汗，從此他不敢再吃肉類。

其實一般印度教徒，羊肉是可以吃的，頂要緊是不准吃牛肉。他們視牛爲神聖的動物，不准殺牛，虐待牛便有罪，甚至殺牛要償命。有一種放生的牛，不須工作，終日閒遊街頭，自有人供給食料，他們目之爲神牛。它走到你家裏來吃掉你的東西，你不可打它。走到田裏去吃稻麥蔬菜，也只好由它去。它在路上行走，連汽車也要讓路。所以當一頭神牛站在街心時，這都會的交通也會因之一時斷絕的。

牛肉雖不可吃，牛乳卻很普遍。可以說印度人不論貧富，每家都天天喝牛乳的。牛油則視爲珍品，燒起各種菜來，多要放上一些煉淨的牛油才算好吃。佛經中的所謂醍醐，就是最淨的牛油精。

牛在印度爲神聖，連神聖到牛糞可被視作潔淨之物。所以清潔房屋之法，便是把牛糞在室內和牆上塗抹一次。養牛之家，牆上更貼滿牛糞餅，晒乾了用來燒飯，算是最上等的燃料。甚至修道的人把牛糞等五種牛身上的分泌物製成五味丸服食。崇拜牛的程度，眞是無以復加！

本來，印度敎的不虐待牛，正是愛護善良動物的意思。不殺生，不吃魚肉，更顯出印度人仁愛和平的慈悲精神。但演變到牛貴於人，牛糞爲淨，實在已經迷信得太利害了。

印度氣候炎熱，自古提倡節食。所以一個貧民生活所需，比任何民族爲少。一天工夫，吃上幾個小麥餅，喝一壺清水，也就安閒自足了。但因爲迷信的原故，每年糧食被神牛和神猴糟塌的不可勝計。所以糧荒時期，印度人也不得不呼籲防範神牛神猴了。

古印度史詩「羅摩耶那」，歌詠王子羅摩放逐南荒，其妻息妲被錫蘭島的魔王納伐那擄去，羅摩找到猴神哈紐曼率領猴軍相助，才把魔王殺死，救出息妲。據說羅摩是大神毘濕奴下凡，猴子也都是諸神的化身。所以印度敎徒都尊重猴子，絕不加以傷害。印度猴子因此繁殖甚廣，菓園裏的水菓，田地裏的蕃薯花生都會被偸吃掉。但是這許多神猴是不准捕捉，更不准傷害的。所以印度農民光是被神牛神猴的侵襲，損失已很可觀了。

尼赫魯想出來的減少糧食損失辦法是恭請神猴出洋。他向國際間宣傳印度猴子異種多，價格便宜，招攬世界各地的動物園來印採辦印度猴飼養展覽，運輸等事宜也予以種種便利。於是一年之間，印度輸出猴子達數千頭，換得外滙數十萬盧比。於是他得意地宣布，猴子的出洋運動，既可減少糧食的損失，又可增加外滙的收入，可謂一舉兩得。但是印度猴子是否可以年年有大批出口呢？這實在有些認眞得令人好笑。尼赫魯的新式頭腦，似乎也無法對付。但我看出了一點，那便是中國孔家店被打倒，所以共匪易於乘虛而入，盤據大陸；印度未失其宗教信仰，所以印共對赤化印度，還是無所施其技。雖則尼赫魯的投機外交，助長了印度國內智識青年的左傾熱潮，印度思想界的赤色之毒已得到了蔓延的機會了。

（四十三年八月）

印度的瑜伽術

印度的魔術，自古聞名於世界。但像懸繩空中，緣繩上天等絕技，究竟只見諸載籍，現代無人能表演過。只有並非魔術，而係練工夫的修習瑜伽者，的確能公開表演活埋與蹈火的神秘技術。瑜伽（Yoga）之本意爲相應，修道者有種種的相應，因此瑜伽一名應用亦廣泛，成爲印度六派哲學中一派的名稱，也成爲佛教密宗的名稱。而一般修練印度特別的工夫，也被稱爲瑜伽術。常見者是指以頭着地雙脚倒懸壁上的健身術。活埋與蹈火的特技，只有少數印度人能表演。

表演活埋者，他能停止呼吸數日或數十小時，使自己不食不飲，入於睡眠狀態，有如蛇蟲之冬眠或夏眠的。在孟買和加爾各答，都曾有人表演活埋。在新聞記者等的監視下，當衆令其徒衆掘一深坑，表演者入坑後，卽用泥土掩埋，直等到他預先指定的時間來臨，這些徒衆，再把泥土挖開，他又開始甦醒過來了。這大約是他長期靜坐，對於呼吸和心理的控制能達到動物冬眠狀態一樣的效果。

蹈火的表演，更神乎其技，使人不能用科學的方法來探測來解釋。當一個瑜伽的節日，在印京新德里的青年會，印京的瑜伽學會，曾公開表演蹈火的節目。我親自看到他們把燒紅的煤炭舖在地上，舖成一塊大約十尺長三尺寬的火道。煤炭仍在燃燒，但表演者鎮定地慢步在火道上行走過去，一點不受損傷。有人試着投一紙團到火道上去，紙團立刻發出火焰來，一霎時被燒成灰。被招待參觀的都嘖嘖稱奇。攝影記者把蹈火表演的照片拍下來，登到報上去發布了特寫的新聞。

有人以爲這是長期訓練的結果，有人以爲這是催眠術的作用。這秘密仍還是一個未揭露的謎。但印度自古有火的審判制，認爲自信無罪的人，是經得起火的試驗的。

在印度兩大史詩之一的羅摩耶那中，羅摩王子的妻子息妲被羅刹王搶到錫蘭島上去，得到神猴哈紐曼等的協助，羅摩才把羅刹王殺死，將息妲救出來。但羅摩按照習俗已不能把妻子收還，因爲可能她已失卻貞操了。於是用火來試驗。在息妲，雖表白自己的貞潔，不能取信於人，也寧可被焚而死。可是當息妲在烈火燃燒的柴堆上禱告時，非但不被燒傷，而且火焰漸漸熄滅了。因此證明了息妲的白璧無瑕，羅摩王子仍把息妲帶回國去。

這只是神話傳說，不足憑信。但奧義書中更有這樣的記載：

『我的孩子，他們把一個人帶到這裏來，他們用手提着他，他們說：「他拿了別人的東西，他犯了偷竊的罪。」（當他否認時，他們說：）「燒熱了斧頭交給他。」如果他偷竊了，那末他使自己成爲假。於是因他的假話，虛僞掩蓋着他的眞我，他握着火熱的斧頭，他便被灸傷而死。

『可是如果他沒有偸竊，那末，他使自己成爲眞，於是因他的眞話，眞理掩蓋着他的眞我，他握那火熱的斧頭，他不被灸傷而得救。』

——聖徒格耶奧義書阿魯尼敎子篇

這是可靠的火的審判的記載。同時，在玄奘的大唐西域記中，敍述印度風俗，也提到火的審判制。可見在印度古代的確用火來決定嫌疑犯的有罪無罪的。如果嫌疑犯而能不被火灸傷，是由於心理作用，那末蹈火者的成功。主要的條件，大約還是心理作用吧！

（四十四年三月）

印度的賤民

卡斯特制度的流毒使印度社會變得複雜，而不可接觸的「賤民」之存在更是印度社會的最大污點。不可接觸的「賤民」是印度卡斯特制度以外的一種等級，——不入流的等級。據調查，全印度屬於不可接觸者的人數，約佔全印度人口百分之二。

不可接觸者屬於印度等級中最下的一級。在印度，既然人與人間的等級距離是可以照尺寸算出來的。譬如說，按照規定，一個釀酒的看見一個僧侶時，就要在三十六步以外停止。一個編籃子的不能在四十步內接近一個最高等級中的人。而一個苦力對高等級的距離則需要九十六步。不僅人與人間如是，低等等級的人同樣得對印度教廟宇保持距離。例如釀酒的得離廟宇三百二十五尺停止，等級愈低者自然愈遠。高等級的人被低等級人冲撞着的話，問題要看冲撞着的是什麼人，設若冲撞着的或是僅接觸着的人，等級並不太低，那高等級的人洗一個澡便可以了事。否則要唸經，要掉換所帶唸珠才能消除這一番「晦氣」。

至於不可接觸等級中人，那情形自然更令人同情了。既然稱之爲不可接觸，當然是同高等級中人談不上什麼距離，就是卡斯特低的人也同樣不願意接近「賤民」。不用說「賤民」以身體碰着一個低卡斯特中人，卽使他們的影子照在別人身上，別人也一樣認爲倒了霉。在某些節日之內，卡斯特中人根本以看到不可接觸的人爲「晦氣」。因爲這樣的緣故，作爲一個「賤民」，走路就得特別小心留神，隨時注意對面什麼人走過來。身爲高等級的人走路時常常喊出各種聲音來警告「賤民」快快躲避的。在某些日子內「賤民」要移動只好在夜裏，以免別人看到不快。

在過去，有些高等級的人是可以將一個碰到的「賤民」隨意殺戮。現在情形自然不能這樣，由於大都市中公共交通工具的興起，這個問題很難照習慣來加以解決，大家只好馬虎些。但是「賤民」仍然不能自由進入飯館、理髮店、給水站、廟宇等地。處處都掛有「禁止賤民入內」的告白。至於在邊遠的鄉下，那「賤民」仍然不被一般人當成人看待，情形仍然沒有得到改善。

聖雄甘地爲要改良印度社會，洗雪這不可否認的汚點，提倡給予賤民以平等的地位，改稱賤民爲「上帝的兒女」，自己親自住到加爾各答的賤民區中心去，和他們共同生活，給他們辦學校，率領他們一起到神廟去禮拜，招呼他們參加他的晚禱，並識拔賤民中的優秀份子做他的隨從秘書。甘地這樣的以身作則，來解放賤民，把印度人鄙視賤民的心理革除了，賤民才得漸漸地厠身於印度的上流社會。到印度獲得獨立後，賤民也一樣可以做政府機關的官員，甚至當起中央政府的部長來了。

印度的芒果

吃到臺灣的芒果，想到了印度芒果的鮮美。印度芒果種類很多，也有澀的、酸的、大核的、厚皮多絲的；但最上等的芒果，肉厚核薄，入口卽化，其味的鮮美，眞無以形容。

印度的芒果，在古代卽名聞遐邇。記得有這樣一個故事：

波斯國的老宰相代表國王去訪問印度，回國後極口讚美印度的芒果。波斯國王問他究竟印度芒果好吃到怎樣程度，他說不出來。他說除非你吃過才可眞的體味到它的鮮美，要形容就無法形容。於是國王說：「那末，你畢竟代表不了我啊，我非得親自去印度嚐一嚐芒果不行了！」

當天老宰相回家，坐立不安，覺也睡不着，兀自想怎樣使國王體味到印度芒果的美味。明天，老宰相報告國王，可以使他體味到印度芒果的美味。他先把自己的銀鬚洗過三遍，用毛巾拭乾以後，就把他的長鬍子蘸了最純萃的上等蜂蜜，請國王含在口中吮吸。他對國王說：「印度芒果，就是這個味兒。」國王說：「那末，你只要告訴我印度芒果，像蜜樣鮮甜就得了。」老宰相說：「但是你把我的鬍子一起吮吸着，味道就不同了啊！」

原來波斯宰相吃到的芒果，果肉中還有鬍子一般的粗絲的，並非最上等的貨色。最上等的芒果，只像一包有特種香味的鮮蜜，絕無半絲半縷的纖維雜乎其中。所以以前我們的駐印大使羅志希先生發明了一種最文明的吃芒果法，贏得印度朝野以及各國駐印使節的一致讚美。

一般芒果的吃法，是用刀把芒果剖做兩片吃的，這樣芒果的汁不免流出，核邊的果肉也要犧牲，甚至吃得狼藉不堪，手上臉上，一塌糊塗，在宴會的場合中不很雅觀。衣服上沾染着，那黃色更是再也洗不掉。在一次印度盛大的外交宴會上，當每人面前盆子裏送上一隻芒果時，羅大使宣佈表演一種新的吃法，於是主人請求男女貴賓，暫時保留面前芒果的完整，先看中國大使的表演。大家只見羅大使舉起刀來，不把眼形的芒果縱剖，卻把躺在盆中的芒果面上輕輕劃兩劃，挑下一方薄皮，像雕刻眼睛的模型般，在眼形的芒果上加刻了眼珠的部位，然後用茶匙在去了皮的地方一匙一匙的把果肉取出送入口中品味。因爲是小茶匙，連兩頭尖形部位以及核底下的果肉都可伸入挖出來吃，可以把果肉全部吃淨，只剩下空殼的果皮包着一顆光核，而盆子裏仍絕對乾淨，連一滴果汁也不流出，眞是吃得既高雅而又藝術化。於是全座貴賓，當場學習，一時讚不絕口。從此這吃法流行於印度宴會間。有人說這吃法是挖眼法，羅大使覺得不很得體，拒絕採用。**我的建議，這可叫做點睛法，這名稱是不傷感情的了。**

印度盛產芒果，恆河下游，到處是芒果林，所以印度自古以來好幾次有名的戰爭，是在芒果林中交戰的。一七五七年英人克萊武征服印度的普西拉之戰，便是在加爾各答附近的芒果林中打的。詩人也多歌詠芒果之作。那淡綠色的芒果花並不美觀，印度人卻把芒果花做春節的標記，猶之我國桃花之與清明。公元四世紀的印度大詩人加里陀莎曾有詩讚美芒果花道：

「春天的靈魂啊，你這淡綠色的芒果樹花！

當這個季節，我見你滿山滿谷；

幸運的小東西，我對你禮拜。」

芒果花既不美觀，也不鮮艷，爲什麼這樣受到印度人的崇拜呢？除了它在春節開放外，它的花形又恰似箭鏃，他們把它象徵着愛神的箭，所以常在春節採了獻給愛神以求愛。在加里陀莎的名劇「莎昆妲羅」中，宮女二人，曾採下芒果花，合掌祈禱：「芒果花，把你獻給手執弓兒的愛神，把你當做箭兒去射那旅途的年青情人！」國王杜史楊多出場感歎地歌唱：

「愛神又把花之箭折自芒果，

搭上弓兒來射我。」

而弄臣馬達維耶就有舉杖搗毀芒果花的穿插。

信手寫來，離題已遠，再寫下去，勢必將題目改爲「芒果與印度文化」了。但我還是愛用「芒果的故事」這題目，讓我再來講一個故事結束本文吧！

三年前印度比哈爾省大饑荒，國務總理尼赫魯親赴該省視察災情。當視察完畢飛回新德里時，當地官員赴機場送行，帶了兩簍芒果作爲餽贈。那知尼赫魯上飛機時，芒果給扣留下來了，竟不准帶走。爲什麼不准帶走呢？檢查人員說明因爲比哈爾省饑荒，早宣布不准糧食出境。原來我們把芒果看做是水果的，而印度人蔬食，香蕉芒果都用以果腹。就是未熟的芒果也放在油裏炒了作爲小菜吃的呢。聖雄甘地每天定量食物的菜單裏，也有香蕉芒果的。

（四十三年七月）

印度的饗林山

得到一九五三年三項金像獎的影片，「羅馬假期」在臺北「國際」「文化」兩院同時開映以來，人人讚美，盛況空前，歷久不衰，雖在酷熱的七月，兩星期來每場客滿，戲院門口，觀衆擠得水洩不通，黃牛黨大交好運，夜場黑市票每張價格抬高到兩倍以上，還是一搶而光。這一方面由於影壇新后歐黛莉赫本的作風帶來了一股清新的氣息，一方面也由於故事的輕鬆雋永，幽默得耐人尋味。

同事任勵吾兄曾在羅馬住過多年，看罷電影，他談起片中聖母神蹟的碑林。他說，他於三十六年看見那段城牆上的感恩碑只有一二百塊，三十九年他離開羅馬時已有五六百塊，現在從電影裏看起來已經有一二千塊的光景了。琳瑯滿目，蔚爲奇觀。

我在電影中只見葛雷哥萊畢克扮的美國靑年記者，陪着影后扮的安公主漫游羅馬名勝古蹟，他們站在城牆下流覽鑲嵌在城牆上的一塊塊小碑，說是祈福的，但不明究竟，所以我請求勵吾兄一談這古蹟的故事。

他說，這還不能算一古蹟，只是二次大戰末期發生的事。這段城牆底下是條車馬絡繹的馬路，有一次德機來襲，一輛電車中的乘客各自奔避。德機肆虐時死傷狼藉，其中有一家數人隱伏這裏城牆下向聖母默禱，竟得倖免。事後卽立碑於城牆上以誌感恩。後來有人來此禱告聖母，也總是如願以償，異常靈驗，於是感恩碑一塊塊的增加起來，城牆上的聖母像也供起來了。感恩碑大小不一，有方形心形之別。聖母像前裝置花式電燈，並砌有大理石祭臺，祭臺上的花瓶中有花供奉，另設獻金箱，收受祈願者的「香火錢」。城牆脚下有花木點綴，入夜燈燭輝煌，益加美觀。這雖只是天主教徒迷信的舉動，卻也點綴了羅馬的風景呢！

聽了勵吾兄羅馬碑林的故事，我也想起印度的甕林山來了。那是民國三十三年吧，我國網球名將蔡惠全爲籌募救災賑款，到印京新德里去舉行國際網球義賽。我們駐印專員公署人員，當然全體出動參觀。我在看臺上遠遠望去，球場的背境，異常壯麗，那裏是一帶古老城牆，矗立如屏。左首有圖案式的赭紅的梅花林的藝術裝飾配合着城牆的蒼褐色，上面是一片蛋白色的雲天，眞是一幅美妙如畫的布景。當時我驚疑於印度那來皮球大小花朵的無葉大花林，莫非是用萬千個氣球的設計裝置？詢問旁人，無一肯定答覆。後來我去遊覽古堡，發現古堡之旁，一座小山上重重疊疊地放滿了紅色沙甕，頓悟那天所見，原來就是這座小山，想不到遠看起來，竟是這般美觀！

古堡是印度史詩中所載潘達閥五兄弟所建因陀羅城遺址，後來印人就遺址重建城堡，就是蒙古王朝二世帝胡馬永的建都之地。但現在堡內已一片荒凉，無所足觀。出得堡來，我便折入小徑，去一探甕山究竟。那裏靜寂無人，走在山徑上，可以聽到自己跫然的足音。走到半山，才看清原來那些沙甕，便是印人家用的水瓶，並非堆叠着，是把一棵棵截去樹梢和樹葉的枯枝上，一一套上沙甕，長頸瓶口套在樹枝上，沙甕便纍纍然的倒舉在樹頭，所以驟然看來好像萬千繫定的氣球，遠望如繁花滿株的紅梅山。我在甕林中穿梭登高，到達山巓，發現在萬甕環繞中有一小廟，廟門緊閉，大約寺廟的人也下山去了，所以我仍獨自淒然下山。

回去後向印人打聽，大多是不知道這坐甕林山。只有一個印度敎徒，告訴我說這是蛇王廟，廟中供的是蛇神。向蛇王祈福的，必須在廟旁豎立一二株甕樹。蛇王的信徒衆多，所以蛇王廟變成甕林山了。

這座新德里的藝術化的甕林山，似乎從來沒有人注意過。我也不能確信廟中所供是蛇王，但「人類往往藉迷信的舉動來美化了世界」這句話，我認爲是合乎事實的。

因談起羅馬碑林，忽然聯想到了印度的甕林山，信筆記下，不敢說是海外奇談。

（四十三年八月）

印度女兒國

暢流半月刊十三卷五期刊載了一篇余穆先生的「旅印趣譚」，因為印度原是個光怪陸離的神秘世界，余先生記其旅印一年間的耳聞目睹，頗饒趣味，最受讀者歡迎。我曾旅印十年，又治印度學，所以朋友見面，都要把那篇旅印趣譚中所記的奇風異俗來向我問個究竟。那篇文章的第一節就是「女人國傳奇」，說印度東部阿薩密的省會西隆，是小說西遊記中的女人國，他特地約友三人同去遊覽了一次。那裏山青水碧，綠瓦紅牆，風景如畫，當時是英政府開闢的避暑勝地之一。但是那裏沒有喝了水可以懷孕的飲胎泉，那裏的印度女孩雖多數長得很漂亮，但家庭社會的組成，和別處毫無不同。最後在兒童玩具店買到了兩個泥塑的猪八戒和孫悟空的像，並有一位印度老太婆解釋那裏古代原是女兒國，飲泉得胎，所生也都是女孩，直到猪八戒來此，才繁殖出男人來，並胡指一個泥塘為飲胎泉，他們才過了癮。

當民國三十三、四年間，我遠征軍中曾流傳西隆爲古代女兒國之說。西遊記小說中的女兒國故事，當然是小說家的創造，與現在編泰山故事的編出一部「泰山與女兒國」的電影來差不多。可是印度古代的確曾有過一個女兒國，在喜馬拉雅山中。因爲印度以西遙遠的海島上還有一個女兒國，所以印度的也被稱爲東女國。不過東女國內照樣有男人，但國王是一對夫婦，只是由女王當權而已。只有西女國才是眞正的女兒國，事見玄奘大唐西域記。西隆或譯雪朗，在喜馬拉雅山南麓，可能就是東女國遺址。因爲大唐西域記中有東女國西女國的記載，小說西遊記中才採作題材，發展出女王要和唐僧成親及猪八戒飲泉懷胎等情節來。在我寫的「印度歷史故事」中，我曾把小說西遊記中許多情節取材於大唐西域記的意見寫出，並且就舉女兒國爲例。所以朋友來問，我便告以西隆的猪八戒傳說當然並無其事，但西隆可能就是古代東女國所在地。

當時，我曾把我讀大唐西域記時摘錄記載東女國西女國兩節的筆記查出指給朋友看。那兩節記載是：

『此國境北大雪山，中有蘇伐刺拏瞿呾邏國，（唐言金氏），出上黃金，故以名焉。東西長，南北狹，卽東女國也。世以女爲王，因以女爲國。夫亦爲王，不知政事，丈夫惟征伐田種而已。』——卷四婆羅吸摩補羅國。

『拂懍國西南海島，有西女國，皆是女人，略無男子。多諸珍寶貨，附拂懍國，故拂懍王歲遣丈夫配焉。其俗產男，皆不擧也。』——卷十一波刺斯國。

兩個月後，我開始計劃研究這部世界名著——玄奘法師大唐西域記。一面蒐集各種版本及中文考證，一面寫信到國外去採購地圖及英人皮爾等外國文譯本。當我重讀原書時，發現婆羅吸摩補羅國在北印度境，而西隆所在地阿薩密是東印度境，當然西隆並非東女國故址。而我的筆記亦未將東女國全文錄下，「而已」之下，還有特產國界等記載：『土宜宿麥，多畜羊馬。氣候寒烈，人性躁暴。東接土蕃國，北接于闐國，西接三波訶多。』國境明確的可知道在西藏之西，新疆之南。玄奘曾到過東女國南面的婆羅吸摩補羅國，東女國大約未到。所以附錄那一節中，玄奘從婆國南面的末底補羅國北行到婆國後，大概沒有再向北走，仍南返末國的。

再查丁謙「大唐西域記地理考證」曰：『蘇伐刺拏瞿呾邏，見唐書東女國傳。近黃楙材恆河考，言德列部北境被勒摩城卽東女國，被勒摩地圖作坡里布希特，東國與西藏接，西藏唐之土蕃也。其國當兼有今阿里部地，故北接于闐，西界三波訶——卽前秣羅娑。』觀此可知東女國在今新疆西藏和印度的邊界上，連西藏的阿里一部分也屬東女國境。至於唐書的東女國傳，只是採錄西域記所載，無關重要。

再查丁謙西女國的考證，那是很有趣的。

波剌斯就是波斯，拂懍國在波斯西北，西女國則在拂懍國西南海島上。照此推算，西女國似應在地中海裏。丁謙對拂懍國沒有加以考證，但西女國考卻寫了近五百字。現抄錄於下：

『西女者，對東女國而言也。東女見唐書及本書婆羅吸摩補羅傳。其地在中印度喜瑪拉雅山間，並後藏西阿里全境，固確有可稽。而西女究在何處，向無明徵。且東女有男子而不知政事，猶屬近情；若西女之多女無男，則當立國時多數女子，從何而來？或因此國男子，洊經戰沒，死亡殆盡，僅餘女子，不得已結合成國？但拂懍王歲遣丈夫配合，則國中男子漸多，正可藉資生聚，產男不舉，又何爲乎？種種不合事理，故瀛環志疑之。謂西女卽西里亞之傳訛。余初作唐書考證，亦以此國在拂懍西南島中，謂指西治里島言。近閱西人記載，則西女國竟實有其遺跡。

「據言昔小亞細亞沿黑海岸，跨塞爾孟尋河兩岸，相傳有婦人所立之國，歷史家稱爲阿馬森。（譯言婦人保護之地）國中無一男子，全以婦人能力組織而成。其軍用器有一種特別之斧，名爲阿馬森斧。此事幾同虛構，然考當日記念標紀功碑等跡，至今歷歷在人目。

「按此則未詳出於何書，惟女子世界報第十一期載之。核其情形，似非誕妄。今考小亞細亞北有奇悉耳克伊馬克河，卽塞爾孟尋河。其河東北流，將入黑海處之東濱，有三木森城。——三木森者，阿馬森之轉音也。是其國境固的實可據矣。況又有記念標紀功碑等至今尚存乎。第此國在拂懍東而非西南，在黑海濱而非島中，殆奘師所聞未盡確耳。」

照此說來，古代在今土耳其境內黑海之濱，的確有過女兒國的存在，玄奘在印度傳聞此事，記入他的西域記中。因此我國小說西遊記才有女兒國的故事，而影片「泰山與女兒國」原來也是取材於此。

但印度的東女國，丁謙在西女國考中，又說錯了兩句，一句是：『其部地在中印度』，一句是：「並後藏西阿里全境』。「中印度」應更正爲「北印度」，「阿里全境」應改爲「阿里之部分」。因爲東女國之南的婆羅吸摩補羅國已是北印度，東女國在其北，怎能算中印度呢？要婆國之南的末底補羅才算在中印度。又考阿南接尼泊爾，如果東女國並有阿里全境，則記載東女國的原文裏四鄰都寫出，不該不提南鄰的尼波羅國。(西域記尼泊爾稱尼波羅)我以爲阿里南半部大約也屬婆國，故東女國原文不必重提南鄰。阿里地形東西狹，南北長，只有北半部屬東女國，才會符合東女國領土「東西長，南北狹」的形狀。

至於西隆傳說爲西遊記中女兒國的起因和年代，應另加考證。總之，西隆並非東女國的故址，是確切無疑的了。

(暢流半月刊十四卷三期)

印度文學中的女性典型

一、奈都夫人的一首小詩

強烈的深奧的苦味的香氣，
美觀的燦爛的熱情之花朵，
你的花瓣交織着香與火，
是薩維德麗的殷憂與息妲的志懷，
德珞帕娣的渴望，黛瑪鶯蒂的恐懼，
與最甜美的莎昆妲蘿的魔術之淚。

——奈都夫人：納詩吐馨花

奈都夫人是現代印度最偉大的女詩人，她在這首詩裏引用印度古代文學中的五位女性的故事來表現納詩吐馨花的特性。不，我們也可說是她在納詩吐馨花上體味出了這五位印度女性典型的特徵——她們的香與色。我們要了解了這五位典型女性的性格，才能了解她這首小小的詩；同時，我們了解了這首小小的詩，也便了解了印度文學中所表現出來的女性典型了。

二、薩維德麗的故事

薩維德麗的殷憂是什麼？是對於她丈夫命定婚後一年即死的深切憂慮。她用她的至愛之力，用她的德性與智慧之光，從死神手中，奪回了她的丈夫的生命，創造了完美的幸福。

薩維德麗的故事是古印度兩大史詩中一篇最有名的插曲。我編譯「古印度兩大史詩」時已用史詩體把它迻譯成中文了。這裏再把我擬就的最簡單的說明寫下：『瑪特拉國亞沙巴替（馬主）王不甘膝下空虛，每週絕食一日，虔誠禱於創造神之妻薩維德麗像前，竟育一女，因以薩維德麗爲名。公主美而慧，長成後外出漫遊自擇其婿，於荒野森林中得失國王子薩德野梵。惟創造神之子納拉陀謂王子明年此日將死，勸勿嫁，公主堅持，父始允公主嫁之。明年，王子死期將屆。薩維德麗齋戒三日，絕食禱告。第四日夫出伐木，薩維德麗偕往守護之。日午，夫倦極臥地上，薩維德麗見死神閻摩攝其夫之魂出竅，大如姆指，持之去。薩維德麗緊隨閻摩不捨，出語機智而有體，閻摩驚服，許其盲翁目復明。公主仍隨行，久之，又許其翁得復國，惟不許其夫復活。入夜，公主仍不捨，閻摩允其第三次要求，公主云：但願薩德野梵得有子。閻摩被感動，嘆曰：公主誠天下第一女子，乃以魂授公主，並允公主得有弟。公主急返林，其夫欠伸起立，月下同返家，則薩德野梵之盲父已復明，倚閭而望矣。』

三、息妲的故事

息妲的志懷是什麼？是與夫同甘苦，堅貞不渝，誓不失節。她是古印度兩大史詩之一的羅摩耶那中的女主角。在兩大史詩的譯者弁言，我曾說：『同樣是爲失去一個女人而引起戰爭，希臘的史詩是以海倫的婦人之美色的魅力來迷醉西方世界；印度史詩的息妲卻以婦人的忠貞和賢淑來感動印度人民。」

息妲的故事，詳細的見拙譯「古印度兩大史詩」，簡略的見拙著「印度歷史故事」。但都是以息妲的丈夫羅摩爲主體來敍述的，這裏再用息妲爲主體來敍述一下。

息妲是毘提訶國的美貌公主，印度各國的國王和王子，都想娶她爲妻。息妲的父親有一面神弓，又重又硬。他便傳話出去，誰能拉得動這面神弓，便認他做駙馬。許多個國王和王子來試過了，沒有一個能拉開一分一毫，有的甚至不能把這大弓舉起來。最後憍薩羅國十車王的年輕王子羅摩來了。拾起弓來輕輕一拉，拉一個滿弓。再用力一拉，把一面神弓拉做兩截。在衆人拍掌歡呼聲中，息妲快步上前相迎，英雄美人，結成眷屬。

後來羅摩爲遵守他父王給人的諾言，自願離開王宮，放逐到南方森林裏去居住十四年，把王位的承繼權讓給弟弟婆羅多。

羅摩準備出發了，他叮囑息妲安居宮中，因爲南方森林，充滿吃人的猛獸和妖魔，十分危險。可是息妲不肯落後，馬上卸去華貴的服飾，穿上隱居者的樹皮裝，跟隨身後。她說：『你到那裏，我也到那裏，有福同享，有禍同當，才是一個忠愛的妻子。我與你艱苦同嚐，生死相守，永不分離，祇要有你在我身邊，到任何天涯海角，我都愉快；祇要我的丈夫羅摩居住在那個地方，森林便是天堂，否則華美的王宮，也祇是荒寂森林中的一間小小草屋罷了。你往那裏，我也去那裏，你死我也不會活。』

這樣羅摩帶了息妲和他的弟弟拉克什曼那渡過恒河南行，攀登文特耶山，最後定居於哥達伐里河那邊的大森林中。雖則十車王憂忿而死，羅摩弟弟羅多不願搶奪他哥哥應得的王位，特地前來請羅摩回國，羅摩還是堅持十四年的諾言。

後來趁羅摩兄弟離開草屋打獵的空隙，魔王拉伐那把息妲搶到楞伽山（卽今錫蘭島）去要強迫成婚。息妲不從，魔王把她囚禁了起來。直到幫羅摩四出察訪的神猴哈紐曼飛躍過大海潛入王宮，才發現息妲的下落。

哈紐曼回去報信，羅摩率領猴軍南下，衆猴負石填海，建成一道石島之路，渡海與魔軍大戰，殺死十首魔王拉伐那，才把息妲救出。可是依照印度的規矩，一個成年女子是不能在別人的屋裏過夜的。息妲爲表白自己的貞操，走上火堆自焚。火不焚身，漸自熄滅。火神乃把息妲交還羅摩，重爲夫婦。這時十四年放逐期滿，羅摩便帶了息妲、拉克什曼那和哈紐曼乘飛車返國，登極爲王。

四、德珞帕娣的故事

德珞帕娣的渴望是什麼？是渴望她的丈夫有機會雪恥復仇。事見古印度兩大史詩之一的「摩訶婆羅多」中。

德珞帕娣係曲女城之美貌公主，其父欲選英武少年爲其婿，因舉行盛大的選婿大會。大象城之王子潘達伐五兄弟化裝與會，三兄阿朱那（有修）以勇武著稱，得神箭之傳，一箭中魚目，英雄美女，得成眷屬。時大象城由潘達伐五兄弟之盲目伯父爲國王。公主旣嫁五兄弟，五兄弟聲譽日高，瞎王因令其開發瓊那河畔地，築城自立。但瞎王之子杜約達那（難敵）嫉之，設騙局，令五兄弟作擲骰戲。長兄兪廸希鐵羅（堅陣）被逼以國土作賭注，因失國。又以五兄弟自身作賭注，因淪爲奴。又以德珞帕娣作賭注，淪爲女奴。德珞帕娣當衆抗議，慷慨陳詞，謂堅陣已淪爲奴，卽無權再鬻其妻。難敵當衆辱之，並令人褫去其衣衫。德珞帕娣呼克里史那名禱告，衣裾無限伸長，得免袒露肉體之恥。然五兄弟終被定放逐森林十二年。德珞帕娣志切復仇。史詩中描寫她的放逐生活說：

『在幽暗而荒寂的森林中，潘達伐兄弟消磨掉漫長的歲月，在榛莽的懷抱中，他們和美貌的德珞帕娣一同生活；
『他們殺戮那森林的紅鹿，砍伐那錯節的林木。
從山溪中她汲取清泉，把粗糲的食物煮熟；
『清晨她洒掃那草舍，黃昏她點燃那愉快的火堆，
但當夜闌人靜的寂寥中，她的婦人之心未嘗不悲嘆；
『她的懷中抱着侮辱的創痛，她披散的頭髮不再梳髻——
因爲她立誓，——要等復仇的血手來重新挽結！』

這樣德珞帕娣披頭散髮，直到難敵的就戮爲止，才把秀髮重行挽結起來。那是在放逐期滿一年後，雙方糾集十餘國，大戰於德里附近十八日，難敵終於就戮，潘達伐五兄弟仍返大象城，長兄堅陣王稱摩訶羅闍，爲印度各國盟主。

五、黛瑪鶯蒂的故事

黛瑪鶯蒂的恐懼是什麼？恐懼她丈夫納拉的豪賭，恐懼那森林中的險惡，恐懼她丈夫的失蹤。黛瑪鶯蒂的故事也是兩大史詩的一個揷曲，去年年底我才有機會把它譯出交由香港友聯公司出版。我在跋文中曾讚美黛瑪鶯蒂說：「她的思想和行動，時時處處，都在與命運鬪爭，毫不畏

縮，絕不苟安。她在黑暗的命運中，乘坐着德性的車，駕上堅毅勇敢的馬，憑藉智慧的光照亮了道路前進，終於達到了人定勝天的目標。」

黛瑪鶯蒂是毘陀婆國的甜美公主，被稱爲「女中明珠」。當她荳蔻年華時，聽人都稱道尼沙陀王納拉爲「王中之虎」，後由於天鵝在中間往返傳話，使雙方鍾情。選婿大會時，諸神也來求婚，他們都變成納拉的模樣，使公主無從辨認那一位是眞納拉。但最後還是認出納拉，把一串花圈套在他項間，在諸神之前舉行婚禮，並得諸神的祝福。

惡魔加里爲嫉妒納拉，便附上身去，使他和弟弟浦史喀拉擲骰子。那時，黛瑪鶯蒂的勸告成爲耳邊風，終於把所有的財物以及國土都輸光。浦史喀拉成爲新王，下令把納拉放逐森林。納拉光身流浪森林，只有忠心的妻子黛瑪鶯蒂跟隨身後。納拉爲飢餓所困，解下他遮蔽下身的唯一圍布去捕鳥，連圍布也給鳥帶走。黛瑪鶯蒂安慰納拉，把自己的衣服裹着納拉合用。但等夜間公主倦睡時，他把她的長衣一撕爲二，自己裹了一半便溜走了。

當公主醒來時不見了丈夫，便悲號追尋，終無所獲。這樣地流浪在大森林中，蟒蛇要吞噬她，獵人要強佔她，野象要襲擊她……歷盡艱險，才到達奢地城，隱姓埋名，在王宮充當女僕。過了多時，給黛瑪鶯蒂父親派出尋訪的婆羅門發現，奢地國才護送她返回毘陀婆去與父母相會。

當黛瑪鶯蒂回到娘家，仍爲失蹤了丈夫而悲哀深重，立誓要把丈夫找到。被派出去查訪納拉的婆羅門僧侶找遍全印度各城鎮，毫無納拉影蹤。他們到處背誦黛瑪鶯蒂所授的悽惋詩句，一遍再一遍地：

「哦，賭徒呵！把我的衣服分裂爲二，你向那兒去了？當你的愛人睡着在蠻荒的森林，你離開了她。

「聽着！她在期待着你的歸來：日日夜夜，她默默獨坐在憂傷中憔悴。

「哦，高尚的英雄！聽取她的祈請，對她也該生憐情，她望斷關山重重，爲你朝朝悲慟！」

終於在阿踰陀城，有一個叫梵侯迦的矮子車夫，聽到了這詩句滿面愁容，用悲切的聲調來答覆。於是黛瑪鶯蒂斷定那矮子是她丈夫的變形，設計把那矮子召來，加以盤問和偵察，終究使他回復原形，重認夫妻。而納拉在此期間，已把附身的魔鬼排出，並學到了擲骰的絕技。再和浦史拉一賭，馬上恢復了國土，他和黛瑪鶯蒂重新安享那人間的榮華富貴。

六、莎昆妲蘿的故事

莎昆妲蘿的魔術之淚是什麼？當她走向王宮，杜史揚多王不認她是妻子，擬將國王給她的戒指作證時，發現戒指失去了。於是一聲地母的呼喊，一串晶瑩的淚珠從她眼眶中跌落下來，淚光一閃，莎昆妲蘿便不見了，以後卻令國王吞嚼那相思的苦果。莎昆妲蘿與杜史揚多的故事，本來是史詩摩訶婆羅多的開場，但這「魔術之淚」卻事見震驚西歐的加里陀莎名劇之中。加里陀莎把莎昆妲蘿的故事寫成戲曲，使情節變化，才有這魔術之淚的穿插。

莎昆妲蘿故事的本來形態，見拙譯「古印度兩大史詩」。加里陀莎的劇本，我也已經譯成中文出版單行本。史詩中的莎昆妲蘿，比較大方而老練。杜史揚多出獵闖入隱區時，是由她單獨招待而結識的。到小孩出生後六年她的養父甘華才派人把她連同小孩送去王宮的。在宮殿上莎昆妲蘿是以有見識的人的姿態與國王侃侃而談的，而且那一次他倆就團圓了。戲曲中的莎昆妲蘿，比較天眞而嬌羞。杜史揚多初來時，由莎昆妲蘿的兩位女伴幫同招待，雙方經過一度相思的磨折後才結合。可是不久國王被母后召回，莎昆妲蘿得罪隱士杜伐薩而被咀咒，甘華回家知道女兒的事便派人把她送去王宮，國王不接納而莎昆妲蘿失蹤。一連串的穿揷在時間上都是緊接着二人的結合的。國王的悔悟，孩子的出現，兩人長期的「塔丕薩」，才安排下夫婦父子的大團圓，使莎昆妲蘿的性情有一個極大的改變。這是戲曲的着力點，也是與史詩絕大的不同之點。

泰戈爾在闡述莎昆妲蘿一劇的眞意的文字中，他指出她初時的純樸，後期的深湛，他說：『加里陀莎曾讓他在隱區長成的年輕女主角順從着自然的不知懷疑之路走去；沒有地方他曾壓制過她。他還未發展進入一個忠貞妻子的典型。那忠貞妻子的典型是隱藏而愼言，憂患的忍受，嚴正的清淨規律之生活。在開頭，我們看見她忘我與順從自然的衝動，有如草木與花卉。在結末，我們看見她的深湛的女性之靈魂，——莊重、災難之下的堅忍、專注的樸素、嚴格地約束以虔誠的神聖規條。』

七、印度典型女性的探討

奈都夫人一首小詩「納詩吐馨花」中所引舉的五位印度古文學中的典型女性，她們有一些共同的特徵，那便是小詩中說的「苦味的香氣」和「熱情的火花」。她們都是在災難中受苦，堅毅勇敢地渡過了艱辛的日子，揮發出她們「強烈的深奧的苦味的香氣」來，以重新獲得完滿的幸福。同時她們都是熱情的，專一的，有成就的，有光輝的，所以有如「美觀的燦爛的熱情之花朵」。總括起來是用「香」與「火」兩字來象徵她們。納詩吐馨花只是田間的一種平凡的花，但就因它有帶苦味的香氣和熱情如火的顏色，奈都夫人寫出了象徵印度典型女性的這首別緻的小詩來。

總括上述印度文學中所表現的五位典型女性，她們都是忠貞的妻子。她們雖都美貌，但主要的，她們不是用美色來炫人，卻是用美色來考驗她們怎樣不因美色而毀滅自己，不因美色而失卻自己的貞節。這就須要她們品德的修養和具備智慧與機警，來應付強暴的侵陵。具備堅毅的精神來忍受長期的艱險苦難，這就是我們今日所說的克難精神。

在西洋文學中所表現的女性是弱者，美其名曰被保護者，其實只是強者的俘獲，富者的供養而已。往往她們不是由於自己的抉擇，而只是順從強者而已。爲爭奪美女，兩雄決鬪，勝者佔有，是最普遍的事。兩個國家爲爭奪一個美女而戰爭，格外顯得這女人的高傲。所以在西方文學中，女人主要的是有美色，其他品德都屬次要。而在印度，美女爲保持自己的人格，必要智仁勇三達德兼備來完善自己，來應付險惡的環境。印度女性的表現，決非弱者。息妲的自保，德珞帕娣的促成丈夫的復仇，各有表現；黛瑪鶯蒂歷盡艱險以自保而促成其夫的復國事業。這種克難精神，最足爲今日自由中國婦女的楷範。而薩維德麗的用她自己的毅力和智慧來挽救丈夫命定的死亡，更是古今中外所絕無僅有，爲印度文學放射了萬丈的光芒！

至於戲曲中的莎昆妲蘿，則進一步表現了印度女性從少女的純樸，如何進升到妻子的賢淑，更是一個印度女性典型的進一步的塑造。

近數十年來，我們常讚美西方悲劇的偉大，給我們強烈刺激的滿足，印度式的大團圓太陳舊太庸俗了。其實我們最合式的理想是應該完滿的，我們所追求的應該是完滿的幸福。我們爲什麼不能建立這完滿的理想，使人人向定一目標邁進呢？我曾說過：「印度史詩中典型的女主角，像息妲和薩維德麗，像黛瑪鶯蒂和德珞帕娣，都是印度的模範女性。同時寫得十分生動。非但西洋文學中無其匹敵，像我國紅樓夢以描寫女性著名，但十二金釵中，一個也不是這等人物。只有民間故事中人物像孟姜女的意志和性格，可與她們並比。」可是孟姜女是悲劇，中國歷來所提倡的也是殉難與死節。今天我們要提出的是比死節更艱鉅更偉大的克難精神，要用智仁勇三達德來渡過這難關，到達完滿幸福的階段。這是最高的理想。當然，殉難的精神是仍應褒揚的。

印度文化與中國

印度、日本和蘇聯，是我國的三大鄰邦，西起帕米爾高原，沿着喀拉崑崙和喜馬拉雅山脈，向東南直到西康雲南邊境。我國與印度接壤的邊界，長達一千多英里。印度的面積一百五十萬方英里，有我國五分之四那麼大，爲世界第四大國。她的人口在一九四一年時已靠近四萬萬，一九四七年獨立時，給巴基斯坦分去七千萬人。但到一九五一年人口調查時，印度人口，仍有三萬萬六千萬。人口之多，除我國佔世界各國之第一位外，印度仍居第二位。但是，我們對日本和蘇聯，都有了深切的了解。對這近鄰的大國印度，卻還沒有充分的認識。例如印度現在的佛教徒已經很少，而我國許多人還以爲印度佛教很發達。同樣，印度人對中國，也不十分了解。這由於什麼原因呢？我想這大概由於中印兩大民族都酷愛和平，一向和平相處，從沒有打過仗，而近數十年來尤各自忙着集中注意對付自己的敵人，無暇相顧，所以和平的近鄰，卻反見生疏隔膜了。

其次，中印兩國，都具有幾千年高度文化的歷史，內容複雜；尤其經過近百年的西化，更使人不能認清兩國文化的眞面目和眞精神。印度產生了偉大的甘地，他認識了印度文化的眞精神和眞價值，知道印度文化並不低劣於英國；相反地，它的力量能勝過統治的武力。於是，印度人恢復了自信心，用非暴力主義的法寶來掙脫了殖民地的枷鎖。印度在甘地的領導下，恢復了民族的獨立，然而仍有許多印度人並未了解甘地。只因甘地勸導他們不要殘殺入籍印度的回教徒，竟有偏狹的愛國主義者認甘地爲反動，譏諷他是巴基斯坦的國父，忍心對不顧戒備的甘地，加以殺害。而且宣判時猶至死不知悔悟，以致把舵的尼赫魯也慌得一時將航行的方向都弄得偏斜了。

可是，印度文化的基本精神並未喪失，甘地仍活在大多數印度人的心坎裏。甘地的犧牲，格外令人認識了甘地無比的偉大，認識了甘地精神之所在。同樣，由於甘地的死，也顯露了印度和平文化的尊嚴。

其他如詩哲泰戈爾，採取古印度奧義書的精華，提倡他的森林哲學，風靡全球；他又採取印度古代教育的精神和形式，創辦了一所森林大學——即國際大學。這比我國學者採取宋元書院式講學精神而創辦的新亞書院要早上了四十多年，雖則甘地的興起要比 國父孫中山先生遲了二十多年。該校至今已擴充爲印度自己的標準學府，成爲各國學者到印研究印度文化的一大中心。

我國雖有偉大的孫中山，領導革命，結束了二百六十多年滿洲人的部族統治。但大家不能認識三民主義的眞精神，不能認識中國固有文化的光明面，融合中西文化培養出我們的新文化來與孫中山的革命運動相配合。近幾十年來的思想家和教育文化界，卻失去了民族的自信心，只造成一味盲目崇拜西洋文化的頹風，追隨在西洋制度的屁股後，耍着一套套的把戲，非待走到牛角尖的盡頭，不能迷途知返。東方的中國和印度，和西方原是三個各有體系的文化，只能互相溝通融和，不能互相變易，印度文化的新生，便給我們指出了這一條大道。

追溯歷史，印度的佛敎，曾經成爲我國文化的新血輪；印度的基地，也曾在抗戰時期供我們使用；而且，當時印度成爲我國唯一的門戶，我國與國際間的交通與運輸，都從印度出入。三大鄰邦之一的印度，對我國的關係非常密切。我們應該努力於認識印度的文化，了解了印度文化，這對我們是有益的。

（原載四十二年三月三日香港中國學生周報）

印度文學雜談

——四十九年十月十五日華僑師專第九次學術演講——

今天鮑校長要我講印度文學，實在我不知從何講起，因爲時間是這樣短促，而題目範圍又是那樣廣泛，實在不知怎樣講法。就拉雜談一談吧。

鮑校長，各位教授，各位同學：

一、我國受印度文學的影響

我想，我先講一些我國受到印度文學的影響。大凡一個民族，要旣能有獨創的文化，也要能吸收外來文化的優點，才是世界上最優秀的民族。我中華民族有歷史悠久的獨創文化，同時也能取人之長，補己之短。現代我們大量吸收歐美的西方文化，古代也曾大量吸收印度文化。就我們現存的一部大藏經，共有一萬五千卷之多，這是我國古代翻譯印度佛經文學的總成績，這些印度文學對我國文化影響，空前之大。據梁啓超先生的估計，我國語彙因而增加卽達三萬五千多個，而且這些語彙普遍的深入於民間，現在我們不妨舉幾個例來說明。

（一）一刹那：就是印度語，我們現仍通用，現在我們計算時間單位是世紀，年、月、日、時、分、秒，最小單位爲分秒，但是印度最小單位卻是刹那。「一彈指頭有六十刹那」所以一秒，相當於六十刹那，計算的是如此精確細密，所以「一刹那」便被我們普遍的引用了。

（二）萬劫不復：印度人計算時間最短用刹那，最長則用劫，今人所說萬劫不復，這裏的劫眞比天文學上的光年還要長久萬萬倍，因爲光年還可計算，而劫卻無限。那麼劫是什麼呢？劫是「劫波」之簡稱，生住壞空謂之劫，這是表示宇宙從混沌中顯現發展而有生物，有人類文化而最後仍歸壞滅而成空，從宇宙之開始到世界的末日稱爲一劫。

（三）三生有幸：這句話也是來自印度，印度有所謂輪廻之說，卽今生來自前生，今生以後還有來生，這裏的前生，今生，來生，卽所謂三生。

（四）四大皆空：也是印語。「大」是物質，「四大」卽四種物質：地、水、火、風。我們人身，由四大組成，肌肉是地，血液是水，骨髓是火，呼吸是風，世界上萬物都由此四種物質合在一起，變化而成。但是這些物質並不永恆，是無常的，經過了生住坏空的階段，最後都不免歸於空。

（五）五體投地：平時我們說五體投地，但是怎樣是五體投地呢？五體者卽兩手兩足一頭，將整個身體伏在地上，這是印度崇拜的方式。

其他還有許多語彙，例如六根清淨，一塵不染，我們雖懂得說，但不求甚解，這些都是傳自印度的，而我們知其然而不知其所以然了。關於我國受到印度文學的影響，梁啓超先生有五項影響說，胡適先生則有三大貢獻說，關於五項影響及三大貢獻說，詳細情形請看裴普賢所著「中印文學關係研究」一書，這本書對於中印文學關係，有系統的專門敍述。

二、印度文學作品舉例

印度文學重要的作品很多，像四吠陀，兩大史詩，一〇八種奧義書，都不是三言兩語所能介紹的，現在我且將泰戈爾的詩作爲一個例子，泰戈爾是東方人第一個拿到諾貝爾文學獎金的人，是世界上最偉大的大文豪之一，普遍的受到了西洋人的崇拜。他寫詩的環境是雪山靜坐恆河泛舟，與我國大詩人王維有些相似，因此他所寫出來的詩歌是靜美的，別具風格。請看他的詩：

(一)我的心，請靜聽世界的低語，那是他在對你談愛啊！(漂鳥集第一三)

(二)你的微笑是你田野的花朵，你的談吐是你山松的蕭蕭聲，可是你的心卻是人人皆知的婦人。(漂鳥集一七七)

從以上兩首小詩，我們看到他的詩神秘、超逸、清新、雋永，使人愛不忍釋，可是不易使人看懂，好像第一首詩中的「他」和第二首中的「你」都不知道指的是誰。請再看：

(三)愛是充實的生命，正如盛滿着酒的杯子。(漂鳥集二八四)

(四)燃燒着的木頭，一面噴射着火焰，一面喊道，這是我的花，這是我的死。(漂鳥集二〇〇)

這兩首詩比較容易懂得，我們也覺得詩中含有深長的意義，似乎在啓示着我們一種殊堪玩味的哲理。

是的，泰戈爾的詩是有他的印度哲學做背景，我們要眞正欣賞泰戈爾的詩，就得先明白他的森林哲學。

三、印度文學的特色

是的，文學作品的帶着濃重哲學色彩，這是印度文學的特色之一。

泰戈爾的森林哲學脫胎於古印度的奧義書，而攝取了基督敎義和西洋哲學的優點。他批評西方文明沈淪於物質主義，爲處處分隔與排他而從事於征服的堡壘文明，東方的印度文明是調和而合一的森林文明。西方文明的發展來自古代希臘的城堡小邦，東方文明則有大自然的胸懷，印度文明產生於森林，因爲印度氣候炎熱，因而文人學者爲便於深思便跑到森林裏去靜坐，在森林中受到大自然的影響，他們體會到主宰宇宙的最高原則是愛，所以我們應該慈悲爲懷，我所舉的泰戈爾詩一、兩首中的「他」，「你」都是代表上帝，泰戈爾在靜寂的森林中所見一花一木都感覺到上帝的存在，甚至自然界所發出的一點聲音都能引起他心中的感覺，自以爲聽到了上帝在談仁愛。

我所舉泰戈爾第三首詩說：「愛是充實的生命」，如果沒有愛，生命便不充實了，釋迦牟尼的普渡衆生，同樣是出發於愛——慈悲，爲了充實生命，我們要用愛的火花來發熱，發光，爲人類服務，甚至以死來完成充實的生命，第四首詩便是表現出了這種犧牲的精神，犧牲是愛的最高表現，所以我們可以看出印度文學所表現的是和平，是仁愛，是自我犧牲。

四、結　論

最後我把今天所講的印度文學歸納成三點：

(一) 印度文學讀後使人產生一種快樂和舒適的感覺，能陶冶讀者的性情，欣賞印度文學實乃人生一大樂事，英國作家夏芝說：「我每天讀了泰戈爾的一句詩，世上的一切苦痛都將忘去」，這是正確的。

(二) 古今印度文學均受到我國人士之歡迎，對我國文學影響甚大，古代我國融化了印度文學成爲我國自己的文學，今日我們接受西方文學別忘記了自己的文學，印度人懂得獲取西洋文學的技巧來補充自己的不足，值得我們效法。

(三) 研究印度文學，有助於研究中國文學，研究中國文學史者，更不能不知印度文學。

(少華筆錄載菲華師專校刊第四期)

印度佛教大學那爛陀

那爛陀寺爲印度戒日王時代（公元六一〇——六四七）全印最有名的學府，研究印度歷史的學者，往往稱它是印度古代的佛教大學。在戒日王當時，該寺已有七百多年的歷史，在寺中研究佛學的僧徒，常在一萬人之數，俊才碩學的高僧就有數千人，其中有好些是外國留學生，我國的玄奘法師就在那裏研讀了五年，由研究生升副主講。而此數千高僧中擁有國際聲望的竟達百人之多。該寺最傑出的人才是護法、護月、德慧、堅慧、光友、勝友、智月、戒賢、玄奘等大法師。

那爛陀寺遺蹟尚存，民國三十九年二月，我曾抱病遊覽其地，建築規模尚可辨認，危牆高臺，儼然一座荒廢的大城。這樣一個已有二千多年歷史的大學遺址，竟巍然獨存，眞是世界希有的古蹟。現在試請一讀大慈恩寺三藏法師傳中描寫該寺宏大規模，便可知我的話，並非誇張之辭。

『如是六帝相承，各加營造，又以甎疊其外，合爲一寺。都是一門，中分八院，寶臺星列，瓊樓岳峙；觀竦煙中，殿飛霞上，生風雲於戶牖，交明月於軒簷。加以漾水逶迤，青蓮菡萏。羯尼華樹，暉映其間；菴沒羅林，森竦其外。諸院僧室，皆有四重重閣。虯棟虹梁，綠櫨朱柱，雕楹鏤檻，玉礎文棍，甍接搖暉，榱連繩絲。印度伽藍，數乃千萬，壯麗崇高，此爲其極。』

你想經過了六代國王建造了八個寺院，用高大的圍牆聯合成的一座大寺，裏邊是：「寶臺星列，瓊樓岳峙。……」怎不像一座大城。實際上我因爲有病，在那荒城中走了差不多一小時，還沒有走到盡頭。但是上文所說的六帝營造，究竟是那六帝？還有「那爛陀」是什麼意思？現在我再把玄奘的大唐西域記中所載該寺的歷史節錄於下：

『至那蘭陀（唐言施無厭）僧伽藍。聞之耆舊曰：此伽藍南菴沒羅林中有池，其龍名那爛陀，傍建伽藍，因取爲稱。從其實義，是如來在昔修菩薩行，爲大國王，建都此地。悲愍衆生，好樂周給，美其德，施無厭，由是伽藍因以爲稱。

『其地本菴沒羅園，五百商人，以十億金錢買以施佛。佛於此處三月說法，諸商人等亦證聖果。此國先王鑠迦羅阿逸多（唐言帝日）敬重一乘，尊崇三寶，式占福地，建此伽藍。

『初興功也，穿傷龍身，時有善占尼乾外道見而記曰：斯勝地也，建立伽藍，當必昌盛，爲五印度之軌則，踰千載而彌隆，後進學人，易以成業。然多嘔血，傷龍故也。

『其子佛陀毱多王（唐言覺護）繼體承統，聿遵勝業，次此之南又建伽藍。呾他揭多毱多王（唐言如來）篤修前緒，次此之東，又建伽藍。婆羅阿迭多（唐言幻日）王之嗣位也，次此東北，又建伽藍。』『其王之子伐闍羅（唐言金剛）嗣位後，信心貞固，復於此西，建立伽藍。其後中印度王於此北復建大伽藍。於是周垣峻峙，同爲一門。旣歷代君王繼世興建，窮諸剞劂，誠壯觀也。』

此外，我們再可知道一些寺內生活情形以及當時盛況。三藏法師傳記曰：

『僧徒主客，常有萬人，幷學大乘，兼十八部。爰至俗典吠陀等書，因明聲明醫方術數，亦諸研集。凡解經論二十部者，一千餘人；三十部者五百餘人。五十部者，并法師十人。唯戒賢法師一切窮覽，德秀年耆，爲衆宗匠。寺內講座，日百餘所，學徒修習，無棄寸陰，德衆所居，自然嚴肅。建立以來七百餘載，未有一人犯譏過者。國王欽重，捨百餘邑，充其供養，邑二百戶，日進杭米酥乳數百石。由是學人端供無求，而四事自足，藝業成就，斯其力矣。』

大唐西域記載曰：『帝日王本伽藍者，今置佛像，衆日中差四十僧就此而食，以報施主之恩。僧徒數千，並俊才高學也。德重當時，聲馳異域者數百餘人。戒行淸白，律儀淳粹，僧有嚴制，衆咸貞素，印度諸國，皆仰則焉。請益談玄，竭日不足，夙夜警誡，少長相成。其有不談三藏幽旨者，則形影自愧矣。故異域學人，欲馳聲問，咸來稽疑。方流雅譽，是以竊名而遊，咸得禮重。殊方異域，欲入談異，門者詰難，多屈而還。學深古今，乃得入焉。於是客遊後進，詳論藝能，其退走者固十七八矣。二三博物，衆中次詰，莫不挫其銳，頹其名。若其高才博物，強識多能，明德哲人，聯暉繼軌。至如護法護月，振芳塵於遺教；德慧堅慧，流雅譽於當時；光友之清論，勝友之高談；智月則風鑒明敏，戒賢乃至德幽邃。若此上人，衆所知識，德隆先達，學貫舊章，述作論釋，各數十部，並盛流通，見珍當世。』

這裏非但把怎樣入學考試，讀些什麼學科，都寫了出來，連把各有數十部著作的名教授的名單都開列出來了。然而，這些史料，在印度早沒有了，這樣一座偉大學府的文字記錄，靠我們中國人把它保存下來，遺址古蹟，要英國人把它搜尋整理，印度人的光榮上，也仍籠罩着一層羞愧啊！

（原載四十四年五月十三日中華副刊）

文開隨筆

第三輯

文開隨筆

第三冊

西行日記

余既自緬甸撤退返國回外交部辦事，留重慶凡一年又四月。本年八月，奉派赴印，十月成行。余於由緬返國途中，作有撤退日記，在緬在渝情形，當補寫緬甸回憶錄及重慶印象，以留紀念。二十九年底，余自滬乘船經香港赴仰光所寫「海上日記」，既載於本刊，玆整理赴印日記，仍送本刊發表。

民國三十二年十月三十日於新德里

一、出發前

十月十五日　星期五　連日陰雨，天氣轉寒，今晨未雨，只有薄霧，但街路上還很泥濘。六點半，我左臂掛上一把洋傘，兩手整一整衣襟，匆匆步出了宿舍，走向汽車站去候車。

上月中，我預計九月底，或十月初，妻女可由滬到渝，恰巧那時我的護照已領到，便向中航公司預定四個加爾各答機位。乘客很擁擠，公司給我登記在十月十六的那一班上。從上海到重慶的行程，在淪陷區的一段，固然危險多端，到達自由區後，交通還是十分困難。薛副領事鎦森的夫人，上月十二日已電告安抵西安，可是至今尙滯留廣元，我的妻女當然已不能在這幾天趕到。我因部中催促，決計個人先飛印度，所以今晨一早起身，去中航公司購票。

七時許到達珊瑚壩江干，今天的客機剛飛走，迎面遇到很多送行歸來的男女。走進公司時，周領事廷權已先我而在。因爲遲到了就買不着票，公司將請你延期，所以公司雖要八點半才開始辦公，乘客們卻提早趕來。十點鐘，好容易把機票買到手，卽去部中辦理一切清結手續。由渝赴加，每張票價爲國幣八千八百五十元。

飯後赴警察局辦妥離境證後，向吳胡兩次長各司司長及全部四百餘同仁一一握手辭行，並至出納科庶務科領取薪水及米代金。許公使囑代辭榮總領事晚宴，電話三次未通，卽飭差送信去。數日來忙亂不堪，無暇理髮，五時許抽空上坡去理一下髮，回部時知元瑜姊曾過江來送行，未遇而返，送我自製之綢襯衫兩件留在傳達室中。

八時許回宿舍，作最後之行李整理。帶信者尋至，滿裝余衣袋。

十時許榮總領事電話召談話，十二時方返寢，進宿舍燈已熄。終日奔波，至此筋疲力盡，黑暗中摸索上床，呼呼入睡，已管不得臭蟲的進襲。

二、自重慶到昆明

十月十六日　星期六　醒來看錶還只有三點鐘，爲睡眠不足，再躺片刻。不想等亞良兄來叫醒我，已五點一刻。趕快開燈洗臉穿衣，叫工友將行李（衣箱一隻）荷赴機場；己則步行相隨，亞良安吉二兄亦步行相送。一滴汽油一滴血，此時重慶已不易有小汽車可坐，天還沒亮，所以連人力車也僱不到。

六時，渡船上珊瑚壩。行李過磅檢查畢，文光弟等又携乾點來送行。我一面吃乾點，一面作書謝元瑜姊，並託辦數事。

本日同機赴印者，有駐葡張公使，駐千里達周領事，駐約翰尼斯堡總領事館劉副領事及陳隨習領事，與周領事之公子五人，故部中同事來機場送行的有數十人之多。楊司長，王司長等也都來送張公使。陸昭華兄赴美，亦同機。

六時五十分，各與送行者揮手告別，魚貫登機。七時起飛，機聲響動，機身循滑道前進，漸離地面。南山塔影在窗外掠過，飛機已臨上空，一個盤旋，卽掉頭向西飛去。

所乘機爲七十一號運輸機。全機係金屬製成，機艙內兩旁爲兩排鋁質座椅，飛印時搭客，返國時把座位掀起，便可裝貨，座位一人一個。機頭爲駕駛室，是駕駛員（美人）電務員工作場所，有鋁質門可通客艙。客艙左後方有門，旅客卽由此上下。門後一高椅，秀美的女招待員，（英語講得那麼流利，大約是華僑）高坐其上，時時下椅以走繩索的步姿，（因機身在顚動）來去艙中，照料旅客。機尾更有厠所，供旅客應用。同機共二十六客，中外男女老幼都有，而以我外交部得六客爲最多。

上機時，旅客都把身體緊緊繫在拴帶中。但飛行很平穩，於是又放膽把拴帶解了。拉開窗帷，在曉寒中拭去窗上的水氣，我俯視脚下的江和山，在迅速地後移，飛機正沿着長江前進。既而機頭昂起，飛機高昇，穿雲而行，窗外一片溟濛。旋卽冒出飛行雲海上，頓時現出一個偉大的場面。

這時，仰觀天清日朗，一碧如洗；俯瞰脚下滿鋪雲塊，如積雪，如堆棉。遠望一片銀白，杳無邊際。其間一塊一塊突出於平面的，有如白熊蹣跚於北極的雪地中。有時又如大海中波濤洶湧，二三小舟顚簸其間，十足的是雲的海。而雲層映照在日光中，實在美觀極了。與眞的海景比較，只有更奇幻，更雄偉，眞是「別有天地非人間」。

積雪堆棉，又時有灰色罅隙，如大地之拆裂，深不見底。忽現一穴，其下另有小雲朵朵，在洞下掠過。其顏色的鮮明可愛，令人想像洞下又有美景。

俄而無復厚雲，但覺雲翳充塞全宇。眼前無數小雲，遊蕩空中，正像從玻璃杯中看滿盞銀耳，尙有未化之塊塊浮沈無定，兀自悠然上下着。

諦視良久，如入夢幻，擬拔筆作速寫，筆中無墨水，乃罷。

九時後機下無雲，但見一片栢色叢嶺，起伏窗下。山頭像蟻點相聚的，是青蒼的林木。山腰一絲絲灰色橫紋，是人類耕種的表記。但好久不見城鎭，只一二村落，像散列着的火柴匣點綴其間而已。古人云：「有土斯有民，有民斯有財」，有土而無民，等於無土。我先民之開闢疆土，及此荒瘠，可說地盡其利了。然而地下還有很多豐富的礦藏，我們還沒有開採呢！

九時三刻，忽有一片鮮綠，湧現窗外。探首視之，綠畦盡處，更有一片水光，射入眼簾。知爲昆明壩子（山間平原曰壩子）與滇池，原來已到昆明上空了。

初，爲免暈機，常眺窗外雲景。至此機身驟然降落，旣直下又急轉，只覺一陣難過，禁不住連臟腑都要吐出來。我雖未進早餐，紙袋中已吐苦水若干。時機身已着地，耳鼓中岑岑作怪痛。下機就草地休息片刻方復原。

三、在昆明

昆明機場，停滿着飛機和汽車。巨大的貨車，在機場上或來，或往。各色飛機，則像鳥在巢邊一樣或起或落。我們正在閒着看機場風光，公司中人來招呼我們登記住處。問起來，方知今日將在昆明停留。爲避免敵機攔擊，臨時改變，過半夜至三時再開。

昆明旅館之難找，一如重慶。電話詢問，大旅館如大和商務均已客滿，只得就在航空公司附近鐵路飯店開三間房間休息。當時同行六人都已倦極，打水抹過臉，就各自閉戶就寢。

下午一時醒來，肚子很餓，細聽張公使等均在酣睡中。遂躡足下樓，獨步至南屏戲院附近吃麵點。徘徊街頭，去年夏天由緬甸撤退返國在此小住了月餘而熟識的昆明，相隔一年，已覺十分生疏。小館子小商店的門面和招牌，大多已改換了。吃一碗麵要四五十元。（去年常去小東門虹橋風月，一頓午膳不過五元）我付了兩張二十元的鈔票，店家互相傳觀，他們頗覺新奇。一年小別，偶爾重來，竟使我有恍如隔世之感。

去年昆明生活低於重慶，今年則高出甚多。例如麵食，去年每碗祇三四元，現漲高十餘倍。影戲票亦由六元漲到五十八元，黑票竟又加倍。重慶麵食，現尚十餘元，影戲票只十八元。一年之間，昆明漲十倍，重慶卻只漲了三倍，這不能不說重慶的限價比昆明辦得好。但是昆明外國貨的紙煙，新鮮的猪肉等什麼都有得賣。有錢人的感覺，昆明的享受，還是比重慶舒服得多。重慶大部分的居民是在艱苦中忍受，煎熬中鍛鍊，昆明的享樂者究竟也還是少數吧。

三點鐘，路過幾家拍賣行，收音機依舊滿街放送着流行的歌曲，可是門前冷落，入門竟闃然無人，只有店員們靠在櫃上打瞌睡。一路行人稀少，去年車水馬龍熱鬧非凡的昆明，今年卻冷落如許。至華山西路，已無可觀者，因雇人力車至翠湖北路訪祖乙表弟。咫尺之平路，計三十元始成交。

車抵翠湖北路，祖乙弟在辦公處未回。稍坐，即獨自重遊翠湖。入圖書館閱報，報載敵侵片馬，有激戰。敵知我積極準備，盟軍將由印滇西路反攻緬甸，故圖先佔我戰略上之據點。

俄頃，祖乙追尋來翠湖，共遊長堤。見湖水盪漾，遊客划小艇來往，已非去年乾涸景象。他說去年旱荒，生活高漲。今年雨水又遲降，旱災更甚，故生活又劇漲，昆明已爲世界生活程度最高的城市了。

一年來昆明和重慶同樣的平靜而安謐，可是重慶人口激增，日見繁榮。從炸後住戶稀零，途無婦孺的景象，一躍而人口百萬，成爲我國在漢口以西的第一大城。昆明則滇緬路斷後，雖仍爲航運要樞，但已不易維持過去煌然的光彩。

祖乙弟陪同我去中山機器廠駐城辦事處，打算在電話中和若虛侄作長談。出大東門，到達目的地，則辦事處已遷他處。於是踏上環城東路，再走訪叔翼兄，同赴護國路一下江館（好像叫鄉園，亦年內新開的）用晚膳，味至鮮美。膳畢三人且談且行，在燈光下看昆明夜市。

昆明夜市似乎也較去年遜色；但戲院門口，仍擁擠不堪；咖啡店中美國兵出進着，鑽戒金飾，充斥於市，陳列玻璃橱中，光彩耀目；均與去年無異。

叔翼兄祖乙弟堅邀看大光明（新開）夜場電影。戲院出來，互道珍重，握手而別。返旅店，靜悄悄地，他們仍睡着。我也不驚動他們，再輕手輕脚開門入房，上床休息。睡約三刻，未十二時，劉副領事來促同赴航空公司候車赴機場。在航空公司等待到二時一刻，車始開出。二時半，車抵機場。二時四十分，機翼展動，重上征程，作安全的夜航。起飛時遙望昆明燈火，在夜空中閃爍着，雖然一瞬卽逝，這美麗的畫圖，卻給我印象很深。

祖國啊！你是涅槃的鳳凰在災難中更生了。我在你懷抱中一年多的洗鍊，也使我更堅強更自信。現在，我們又得暫別了。當我再來時，我將見鐵的洪爐，重鑄成完美無缺的金甌；我將見新的大厦，建樹着世界和平的柱石。再會了，祖國！

四、自昆明至丁江

自昆明至丁江的航行，爲飛印全程中最艱險的一段：一、因須越過敵人防地的上空，繞道北行，經過怒山、高黎貢山、野人山、喜馬拉雅山等山脈。一山高於一山，也一山荒於一山。飛機在五千公尺的雪線以上飛行，空氣稀薄，氣壓低減，血壓高的，心臟弱的人，有暈蹶之虞；體格強壯的也難免頭眩和嘔吐。二、且飛機飛越以上高山時，因欲減低飛行高度，常穿行雪山間，(有時傍着山邊走，有時繞着山腰飛) 自然很危險而又奇冷。三、經過滇緬邊境時，敵機又時出攔擊。現在作黑夜的航行，雖可減少敵機攔擊的危險，但是暗中摸索，又增加了易於迷途等困難。(雖然沿途有無線電站與機上的無線電呼應着) 所以在昆明上飛機時，大家不免暗自擔心。可是起飛後全機漆黑，在黑暗中靜坐，不多時也便都入睡了。

十月十七日　星期日　一覺醒來，機聲軋軋，飛機仍在黑暗中邁進。但因夜深，又高飛，機上未備毛毯，背靠金屬機窗，冷澈骨髓。雙足僵凍不能動，只得以毛巾裹頭，袖雙手，踏雙足，活動血液，鼓起熱力，強作抵抗而已。然已轉側不能再入睡。平時所謂駕雲而行，視神仙生涯，確乎可羨。但像今天這樣的苦凍，就覺畢竟地上是天堂，天上反是地獄了。——不，只能說地上有福地，天上有天牢，今天我們是坐天牢。

我的腦海中循着以上的線索，更有以下的思緒縈繞着。

我們人類乃是地面之動物。我們的生活，原是以土地爲基礎的。雖然以我們人類的聰明可以潛行海底，可以翺翔天空，但是我們一切衣食所需，仍大部分仰給於地面。所以政治的着眼點，仍應從土地開始。而最要緊的是要使地上成天堂，國土皆福地。天空中的神仙生活，不過錦上添花而已。然而制空卽能制敵，時至今日，坐上飛機已不是享受神仙的生活，而是擔負神聖的工作了。用以運輸的是飛機，用以擾亂敵人後方的是飛機，用以決戰，分別最後勝負的也是飛機。同盟國的所以有最後勝利的把握，因爲飛機的性能強，飛機的產量大，逐漸壓倒軸心國，能獲得制空權是一個最大的因素。我們不是爲享受神仙生活而來的，我們各負着神聖的使命。照孟子的說法，我們正需要忍苦耐勞的訓練哩！

旋有稀微的晨光，透進機窗。隱約間見鄰座均未醒，只一個緬甸少年，似乎正在張着紙袋嘔吐。一會兒天已逐漸明亮，同機者一一醒來，均縮頭聳肩，大呼冷煞。

大理的洱海點蒼山，天塹似的怒江，和瀾滄江，盤曲在高黎貢山高峯間的滇緬公路，去年都給我留有甚深的印象。此次都在黑暗的夜航中飛越過去了，未曾給我重睹一面的機緣。我想此時飛機在雪線以上的高空飛行，一定可以俯瞰野人山或喜馬拉雅山的山頭積雪，下面駝峯間一定瀰漫着皚皚的白雪。雪線邊緣，則流着閃光的冰川；雪線以下，有稀疏的灌木生長在赤裸的岩石間。而雲層則更舒展在下面深淵似的山谷裏。那知探首向窗外細看，飛機卻在海灘上低飛。機左是大海，機右有高山，機下爲傾斜的沙灘。晨曦中海平如鏡，一望無垠。私念酣睡機上，何時過丁江，竟未知之。既抵海濱，當離加爾各答已不遠。

既而飛機仍行亂山間，正怪異尙未見沃野，未見城鎭，何以機行已更低？忽見窗外一片平曠，機身卽着地溜滑，穿入縱橫密集的機羣中去。

停機相問，謂係丁江機場。但丁江在阿薩密北部，何以頃間飛機會沿海岸飛行，使人迷惑莫解。細思頃間飛機高飛，或正繞飛山腰。機左大海，實在仍是雲海，不過在曙光中不能辨認耳。

時已七時許，朝暾和煦，一如大地回春，暖意沁人，頗覺舒適，旅客均下機略事活動。因意識到我們已足履印土，聯想到從前玄奘偸渡玉門關隻身西行，旣橫越戈壁大沙漠，又攀登雪山絕壁，經過艱苦的長途跋涉，始抵天竺；去年遠征軍自緬撤退，循河道赤足涉水前進，方得抵印。今我等半夜受凍，卽入印境，實不足言辛苦。昭華兄暈機最烈，下機時亦面現喜色。難關已過，機上生活，亦漸能忍受。他原擬到達丁江後改變行程，乘火車赴加，至此亦將原意打消，鼓勇仍坐原機。

五、自丁江至加爾各答

八時離丁江，女招待員捧出點心，分發乘客，我華人之敢於接納者甚少。余竟啖牛肉數片，餃子兩隻，水菓兩份，食慾亢進。昭華兄稱羨之意，露於形色。（機聲中不易談話，故機上旅客談話機會甚少。）緬少年未進點心，仍頻頻作嘔吐聲。

張公使出示所佩鋼筆，筆頭墨水盈溢，昭華兄驗之亦然。我拔出鋼筆來試寫，居然又有墨水了，便在機上補寫日記。但不多時，墨水又乾涸了。

墨水既涸，再作機窗之遠眺。時山作赭色，小澗滿山流，白練條條，閃光耀目，但一路尙荒無人煙。其後窗外又有白雲朵朵，如汽球之定息於空中。不久，飛機又行雲層上，雲海美景，再呈目前。

機身最易傳熱，不能保持機內溫度。夜航時冷氣澈骨，此時陽光射機上，機內卽悶熱。余因將機窗上圓形透明小蓋取下，享受空穴來風。對面一西人因悶熱而瞌睡，矇矓中見余所爲，亦將彼身後小圓蓋取下，以通空氣，一面仍持續搖晃作大小點頭工作（瞌睡）。不意對面機窗空氣向外流，不數分鐘，外流空氣，仍將小圓蓋吸起。於是小圓蓋在洞口竟作舞蹈表演，其急促之步武聲與機聲相應。西人一個大點頭醒過來，只得仍將小圓蓋塞上。

正機窗納涼，閒看西人大小點頭間，窗外葱綠中忽現白光一道，視之，飛機正沿一大河流南行，沿途漸呈平原景象。這條大河，想來就是布拉馬普特拉河，就是它的上游在我國西藏境內叫雅魯藏布江，它的下游，在加爾各答附近與恆河會合入海的。它與恆河和印度河並稱印度三大河流。印度的肥沃，卽受這三大河流之賜。

十一時半，窗外田園茅舍，歷歷如繪。並有鐵路一線，蜿蜒其間，已抵印度沃土。

十二時許（我的錶還是重慶時間，加爾各答時間，尙不到十二時）窗外洋屋三五成羣，散見林木間，印度第一大都會加爾各答已在望。一簇灰白色的屋頂，綿延天際，如佛頭之放光。女招待員報告航程將終。於是乘客紛紛收拾手邊應用物品，梳髮整衣，準備下機。西洋女客，更就座上當衆點唇畫眉，對鏡敷粉，特別講究。

下機後熱氣逼人，加城溽暑尙未退。鄺隨領來接機，告訴我李領事已在大東相候。張公使與劉副領坐領館車行，我們就坐公司車進城辦入境手續，領取行李。飛機本來規定昨日當天到達加城的，我們在大東旅館預定的房間，因昨日未到，今天已無法再開，即由李領事導至百老滙飯店（Broadway）下榻。

（此係上篇載旅行雜誌十卷九期下篇記自加爾各答至新德里行程載次期已遺失）

阿格拉紀遊

能在一個適當的時機去遊阿拉格，不是一件容易的事。熱季不能去，雨季不能去，只有涼爽的冷季可去。但是還要揀着有月亮的日子才可去。否則雖去，不能領略泰姬陵全部的美。而在冷季有月的時期中，你要剛巧有空閒有伴侶，又是難得的事。在我，便是無時間可以遠遊的人。然而，既來印度的人，不能一遊阿格拉，就等於烹熊而不食熊掌，未免太可惜了。

此次觀光兄來德里公幹，擬約我同遊，旭宇兄也高興再遊一次，以補償前次未曾攝影的缺憾：件有了。承薛代辦向美軍借得吉普車一輛，使我們可以儘一個周末餘閒，遍遊阿城五處勝蹟，仍來得及依時趕回：時間無問題了。我雖病足，尚可行走，把長女榴麗帶去，隨時扶持便得。於是，我們一行四人，便在十月十二日下午三時半離新德里出發了。

車子駛過了胡馬永帝陵，便到郊外：田野間黃熟的粟子，瀰望無垠，呈現出一片秋色，也證實了印度土地的肥沃。公路兩邊，路樹茂密，車子在濃蔭中疾馳着，一路鳥飛猿啼，更富詩意。可是沿途村落，都是泥牆草頂，矮小而簡陋。榴麗皺着眉說：「這饒富的印度，近千年來不知給異族怎樣的壓榨呢？竟使印度的農民這樣的窮！」

車行九十哩，抵墨屈拉（Muttra），是德里阿格拉間唯一大城，市政欠整潔。過此再走三十五哩，便到阿城，計程天黑前可以趕到。只是沿途要橫過好多鐵路線，（印度鐵路密如蛛網，而世界地圖中，印度鐵路線畫得很簡單。）火車經過前十多分鐘，守鐵路的人便把鐵路兩邊的柵門關了，要等火車開過才可通行，因此進程便遲緩了。最不幸的是離墨屈拉數哩，忽然傾盆大雨，那眞把我們急壞了，想不到雨季已過，偏偏今晚下雨，使我們不能欣賞泰姬陵的月下美景。

但是說也奇怪，原來只有此地下雨。走了兩三哩路後，地上仍是白色的乾土。可見那裏完全沒有下過雨，這才使我們重新生出希望的芽來。

下午七時許到達阿格拉，已是萬家燈火。去西西飯店開好房間，盥洗畢，略事休息，卽進晚餐。向窗外一望，月亮已經破雲而出，於是皆大歡喜，連忙招呼司機準備夜遊。

月光下的泰姬陵

泰姬陵在阿格拉城郊，背臨瓊那河，是蒙古王朝五世帝沙傑罕皇后泰姬瑪哈兒的陵寢所在地。這坆是築得特別高大而精美，就建築藝術上說，眞是三百年前東西藝術的結晶品，至今舉世尙無其四，實在是一座連夢中也想像不出的「藝術之宮」。在世界七奇之中，是最受人讚美的一奇。

泰姬陵印人叫它做泰姬瑪哈兒。我國人或直譯其音，或譯爲什麼宮，什麼殿，什麼紀念塔等名稱。譯爲宮、殿、紀念塔，均不妥切，不合原意。直譯其音，則又使人不知所指爲何物。我以泰姬瑪哈兒既爲人名（這裏是以人名名物），而印人習慣，也簡稱她做泰姬，這建築物的實際，卻是泰姬的陵墓，那末，譯做泰姬陵，該是名實兼顧的了。

關於泰姬陵的建造，有着一段動人的故事，我已把它寫成「印度奇后傳」，這裏不再細述。總之，一個皇帝爲愛他的皇后，遵照她的遺囑，建造這樣一座偉大的后陵，並爲她鰥守三十六年，自己卻死無葬身之地，要附葬在皇后的側旁。他老年時被兒子關禁在一個古堡裏，天天在望樓上眺望這后陵，以度其殘年。臨終時還抬頭向他妻子的陵寢，作最後一瞥，然後閉目長眠。比唐玄宗楊太眞的故事，更要生動，而且是一件純潔的「偉大的愛」的事蹟。這泰姬陵，便是這「偉大的愛」而我們尙可目覩的物證。

泰姬陵墓門高大，陵園深廣。它的主體，是一座用純白大理石所琢成的二百四十三呎高的圓頂寢宮，和略低於寢宮的四根柱形華表。從墓門到寢宮之間，有一條澄淸的大水槽，陵形便倒映在水槽中。

關於泰姬陵的描寫，我在「印度奇后傳」中，只寫了如下的三十三字：

「一宮四柱，高聳雲霄，通體晶瑩，澈人心肺；倒影映水中，上下相接，其美妙更無可比擬。」

當然，三十三字只能寫出一個概要。這裏，我介紹英國駐華大使館文化聯絡員蒲樂道的話，來表達它的美。

「這建築物太著名了，遊客是很可以預備失望的。可是這泰姬紀念塔，無論如何是不會叫人失望的。我在月光下第一次看到它，這是一樁我永不會忘懷的經驗。這建築物完美的輪廓，光潔的大理石，在月色浸潤下，幾乎像一個發光體般，整個建築物在前面人造湖內的倒影，其美麗祇有親眼目覩後才能相信。有不少男人，曾爲婦女的美麗而發狂。在那邊，我才初次看到建築物的美麗如此炫耀奪目。它在我胸中所攪起的情感，幾乎與一個最美麗的女人所可能攪起的同樣地猛烈。我對於泰姬紀念塔，不願再說什麼了，因爲沒有恰當的文字可用以描寫它，而圖畫也同樣地無能爲力。」

這是在我所知道的許多描寫中最生動的文字。他對泰姬陵的印象，簡直是「驚艷」。那末，泰姬陵的美妙，也不言可喻了。

我們步入泰姬陵大門的時候，月亮還在雲爿間穿行。不多一會，雲全散了！皎潔的月光，照在白色的大理石建築上，旣光亮，又朦朧，與下面水中的倒影相接，使人感覺有夢一般的詩意。我久已渴慕着的美景，居然如願以償，心裏眞有說不出的愉快。而今天先雨後雲，經過兩次阻礙以後出來的月光，格外教人體會得到她無比的幸運。

觀光兄在水銀光中見此奇景，劈頭一句，便是：「想唐明皇遊月宮，也不過如此！」可是明月還沒有到中天，泰姬陵的建造雖屬八面玲瓏，從任何一方望去，輪廓都相同。但水槽在南面，月光從東邊斜照過來，在水槽邊望泰姬陵，只有一半明亮，其餘一半還在陰影中，所以還不是最美的一瞥。

我們走到寢宮底下，便繫着套鞋，拾級而上。走到正門口，我仰首一望，只覺立脚不住，眼睛發混，竟看不見何處是圓頂。入門，在長明燈下先看泰姬陵和沙傑罕的祭臺，獻花致敬，再由侍者打燈由隧道至地下看兩人的墓石。

在長明燈下，可以看到白色大理石琢成的種種花紋，和用五采寶石鑲嵌的圖案。在那裏，一個人微微發聲，那聲音便可在圓頂的籠罩下廻響達一兩分鐘之久。如衆人發聲，便將有「繞樑三日」之概了。

觀光兄說：「如果在這裏哼京戲，眞妙極了。」我慫恿他試哼一句，結果他哼了四分之一句，果然聲音格外清脆，餘音嬝嬝不絕。

這時遊客漸漸多起來了，口啣雪茄的西洋紳士，御夜服長裙露肩的紳士太太，赤足紗麗的印度觀音，(她們到此脫鞋，道地赤脚，以示恭敬，從無穿鞋套的)和戎裝的英美軍人等，絡繹進門。我們退出正門，到後面臨眺瓊那河的夜景。

當我們再到水槽中段，歇息在荷池邊石凳上時，有一羣英印混血兒在石上拍照。一個鏡頭，配光四分鐘之久，頗為費力。那幾個女的，便站在那裏大談其泰姬的如何美麗。

我因為這建築物上正面的陰影，仍有殘留，便叫榴麗扶着步向東面去眺望。果然那一宮四柱，光亮無比。可是東面無水，缺少了倒影，徘徊久之，我決心等着月亮升到天心，去正面看過最美妙的一瞥，才回旅館。

等我到荷池邊報告東面情形，觀光兄便也過去觀看。回來時他說，果然出色，一定等月到中天才回去。於是我們坐在荷池邊等待，榴麗把池水撥動着，以觀泰姬陵倒影的搖晃，和池中月兒的化作銀蛇。

我們坐在池邊談着沙傑罕的故事：

他造這泰姬陵，用二萬工人，造了二十多年，化去了五百萬盧比。可是從前坟裏原來供着鑽石珠寶的，那些鑽石珠寶的價值是無法估價的，而且也不是用貨幣去買來，而是沙傑罕的臣下們到民間去搜括得來的。這一位不喝酒行仁政的好皇帝，為了排遣他悼亡的悲哀，這時也一飲輒醉，無心於國政，只想等白石坟造好，便再經營一個同樣大小的黑石坟，以為自己歸宿之處。

他的四個兒子，見他如此不管事，便躍躍欲試，都想出來搶奪帝位。三子奧蘭齊白，最為激烈而陰險；他說，為了自己建造大坟，讓臣下們借此搜括人民，簡直是無恥，他死了，寧可不造坟，決不如此勞民傷財。他的父親病着，他的兩位哥哥達拉和蘇佳，已打起來了。他便哄騙小弟牟拉特和他聯合起來打敗兩人，自己便篡奪帝位，而把父親監禁起來，把小弟也交給他的仇人殺了。父親的黑石坟固然沒有造成，而他自己呢，卻是一位好大喜功的暴君。他一死之後，蒙古王朝便四分五裂，頓時衰微了。

忽然瞥見池中的明月，已經移來中間。急忙舉目向寢宮看去，竟已通體雪白，晶瑩得像透明的一般。水中深碧的天，映托着后陵的倒影，也格外清晰明亮。看着，使人忘卻身在人間。眞像理想中的廣寒宮呈現在目前，有飄飄欲仙之感。

我們正在嘖嘖稱賞之間，卻發現旭宇兄不見了。大家尋覓，看見他已睡在一張石床上。原來此時已深夜十二時，旅途辛勞，加以晚餐時喝了幾杯酒，已悃倦難制，在夢見沙傑罕和泰姬起來招待他了。

我們來時是最先到的第二輛汽車，這時出門卻又是最後第二輛了。

印度第一座白石坟

晚間我把爛脚藥換過，熄燈就寢。那泰姬陵的印象，兀自縈繞在我腦海中，我便思索泰姬陵詩的腹稿。可是這樣的美景，實在不易把它的神韻在幾句詩中表達出來。思索着不知何時入睡的，清晨醒來卻做好了別的一首詩。

十三日上午，我們仍先去泰姬陵觀光，欣賞日光下的景色。因為是星期日，遊客格外多，眞是裙屐翩翾，園中如開盛會似的，遊人穿梭地來去着。我們在荷池邊，寢宮門前等處拍了幾張照，便急忙趕到阿格拉古堡去。

車中嚮導告訴我們在十月半以前，阿格拉古堡還是早晚開放：上午七時至十時，下午四時至六時。要到十月半以後，才算冷季，中午也開放。現在已經十點鐘，只好先遊別處了。於是汽車開上鐵橋，越過瓊那河去看泰姬祖父的坟——相冢。

關於相冢，又有一個動人的故事，但這不是泰姬的故事，而是泰姬姑母的奇蹟。

泰姬的祖父名伊德梅特烏特陶拉，是波斯人。他聽說阿克拜大帝招收賢士，便移家到印度來。經過沙漠的時候，他的妻子又生了一個幼女，名叫彌兒。因爲路上絕糧，無乳可喂，便把她棄置路旁，幸被一駝隊商人所見，救了起來。後來經過了多少曲折，彌兒終於做了蒙古王朝四世帝傑罕基的皇后，改名奴傑罕，便升她父親做宰相。一六二二年，他父親死了，升他哥哥阿薩夫繼父職，並替他父親造一精緻的大坟。她計劃用金銀珠寶來造這坟，但恐被盜竊，結果她用六年的功夫造了這印度第一座鑲花白大理石坟。這坟造成以後三年，沙傑罕便仿效這坟，擴大規模，爲泰姬造一稱奇天下的白石坟。

相冢的規模雖不大，卻也相當精美，就是當時王宮，也沒這樣光彩奪目。那牆上五彩的圖案，簡直比現在女人衣服上流行的花紋，還要美麗。我對榴麗說：

「如果妳的文光叔從美國回華時，能來此一遊，他一定會把這圖案視爲奇寶，一一描繪得去的。」

「爲什麼呢？」

「不是他從前曾給布廠畫花布圖樣的麼？像這種圖案，搬上花布，一定受人歡迎的。」

「哦！原來如此。」榴麗笑了，「的確，我也喜歡的。」

說着，我便扶着向嚮導借來的手杖，走到向陽的一面去，再請旭宇兄拍了一張照。

空無人居的鬼城

從相冢出來，嚮導領着我們亂闖：先到一荒園，他說是御花園；又到一小徑，進去是半個破坆，他說是沙傑罕時宰相的坆。我們因爲沒有時間可以隨便流覽，便由旭宇兄駕車到城外二十四哩的西克里去。

西克里是蒙古王朝三世帝阿克拜建都之處。那裏用紅石造成七哩周圍的大城，裏面宮殿的建築，也全用紅石，阿克拜定名叫勝利城。

這勝利城建築的歷史是這樣的：

阿克拜大帝因無嗣，去阿治米求子。夢中有人告訴他，應該去向西克里山洞中的九十歲回教老僧沙零請教，大帝便趕到西克里來。大帝到時，老僧沙零正在祈禱，大帝不敢驚動他，便恭恭敬敬的跪在他旁邊。老僧祈禱完畢，大帝尚未開口，老僧便說：「請起來，我已答應你的請求了。」並且囑咐他皇后懷孕以後，應該在這山上建造一屋，讓她住在這山上，才會得子。大帝依言而行，果然於一五七〇年產一太子。因此，便叫太子拜老僧沙零爲師，也取名叫沙零，並在山上築城。依照印度敎式樣，大建宮殿寺院，定爲國都。城裏的白石坟，就是老僧的埋骨處。原爲紅石，後來太子沙零做了皇帝以後，追念師恩，給他改造成白石的。

這勝利城當時居民遍山，官商雲集。一五八五年遷都拉河以後，便漸漸衰落。現在城裏宮闕依舊完整，可是因爲飲水困難，除一招待所外，已全城空無人居，所以有鬼城之稱。

我們到那裏，已下午一時。要招待所備飯，侍者答復只能略備茶點。結果以八盾的代價每人享受到三枚煎蛋和一杯紅茶。

遊覽開始了：嚮導從造幣局起，一路走一路指點給我們看，講得天花亂墜。印度敎的皇后是住在一個名爲金屋的宮中；回敎妃子，卻住在一隻涼亭裏面。一間空屋是宮女們捉迷藏的遊戲室。那五層樓的五樓宮，又是嬪妃們讀書的地方。

在五樓宮前有一塊大石，四周地上，畫着十字形的棋局。嚮導說從前蒙古皇帝下棋，都是用宮女做棋子的。那些宮女穿着規定的衣服，站在棋盤中，阿克拜大帝便坐在這大石上發令叫活棋子聽命前進。我們便坐在石上，請旭宇兄拍一張照，以留紀念。我也替旭宇兄在大樹下拍了一張。

這勝利城的確很大，我雖扶着杖，也走得有點脚痛，再也走不快。一會兒，我便落後了，讓他們再到後面去遊覽。我獨自站在這闃然無人的宮闕間，想像當日阿克拜跪求高僧的情形。回教僧侶禱告的情形，我沒有印象，我參加過甘地的晚禱，他們是盤膝坐着口唱經文的。所以我看見那高僧沙零也只像中國和尚一般趺坐着在那裏誦經，而阿克拜卻必恭必敬的兀自跪在他身旁。

我又想到彌兒入宮與太子沙零一同放鴿，當然就是在這城裏。於是一對活潑的小孩，又顯現到我眼前來，他倆正在放着鴿子玩哩！

以後我又想像到阿克拜大帝穿着印度裝騎在愛象黑冷身上的樣子：他眉間所畫身份表記的花紋十分清楚，那黑冷身披錦繡，把它的長鼻鈎住他的手臂，他一手正在撫弄那象鼻。

接着是映出奴傑罕騎象指揮打仗的英姿：她頭戴后冠，面部下半遮着絲綢面幕，露出一雙閃閃有光的杏眼。她把手一揮，她的兵隊，就蜂湧而起，衝鋒前進了。

又是他們鬪象的鏡頭：一頭象，把象鼻一掀，露着雪白的象牙，張開似星的小眼，嗥叫一聲，便向前怒衝……

想着想着，旭宇兄等已從後面折回來，在叫喚我了。我才從懷古的幽思中覺醒過來，和他們一同乘車下山。

望陵台上的歎息聲

回到西西飯店，已是下午三時許。略事休息，吃過午茶，便算了賬預備去遊阿格拉古堡後，即趕回新德里，順路一遊阿克拜大帝陵。

阿格拉古堡，建於一五六五年，經過阿克拜、傑罕基、沙傑罕三代的經營，才成今日的樣子。外面的城堡和裏面的宮殿，都和德里的紅堡相仿。但阿克拜所建大殿，尙係採用紅石，不如紅堡的全係白石鑲花。其中鏡子宮是一精緻的浴室，先後爲奴傑罕及泰姬洗浴的地方。那浴室很黑暗，但裏面滿裝鏡子和鑽石，所以不用燈燭，仍可入浴。而且當皇后入浴時，外邊的人如闖入，看不見裏面的人；裏面的人，卻可從鏡子中看到任何一方的來人。浴池池底，繪有游魚。當池水流動時，有眞像活魚在游泳一般的妙景。據說當時奴傑罕入浴，浴池中散有玫瑰花瓣，芬芳撲鼻。有一次，奴傑罕看見玫瑰花中流出油汁來，她便發明了玫瑰香油，至今爲印度名產。其中還有傑罕基佔據阿拉哈巴叛父稱帝時所設黑石寶座，後來也移來阿格拉，現在尙陳列在宮中。

當然，這裏最爲人注意的，是沙傑罕的望陵臺了。沙傑罕被兒子幽禁在此，達八年之久，每天在望陵臺上眺望泰姬陵，以度其殘年。彌留之夜，更是十分淒涼：他召喚他兒子來，他的兒子沒有來，只有忠心的長女，隨身侍候。是夜，月光暗淡，他勉強抬起頭來，向一哩外水邊的他妻子的歸宿處——泰姬陵，凝眸良久，一聲長歎，倒枕氣絕。這眞是一幕感人的悲劇啊！

沙傑罕彌留之處，牆上鑲嵌着的都是素馨花，印人名之爲素馨樓。這房子建成八角形，又名八角樓。其實那裏全無門窗，祇像中國的亭臺。我想銅雀臺因有望陵之事，後人且改稱之爲望陵臺。則此處名之爲望陵臺，倒比較親切些，所以我採用了這富有詩意的名稱——望陵臺。

從望陵臺上眺望泰姬陵，剛剛看到泰姬陵聳峙在瓊那河的河曲上面，如在圖畫之中。侍者指示給我們看牆上鑲花中的一塊綠寶石，裏面反映出泰姬陵來，尤見清晰而生動。他說：「當時牆上，四處嵌滿這種紅綠寶石，讓沙傑罕可以隨地望見他妻子的陵寢，現在卻祇剩這一顆了。」當時我以爲這是後人附會，藉以滿足遊人的好奇之心，但後來我細想這或許是眞的，因爲這正是幽囚中的沙傑罕消磨他餘生的一法啊！

昨天榴麗告訴我曾在泰姬陵看見沙傑罕披着白衣徘徊流淚的樣子。從望陵臺上走出來時，我便問她有沒有聽見嘆息的聲音，她聰明的回答是：「似乎聽見的。」

風雨凄其過帝陵

我們正要走出古堡，驀地狂風括地而起，飛沙走石，寸步難行，我們都掩面躲入古堡門口的售票處去。這時我想起遊泰姬陵及相冢時擬購白石鑲花盆，因時間怱促未及成交。詢問此地有無購買，卻祇有孔雀羽扇等可購。而此時已四時半，大風阻礙我們的行程，那裏再有時間去覓購白石盆！此行未獲此物以爲紀念，也只可讓他美中不足了。

約二十分鐘後，風勢稍衰。我們便冒着風沙，上車開行，向歸途奔馳。

阿克拜大帝陵在西根特拉，離阿格拉五哩，剛在去德里的路邊，我們只要在天黑以前趕到，還來得及瞻仰一番。

阿克拜是二世帝胡馬永的太子。胡馬永自波斯打回印度復國的第二年，國基未固，便在德里突然墮階跌死。那時阿克拜年才十三歲，卻有雄才大略。他冲齡登極，平定叛亂，遷都阿格拉，引兵南下，疆土大闢，眞是一代雄主。但這還只是他功業的一半，其餘一半，是在他能調和印度教和回教的文化。這樣，他才奠定了蒙古王朝三百年的基業。

阿克拜大帝寬仁愛民，努力文治。可是外族回教帝王與印教人民，總是格格不入，治權難於鞏固的。他看到這點，便以身作則，破除回教帝王向例，娶印度教王公比哈利馬爾之女瑪莉阿姆薩瑪尼爲后，並任用后之家人爲官，來協助治國。後來征服印教王公，也常娶其女爲妃而赦其罪以結姻好。他所建宮室，都仿印教式樣。宮中回教寺印教寺並列，自己也常穿印度裝。對於苛待印教徒的人頭稅巡禮稅等一概取消，在法律上使印回平等。

他對於基督教拜火教錫克教等也不歧視，並所採納。他招集的智囊團九賢，便是各教的才智之士，有九珍珠之稱。他在坟上的墓銘，寫着九十九種上帝的名稱，更可見他所欲包容之廣。他從一五五六年卽位，至一六〇五年死去，統治了印度整整五十年，史稱大治。歐西人士，亦尊之爲大帝。

大風之後，繼以大雨，我們的汽車駛出了阿格拉城，簡直像一頭發怒的野獸，在荒野中和風搏鬪着。五時許抵西根特拉，我們冒着風雨，走進阿克拜大帝陵的大門。大帝的陵墓，以紅白石合成，當然沒有泰姬陵那樣精美。但規模的宏大，氣魄的雄偉，卻也足以符合他一生的功業的。那時風雨淒其，正像對着大帝爲今日印回紛爭而灑淚似的。忽然，我們抬頭看見雙虹貫天。我知道有虹出現，這風雨便不會再持久的。可是我們的衣服快淋溼了，在大帝坟上，不便久留，未及細看，只得退回車上，繼續我們的歸程。

多情明月伴歸程

榴麗，她是有歷史癖的，她對印度歷史，很感興趣，一些瑣事遺聞，她都記得。車行不久，風雨漸小，天也漸漸黑下來了。她便給我補述阿克拜大帝陵的故事。她說：「太子沙零當時在阿拉哈巴叛父稱帝，給阿克拜擒獲，仍舊派他到孟加拉去。沙零卻又把他父親的大將阿蒲法嗣暗殺了。但是他父親臨死，仍把帝位傳給他，並諄諄告誡，讓沙零愧感交迸，無地自容。後來他到西根特拉來祭坟時，總是免冠跣足，步行前來。到坟上以手撫石，涕泣不止，來懺悔他的罪愆的。」

她又說：「阿克拜自己是一個孝子，父親的話，他都聽從，他待他的弟弟也很好，諸將叛變的，給他捉來，他也赦免他們。可說全印度的人無不受他感化。可是他的子孫，不能遵守他的遺敎，一到奧蘭齊白，又開始對印度敎徒虐待了。印回間的鴻溝，重新劃分，連阿克拜的屍骨，也給暴徒破棺刼去，現在大帝陵中，只是一具空棺呢！」

說着，風雨已停息了，天也黑了。畢竟是小孩子，她卻自信極有把握，想來一獻身手，要求我叫司機讓她開車。這時天黑路遠，在這荒野中萬一有所差池，今夜怎可回家？經我制止，她很不高興。可是，一會兒有一小鹿在車前燈光中跳過，不一刻，又有一野兎奔跑，她看着又很開心了。

此後，大家靜默無言，我在轆轆的車聲中，又思索阿格拉記遊的詩句，想把阿城五勝，各做一首。結果只把阿格拉古堡一地的腹稿打好，而夜也漸漸涼了，屁股也坐得發痛，於是停車片刻，下車舒展一下，添衣飲水，才再開行。

上車後觀光兄爲打破沉默，口口聲聲，再隔一小時可以到新德里了。旭宇兄卻說，恐怕非到九時不會到家。可是不久，司機卻說再十分鐘可到，你們沒有看見前面一派燈光嗎？大家想已過了墨屈拉很久，一路都是小村鎭，決無如此燈光，想必眞的快到家了，很是興奮。榴麗卻不向燈光處望，兀自眼看車外，毫無動靜，突然間她喊道：「你們看路牌，不是還有五十四哩嗎？」

大家正在驚疑的當兒，卻見一顆碩大的月兒，已躍上地平線，在天邊滾繡球似地正隨伴着我們汽車前進哩！於是，我們才解答了燈光的謎。

這時，我靈機一動，毫不費力的口占了一首歸程絕句。這多情的明月，的確一路在車外以相等的速度，隨伴着我們直到新德里呢！

三十六年十月於新德里（原載旅行雜誌二十一卷一期）

附錄　阿格拉記遊詩七首

一、出發

今年此日幽，結伴阿城遊；轆轆車聲起，疾馳一片秋。

二、泰姬瑪哈兒—后陵

最是瓊河明月中，后陵高矗玉玲瓏：巍峨四柱分隅列，晶瑩一泓倒影同；天上應無蟾兔闕，人間卻有廣寒宮；如何黑石留遺恨，雙聳水濱不竟功？

三、阿格拉古堡—沙傑罕被幽處

朝朝暮暮望陵台，八載幽囚門未開；落日悲風聞太息，至今沙傑有餘哀！

四、伊德梅特烏特陶拉—相冢

兩代后妃兩代相，誠然生女光門楣；從來身後一坯土，此冢獨巍賴息嬀。

五、西克里勝利城—鬼城

驅車西克里，來瞻勝利城。山城踞形勝，紅石數里縈。宮闕仍依舊，闃然無一人。佇足細凝視，疑欲顯幽靈。導遊來指點，且走且誇陳：夢宮帝所居，秘閣見大臣。高厦名五樓，敎讀女學生。樓前有棋局，畫作十字形。宮女活棋子，站立唯命聽。大帝石上坐，運棋如用兵。印后藏金屋，回妃住涼亭。內有拜火殿，又有印寺門。夏娃失樂園，壁間畫亦存。向後更二景，象塔白石墩。近日我病足，拄杖難疾行。隨之數轉折，踟蹰已失羣。忽見牆陰處，幽暗漸光明。一僧長鬚眉，趺坐誦經文。大帝跪其旁，侍之若師尊。又見兩小孩，彌兒與沙零。捧鴿各高舉，拍手看飛鳴。更見門兩象，象眼小似星。一象正欲倒，驚聞喚我聲。同遊已復來，我立猶出神。登車下山去，回首望白雲。

六、西根特拉—阿克拜大帝陵

少主功業偉，帝陵猶常新。王朝三百年，獨嘆帝英明。賢集九珍珠，教容五種神。印回文化合，異族相通婚。上帝九十九，赫然有墓銘。惆悵今日事，兩教鬧紛紛！

七、歸程口占

歸去不嫌道路賒，阿城風物洵堪誇；多情最是天邊月，車外伴行到我家。

阿里山之遊

當四月十二日晚九時半平等號快車駛進臺北站時，我們一一握手道別，各返自己的住處。三日來的新生報讀者阿里山旅行團，到此已圓滿結束。我們男女團員，年齡、籍貫、職業個性，都不相同，但有一點相同的志趣：在長期疲勞工作之後選定春秋佳日，作兩三天的山水遊覽，來鬆弛緊張的身心，洗滌塵囂的煩惱，擴張狹隘的眼界。現在每個人帶着愉快的心情回來：我們的臉曾被祝山旭日照紅，我們的頭髮曾被峯嶺的天風吹拂，我們的脚曾踏破層疊的雲海而上，我們的身體曾被膩滑的溫泉所浸洗；而吉野櫻花的微笑尚留在我們脣邊，六十二洞的登山鐵道和三十二孔的西螺大橋兩大工程的偉景還映在我們的瞳孔裏。明天，我們重還各自的崗位，都將有飽滿的精神來發揮工作的效力。

我們於九日夜車出發，在臥舖上躺了六個半鐘頭到達嘉義。投東賓旅社盥洗進早餐，卽轉乘小火車上山。因爲是阿里山櫻花盛開的節期各方遊客異常擁擠：雖然每天加開兩班遊覽車上山，車廂裏的遊客還似罐頭裏的沙丁魚一般擠得手足無措。我們到站較遲，只好站在車廂外的鐵欄邊，幸得到北門站另加了一節，衝鋒進去，才獲得每人半席的座位，可是有兩位女團員把分派到的匣子飯，早已擠落在地上了。擠在火車裏經過七小時的耐心訓練，下午三時才到達阿里山站。把行李安頓在林場招待所，喝過茶，便出外觀賞櫻花。一路看三代木、遊慈雲寺、參觀高山博物館，然後再去瞻仰過神木，進招待所晚餐。晚餐後又去姊妹潭遊覽，順道到市鎮上去選購照片和紀念品。

因爲阿里山是採伐木材的林場，到處是參天的古木，所以神木雖是一棵高達四十五公尺的三千年紅檜，樹幹的巨大，要我們全團十三人合抱起來，才恰恰可以繞樹一匝，但也並不覺得特別高大。三代木是千年古樹，經採伐後留下樹根這是第一代；樹根邊發出新枝，再經千年，又被採伐，這是第二代；第二代的樹根邊再生新枝，便成第三代。這在原始森林的林場，是容易有的現象，所以阿里山的三代木不止一處。慈雲寺並不宏大莊嚴，高山博物館規模很小。而看過陽明山櫻花的覺得阿里山櫻花也不怎麼艷麗。大多數的人是久聞阿里山的大名抱着極大的希望來的，而在小火車上吃了整天的苦，上山後所見不過如此，未免失望。

我呢？我在登山火車裏已經滿足了。沿途穿越着一個個或深或淺的隧道，小火車在險峻的山路上喘氣前進。或則下臨深邃的幽谷，或則面向千仞的削壁。怪石奇岩，隨着峯廻路轉而變化，體會到了國畫中的各種皴法，巧妙地配合在一幅長長的畫面上。那沿途採伐過的林場，矗立着若干禿頂的蒼老古樹，枯幹上點綴着疏枝密葉。那裏不聞鳥鳴不見獸走，簡直是格調最高的古畫。那新植的林場，樹林濃密，秩然有序，表現了人工開發的成績；那原始的荒林，蒼蒼莽莽，一望無壤，使人感覺到自然的偉大，在雄壯中透露着荒涼的情調。而有時那一片雲海，舒展在車窗之外，又使人心曠神怡，有超然出塵，身登仙界之感。

上山後我又得到攝影的樂趣：陽明山櫻花的紅艷，使我在攝影上未能得到滿意的成績；阿里山櫻花的素淡，正合照相之用。而這裏比較又是花大而密，樹老而幹欹枝橫，拍起來更加好看。高山博物館裏的奇禽異獸，慈雲寺裏的美麗野蘭，也增加了我的遊興。其實，這裏山中的樸素靜美，如果沒有這許多遊人的擾攘，同時把落英繽紛的櫻花當作桃花看，那末，正是一幅絕妙的桃源圖咧！

旅客們都早早歇宿，把不滿足的心，寄託給翌晨祝山峯頂觀看日出的夢。早醒的人四點鐘就起來了。等到我們四點半起身，洗臉水早已被搶一空，因此我們只得蓬首垢面的摸黑出門。招待所代僱嚮導打先，一步步向上攀登。女團員中周太太怕落伍，不斷的喘氣喊「哎喲！」六時許到達山頂，東方已透出朦朧的曙光。脚下的羣山，由黑影轉成紫色，天邊的雲霞也呈紫葡萄的晶瑩。晨風吹着每個人的鬢脚衣角，在微光中已可辨認面目。東一簇西一簇的人影沉浸在靜默中，所有的視線都集中在一個方向。我回頭估計一下，居然也有一百餘人。照相機也有五六架之多。

一會兒看見山谷底裏的白雲在浮動；再看天邊，紅色褪去，已露白光，但雲霞仍罩緊在地平線上。於是有人說太陽已上升，被雲所遮，今天看不到旭日了。於是一轟而散，散去了幾十人。我們的領隊吩咐我們再等一刻鐘，過了七時再下山。因爲現在四月份起夏令時間的七時，其實只是六時，太陽要到六時左右才上升呢！

果然，一會兒東方天邊的雲霞又呈緋色。在雲霞的背後，漸見有光熠熠的一塊在放大，只是隔着一層赤幕，鑽不出來，卻逐漸移向上方，逐漸紅色淡卻。天邊的赤霞，變成了灰暗的雲翳。清晰地看到旭日東升的機會，十次中只有一兩次可得：雨天當然無望，晴天也常爲雲翳所遮。記得十四年前我在印度洋的航程中，看海上日出，一連守候了五天才有機會看到似火球躍出海面的美麗旭日。到七點半，我們只得忍饑下山。我爲要等山谷裏的白雲升騰起來，落在最後。但具有熱力的太陽光不放射出來，白雲猶自沉澱在山谷中，無法攝取滿意的鏡頭。沒洗臉沒吃東西不打緊，佔據不到下山火車的座位卻要大傷腦筋，所以只得胡亂拍了幾張便追奔下來。

我們靜坐在車廂裏直等到九點三刻才開動。下山時因陰雲密佈，有時還灑着稀疏的雨點，車窗外白茫茫一片烟霧：山神似吝惜他的賜與，把所有奇景都隱蔽了。於是火車的節拍，變成了我的催眠曲，我在車中入睡了。

下午三時許車抵嘉義，我們在中央飯店痛快地大吃一餐，便分乘二部小轎車馳赴以溫泉聞名的關子嶺投宿。我們在靜樂旅社中有舒適的房間。洗過膩滑的溫泉，在靜聽溪流潺潺聲中酣然入夢。

關子嶺最好的玩法是汽車開到上山處，下車先玩大仙寺，由大仙寺翻山到碧雲寺，再從碧雲寺攀登水火洞，然後經過嶺頭國民小學下坡到達溫泉所在地，便沐浴休息。爬不動山的，則乘車直達溫泉，僅遊嶺頭便行了。但我們只到嶺頭水火同源喝了兩杯茶，欣賞一下天然瓦斯的火舌在一個水泉的洞源噴出的奇景，便原車返嘉義午餐。

下午二時半與嘉義告別，原車走公路經遠東第一的西螺大橋赴彰化，轉返臺北。

（四十三年五月一日自由談五卷五期）

阿里山奇景

「不到阿里山，不見臺灣的偉大；不到阿里山，不見臺灣的美麗。」敍述臺灣的文字，常這樣誇耀阿里山。我未來臺灣之前，已久聞阿里山之名。一般說來，你若問：臺灣有什麼山水？得到的回答一定是：山有阿里山，水有日月潭。我到臺灣後有機會便遊覽臺灣的名勝古蹟，考察臺灣的民情風俗。日月潭我是早去看過了，阿里山卻始終沒有機會去。原因之一，上阿里山以櫻花時節爲宜；原因之二，找不到遊侶。去過阿里山的都說：第一、旅途太苦，上山下山化去的時間多，而玩的時間少；第二、根本沒有什麼好玩，因此不想再去第二趟；有的人就勸我不必老遠的特地去玩。

我曾問一個遊過阿里山的人說：你們遊阿里山不是順便去遊吳鳳廟和關子嶺的嗎？那末，這兩處怎樣呢？得到的回答是：吳鳳廟太小了，一覽無餘。與其看吳鳳廟，還不如看一場演吳鳳故事的電影——「阿里山風雲」。關子嶺有溫泉可洗，但溫泉在臺灣並不稀奇，北投的設備比關子嶺更好。我說：關子嶺不是有水火同源的奇景嗎？回答是：水面上一蓬火，有什麼奇？關子嶺的天然火又不止一處。

於是，我知道阿里山一定值得一遊。不過，阿里山不是一般遊客所喜歡的，一般遊客旅行所注重的還是物質享受。因爲，吳鳳廟和關子嶺我是去過的，我的答案與前述的答案不同。

那次我在嘉義不知去吳鳳廟有公共汽車可搭，我要滇南表弟陪我去，僱一輛汽車太貴，僱三輪車都不肯去。但我因崇拜吳鳳，非去吳鳳廟瞻仰一番不可。於是在下午我表弟設法借來兩架脚踏車，兩人一同騎車往遊。不料吳鳳廟離嘉義雖只有十一公里，去時一路上坡，用足氣力踏得滿身大汗，還是踏不快；將到時的坡度尤高，幾使人踏得精疲力竭，只得沿途休息，乞漿解渴。原來吳鳳廟在阿里山山麓，地勢比嘉義高，所以，三輪車都不肯去。那時冬天日短，我們兩人直到夜幕快要罩下來才到達目的地。廟裏已黑，便用火把照着去瞻仰供奉的塑像。守廟人送來茶水，我們便坐在走廊裏喝茶，想像二百年前吳鳳這七十一歲的老人：頭披紅巾，徐步前來自我犧牲時的情景。他以一人之死，感化了高山族，換得二百年來的番漢和平。他的精神眞可說是：光輝百代，照耀千古。我覺得不僅前面的一排高山應屬於吳鳳廟的範圍，而且，這裏整個的天地就是一座吳鳳廟。歸途脚踏車在下坡路上吹拂着晚風飛馳，我得到了異常愉快的心情。

關子嶺我愛它的靜，那山中別有天地的境界：日間傍崖坐看雨後的蒼翠，夜裏臨溪臥聽流水的潺潺，幾疑自己便是神仙了。這裏地下的天然煤氣從石隙中噴出，用一枝火柴點着，便可烹茶煮飯。而水火同源的天然火，更從泉穴中與沸水一起冒出，當然是罕有的奇觀。不過，人們的心理總是這樣的，聽人述說奇景是動聽的，當你親眼看到以後，便也覺得並不怎麼稀奇了。

由於新生報讀者服務部舉辦阿里山春季旅行團，我報名參加，實現了我遊阿里山的願望。由嘉義去阿里山的登山小火車，上山時要走差不多八小時，下山也要走六小時。火車設備不合理想，又走得慢，沿途都是簡陋的小站，只有粗劣的飲食可供應。山上的宿處也缺乏大都會中的物質享受，當然旅客要認爲受苦不淺了。

現在說山上的名勝，有神木、三代木、高山博物館、慈雲寺、姊妹潭、祝山觀峯亭等處（風景照片均見本期封裏）。

神木是一株高四十五公尺周圍十九公尺的紅檜，因爲是三千年的古樹，所以，土人尊之爲神木。神木枝疏葉密，巨幹高昂，矗立在登山鐵道的神木站旁。樹幹之大，要十三個人張開兩臂連接起來，才能合抱；至於樹的狀貌，當然是又古雅又巨大的了。但神木沒有長在山頂上，顯不出它的高；而且，附近蒼老的古木，有如密集的烟囱，所以，遊客覺得神木也不過是「鶴羣之鶴」而已。

三代木是一株一二千年的紅檜大樹，經砍伐後留下大根，根旁抽出第二代新樹來；再經一二千年，第二代又長成幾抱的大樹被人砍伐；這第二代樹伐後的根旁再長出第三代新樹來。這樣要經過三四千年，才有盤根錯節的三代木之奇觀。但是，阿里山的三代木又不止一處，伐剩的古樹大根到處都是，雖則遊人可從宛如假山的三代木樹根孔穴中鑽進鑽出，見多了便也不以爲奇了。

高山博物館中陳列着阿里山的飛禽、走獸、爬蟲、化石、花草、樹木等標本；及阿里山模型，和高山族人的服飾用具等等。館雖不大，佈置得玲瓏而幽雅。但遊人中很少要研究阿里山動植物或高山族人生活的，所以，只是走馬看花，應景一到而已。

慈雲寺是一座日式佛寺，廟宇不大，淸靜雅潔，在一座名山上，倒是不可缺少的點綴。尤其女性遊客，遠赴名山遊覽，如果不求上兩籤以卜吉凶，總覺得像是失去了旅行的意義似的。姊妹潭是阿里山上唯一的水池，兩池相接，中建一亭以分左右，故名姊妹潭。潭中亭用一座木板橋與池邊連接。池水清澈，倒影空明，只是四週十分荒涼。我們披荆覓道前往，已時近黃昏，處身在四面懸空的亭中，更覺悚然可怖，眞感覺到那些樹靈山怪就要出現的樣子。我說在這裏最宜講述鬼怪的故事，有幾個遊伴，嚇得馬上拔脚便跑了。

觀峯亭在祝山絕頂，標高二千四百八十四公尺，泰山不能望其項背，連峨嵋山也不能和它並肩，還低了四百多公尺。登觀峯亭迎面可望遠處拔海四千公尺高的玉山主峰，峰巔積雪皚皚，瑩白如玉。吳稚暉先生說：「望之如美人出浴，纖手摩天，臨風弄姿而烟波浩汗。又如英雄躍馬，號令百千萬雄獅，氣吞山河，似將吸起太平洋之水洗濯吾大陸一片血腥，壯麗極了！」今年我們來時，觀峯亭已被大風吹倒。

我們登祝山絕頂，又是爲看日出而來。由阿里山車站往祝山，要北行攀登一小時可達，故需於黎明前起身摸黑爬山。山路崎嶇綜錯，非有嚮導帶路不可。日出前天際雲彩，瞬息萬變，一輪紅日躍出地平線的當兒，尤爲奇妙；而日出後看那山谷中白雲朶朶，冉冉上升，終於瀰漫四週，把遠近山嶺都淹沒，只剩二三峯尖露出雲面，宛似海洋中的島嶼，盪漾在白浪滔天的水平線上。這樣一望無垠的雲海，壯濶雄偉，蔚爲奇觀。下雨天是不用說了，就是不下雨，日出時遇到陰雲密佈，光景也便遜色了。能順利地看到清晰的旭日，和雄偉的雲海的，十天中不過一兩次。所以，遊客要在祝山頂看日出雲海，總是失望的佔多數，我們那天也是失望而回的。你想，上山時一早起來趕火車，經過整日的困頓，次日摸黑爬登絕頂，又空腹趕到車站來擠搶下山的座位，奔波下山，又是勞碌一天，怎麼不大呼「得不償失」呢？

其實，阿里山的開闢，主要是爲林場。山中富木材，紅檜、鐵杉、臺灣杉等五木尤爲此山特產。阿里山的建築登山鐵道，本爲便於運輸木材，非爲旅客遊覽而設。但是，這一長達七四．二公里的鐵道工程，實屬奇險而艱鉅。沿途穿過隧道六十二座，兩旁儘是削壁懸崖，路程的驚險，動人心魄。上山時機車在後，向上推進，鐵道盤旋成梯形，火車進退於岔道中，很是別緻。你坐在車中專心欣賞這一工程，便可減卻受苦心理；而況向車窗外望，古木參天，奇岩層叠，有中國畫中各種的怪樹奇峯、山石皴法。有時遠山重重，一片原始森林的蒼莽情調，比高峻的喜馬拉雅山，荒僻的菲洲叢林更爲濃重。小小寶島上面有此大塊文章，十足顯出臺灣的偉大！而美麗的雲海奇景，有時也早已呈現在車窗之外，何必一定要爬上祝山絕頂才算欣賞雲海？

至於阿里山既開闢後，從阿里山站到高山博物館，沿途櫻花千株，花開時蔚爲一片雲霞，實亦美麗之至！吉野櫻樹，枝椏橫斜與梅相彷。櫻花色白，初開時有花無葉，宛如無錫梅園的香雪海。暮春時梢頭綠葉怒放，開老的櫻花落英繽紛。遊人至此，彷彿身入桃花源中。這裏的櫻花雖不及陽明山上的明艷照人，拍起照來，卻是白雲粉霧，夢樣迷離。還有山中的野蘭百合，也幽香絕俗。在臺北，一株蝴蝶蘭要賣一二百元；這裏的特產一葉蘭，一花一葉，相映成趣，卻只要五元新臺幣一盆。這樣的櫻韻蘭香，襯托着巉岩幽谷中的山光雲影，佛寺鐘聲，怎能說阿里山不是超塵出俗，美麗絕倫呢？

我是很希望再遊吳鳳廟，讓我好把廟貌神像攝入鏡頭的。但我們爲要遊去年新落成的遠東大橋——西螺大橋，所以，從阿里山下來去關子嶺沐浴休息一天後，在水火同源和嘉義北回歸線標等地拍過照，十二人分坐小汽車兩輛，直趨三十三孔、長達二三里的西螺大橋而去，結束了我們三天旅程的阿里山遊踪。

四十三年五月六日寄自臺北（香港祖國周刊七十二期）

喜馬拉雅山的憶念

參加了一次阿里山的旅行，引起了我對曾經隱居過若干歲月的喜馬拉雅山的憶念。

在一個多事的夏天，我離開世界最熱的印度平原，遷居到嚮往已久清涼無汗的喜馬拉雅山中去。我先到大吉嶺遊覽，然後卜居噶倫堡。在那裏，門對雪山，當晴朗的早晨，門外白雲似尚未醒來的羊羣，沉睡在深谷最底層的時候，你可以看見層層峯巒的遠處，在澄碧的天際，巍然矗立着一座龐大的雪山，在朝陽裏閃耀着鑽石的光彩，使你感覺到莊嚴、崇高、晶瑩、美麗，頓時心中雜念全消，澄澈到祇剩下一片光明純潔。它清晰到彷彿就站在你面前，但可望而不可卽，猶如海市與蜃樓。無怪印度人崇拜雪山爲神仙之所居。

當日懸中天，白雲像一團團棉花冉冉升起，平鋪在你脚下，把遠近山巒都淹沒，只露出兩三峯巔，宛似大洋中的小島，爲無垠的一色水天增添了無限的詩意。這時，你便欣賞到雲海的奇景了。

當夕陽塗抹着金黃色彩在羣山的西岩時，東側陰面，呈現出深紫色來。西側的金黃色三角形與東側的深紫色三角形合成一座塔形的山峯。這樣由西到東一排山峯，一塊黃一塊紫相間的構成一幅立體的圖案畫，展現在眼前，使你陶醉。

但這樣奇美的晨夕是不易多得的。平時雪山常隱蔽在雲霧之中，不肯輕易露臉。有時早晨七點鐘，太陽還不能把它的白光照射到地面上來，卻只像一盞大紅燈籠，掛在雲霧背後，簡直要疑心是小孩玩的一個紅色氣球，被細線繫在什麼地方咧！

在山中看雲霧的變化也會使人出神的，半掩半露的山景，最有情緻。顯露處樹木山石曲折小徑，以及竹籬茅舍，都歷歷在目；隱蔽處一片空白，無所點染。若是雲霧推開去，便可清晰地望見谷底的清溪；若是雲霧移近來，則面前變成一片模糊，在濛濛之中，近處的大樹，都變作幢幢的黑影。

有一次我彳亍於林中的幽徑，雨雲緊迷住山頭，微雨濛濛，洒落在我的眼鏡上，鬢髮衣襟都綴飾着銀色的小珠。忽然上方林隙射進一道陽光來，五彩相宜，直從頭頂瀉到我脚下。若是遇到一位宗教信徒，一定要疑心神靈顯現，眼前幻化出被崇拜的神靈來，不由得雙膝跪下了。彩色長橋的霓虹雙映在山邊，更是雨季常見的景緻，不足爲奇。

喜馬拉雅山中的森林是濃密的，但只有小規模的鋸木廠，採伐木材鋸成木板，由山民背負着運出來。在靜寂的山路上，常可見到負荷木炭或木板上市的土著。森林裏產有虎狼豺鹿等走獸，我鄰居的一位尼泊爾軍人，曾深入森林去打獵，隔宿回來，送我一隻鹿腿。深山行獵是別有情趣的，露宿在森林中也是驚險而可喜的事。他曾約我同去。抗戰初年，我曾戎裝負槍上過前線，我也有冒險犯難的勇氣，刻苦任勞的精神，只因借不到獵槍，不能徒手跟他去，沒有成行。

五六月之交，幾陣大雨，山中到處開出紫紅色的野蘭來，點綴得似錦繡一般；人家花園裏以及附近溪澗邊，也開出各種鮮艷的波斯菊來，搖曳在晨風中，更似彩雲繞屋。這時森林中長在樹上的各種蘭花，也被採集者據爲奇貨，送到都會裏去作爲富人的清供了。

有時整天的豪雨，山洪暴發，會把通到山下去的公路冲坍。這樣便要交通斷絕與外界隔離，連報紙也看不到，不聞世事者若干日。如果霪雨兼旬，山下河流便泛濫成災。山區多雨，因此山上梯田可以種水稻，米粒大而白淨，旣香又糯，因產量不多，不准運出，只有住在山上的人才享受得到。而在印度平原吃不到的鮮菌、竹筍和中國菘韮之屬，這裏都有。黃瓜特別巨大，水菓以橘和鳳梨最爲美廉。山麓一帶是有名的茶園區，印度紅茶除供應全印外並輸出國外換取外滙。

梯田的最高層，大多種玉蜀黍。雨季來時，一片綠波，幾天工夫，會魔術似的變成高可沒人的青紗帳。到青紗帳上面透出紅纓時，便有嫩玉米可吃了。山民採下青衣玉米放在火上烤了吃，特別香糯。老的玉米則剝下放在鍋裏炒，開成一朶朶雪白梅花，給小孩子放在衣袋裏消閒吃。

噶倫堡氣候，多暖夏涼。因此南峯山頂風景區掩映着綠樹紅屋，供南方平原上的歐洲人夏天來避暑；北峯半山向陽區飄展着無數的經幡，是北方高原中西藏人多天來避寒的處所。印度獨立後上山避暑的歐洲人已寥若晨星，只剩有八九個茶園中退休的獨身老翁，常年留居，每天上市飲茶聚談，消磨其寂寞的殘年。印度人在這裏設有修道院，英國人則在這裏辦中學。在山崖邊，在大樹下，常可見到打坐的修道者，默然趺坐，靜如枯木危石；在晴朗的星期日，則可見到成羣赤足制服的男女學生出來野宴。

這裏離西藏邊境只有四五十英里，是入藏馱運的起點。在悄幽清晨的微風中，往往可辨認出馱馬頸間金鈴所發的清脆音韻；在夕陽殘照裏，常可眺望到緩步徐行於曲折山路上的馱運行列。白晝，乞食者的清越喇叭聲，會佔領整個靜寂的山谷；黑夜，施法的驅鬼僧人，有時會把你從酣夢中驚醒。他吹出來宏大而恐怖的法螺聲，可以使我們想像到妖魔鬼怪，在黑暗中狼狽逃竄的景象。月上東山時有人據崖臨溪，迎風吹出克里史那神的牧笛來，牧女之羣裸浴在清溪中的圖畫會從記憶中映現到眼前來。但夜幕低垂時此呼彼應的豺鳴聲四起，也會使正在趕路回家的小孩恐怖得心戰股慄，狂奔不已。

我的家，卜居在一處綠竹環繞的泉眼邊。雖然沒有電燈設備，卻窗明几靜，可以讀書寫稿。屋前草坪，自己種花，屋後果園中則養鷄種菜。既耕且種之後，依時汲泉灌溉，一霎眼菜肥花開，母鷄生蛋。那時才眞是田園日涉以成趣，而且與世相遺亦自樂了。

在山中，我研譯印度經典，督責孩子們讀中文。倦怠時便把西藏毛毯舖在屋前草坪的樹蔭下躺着閒息一會，仰看那白雲的舒卷，山鷹的盤旋。在這清靜的山居生活中，我又開始重新吟哦起律絕舊詩來。與妻同遊，曾有：「泉清濯我足，花好插卿頭」之句。有一次我寫信給山下大都會裏的大女兒時抄附了幾首，她來信驚愕於我的心境在閒逸中表現得如此消極。我歎了口氣，回信告訴她，她還不了解陶淵明。

上山後妻依舊終日忙碌，只有傍晚時會抽空陪我去山徑散步片刻。她讚美山上風景好，氣候也好，她的一覺午睡很舒服。她說：這裏有泉可飲，有蔬菜瓜菓可摘，雖未養牛擠乳，總算也有鷄蛋可檢了。我也常聽到她在厨房裏一面劈柴洗菜，一面口中哼着唐人絕句，似乎很快樂。

有一天，我和妻都在草坪上坐進籐椅裏看書，妻指着天空中盤旋的山鷹說：這裏從來沒有看見過飛機，這裏最安全，原子彈也扔不到這裏來，我們買一塊地搭兩間木屋長住在山中罷！我呢，埋首在我的研譯工作中，除卻早晚揷花餵鷄，除草灌園外，白晝則一卷在手，黃昏則一燈如豆，無所分心，連時序的轉換也沒有覺察。

可是，不久，平靜的山區也緊張起來了，山民紛紛議論共匪進兵西藏後這裏也不安全了；大批的西藏人奔避來此，頓時房租飛漲，物價騰貴。妻開始覺得這裏也不是世外桃源，我爲拮据的經濟也失卻了寧靜的心。不久，我們重新遷下了山，分頭謀事。經過轉輾掙扎，我一個人先回到了祖國的懷抱，妻和孩子們仍煎熬在酷熱的印度平原上。

深入阿里山中，彷彿又置身於喜馬拉雅的峯巒間，引起我對這一段隱居生活的回憶咀嚼，對流落異域的妻女之無限懷念。這裏面，有香甜的成分，也混合着辛酸的滋味。

（原載四十三年八月一日文藝春秋第五期）

獅頭山之遊

久處在喧囂的都市，給刻板的事務壓縮着身心，像是繃緊的琴絃，由不得就會發出一兩聲尖刻的哀怨；在這時，假如能夠得到一兩天的休假，投向自然懷抱，優遊乎水山之間，一洗塵慮，那該是多麼寫意的事！這種生活的調劑，不但裨益健康，增進閱歷，實在也是人生的藝術。

在這秋高氣爽的九月，我和胡林生兄趁孔誕的假期，參加新生報讀者服務部的旅行團，遊覽了一次以臺灣佛教勝蹟聞名的獅頭山。

二十七日晨八時半，我們到臺北車站向領隊報到，領隊由新生報讀者服務部旅行組組長陳楚湘親自擔任。團員共十一人，連同領隊，正好湊足一打之數。

臺灣地方交通便利，旅行的風氣很盛，火車站上搭車的旅客，早已擠成了人海。我們參加旅行團，得到了種種方便。我們擠上了火車對號入座，領隊又每人發給當天新生報一份，給每人叫了一杯清茶，開始交誼的談話。我們的旅行團雖只十二人，卻包括了軍政商以及自由職業的各種份子，男女混合；籍貫也天南地北，各省不同。從前或不相識，有的就因爲「同團」旅行，結爲友好。

九點鐘開車，十一時車抵竹南，在新生報營業處略事休息，便至瑞香園進午膳。飯後仍回新生報營業處小憩。我預先函約同遊的襟兄張及平夫婦也從竹東趕來相會。營業處的許君便陪同我們乘預雇的專用汽車馳赴南莊獅頭山口。山口離竹南十八公里——竹南離臺北則爲九十七公里。

下午二時許到達南莊。平時冷冷清清的南莊街頭擠滿了車輛，熙來攘往的男女老少盡是遠道專程而來的遊客。我們在獅頭山口牌樓下請南光攝影社的老闆鄧南光給我們拍了一張旅行團的全體照。領隊一聲哨子，團旗一招，便集合拾級登山。

我們看過路旁牌示的獅頭山遊覽路線圖，上行數十步便到獅頭石下。石形似獅頭，因以名山。轉過獅頭石，崖上有石刻「同登佛境」四字，映入眼簾，給人以深刻的印象。獅頭山是佛教聖地，也是臺灣十二名勝之一。山上多寶刹，或因岩結庵，或鑿洞供佛，靈山幽谷中，點綴着古寺高塔；叢林茂密，盪漾着悠遠的鐘聲。這種超塵脫俗，清淨莊嚴的境界，豈非佛境？現在我們這一行十五人，面對青葱的山色，傍着潺湲的小溪，循坡道而上，便意識到正在「同登佛境」了。

第一天的住宿處預定在開善寺，寺中派挑夫來接我們，代挑行李。我們本來可以有捷徑直上開善寺的，爲求減少疲勞，節省時間，順路先遊勸化堂靈塔等處。途經紫陽門，九架相機，爭取鏡頭。這裏角度雖佳，但一條狹徑，拍來千篇一律，無從變化，因此各人都不能獨出心裁，祇得應景而已。經過輔天宮和勸化堂，各人又選取自己合意的鏡頭。輔天宮我攝了和尙誦經拜懺的生活照，大殿中光線不足，而拜懺的又是動態，不用閃光燈，相當難拍。勸化堂則當門一大塊白布遮陽，不能拍全景；石柱浮雕花紋很別緻，我拍了一張。靈塔在重建中，尙未竣工。張大鈞先生運用他的攝影技術，拍了兩張工人的生活照。竹南許君告訴我們獅頭山不僅以獅頭石而得名，卽山形也很像獅頭，勸化堂與開善寺正是獅子的兩眼，我們登塔眺望，果然有點像。

五時許經舍利洞到達開善寺，看過寄宿的三個房間，便各人自由活動。開善寺大殿門廊楹柱都用美化瓷磚鑲成，我請及平兄夫婦在「禪關」下拍了一張照。他倆要當天趕到海會庵投宿，便告辭而去，約定明日再會。其餘的人，有的爬上天臺去拍高矗的屋頂，有的在大殿用鎂光燈拍攝三尊大佛，有的拍少女求籤問卜的鏡頭，有的再去紫陽門研究角度，我則上宿舍略憩便洗浴更衣。不一會及平兄來找我，說海會庵等地已去玩過，宿舍早已客滿，大殿上的舖位也有人了，還來得及下山，所以來告辭。當天他們就回竹東去了。

七時在寺中素餐後，羣集殿前樹下納涼。這時歌聲四起，遊客投宿的還絡繹前來。我們眺望山下，燈火點點；仰看夜空，則一片漆黑，無月也無星。我們正在商議明天五點鐘早起趕上山頂望月亭賞月兼看日出的當兒，寺中有人手持火把向來路走去，據說有人迷失了路途，所以點了火把去尋找了。

我們睡在日式的榻榻米上究竟不習慣，有人輾轉不能入睡，有人半夜便醒了，結果不到四點半，全體都起身。出門小解，看見遍地銀光，星月交輝。於是盥洗畢，燈下進早餐，集合出發。只聽得石板上急促的步伐聲，在幽靜的森林裏廻響着，眞有賓夜進軍，銜枚疾走的情調。我們升登千餘石級，經過百仭石壁，到達望月亭，便在亭前欣賞天心的下弦月。因爲山頂密林陰森，古木突兀，覺得似乎有鬼怪要出現的模樣，心裏並不舒暢。但我知道這正是修道者應選的地點，要能在恐怖的環境中無動於心，才能降魔證道。我正想試在石上打坐，落後的大胖子許先生也趕上了，領隊又招呼我們先到的一批再邁步向前。路過一山村，我們有人學一聲鷄叫，引得全村的金鷄齊啼，居然在山巔響起黎明的前奏曲來了。

沿途經過獅岩洞、海會庵、靈霞洞、凌雲洞，都住滿了男女遊客。一路只見許多早起的女客，已在戶外月光下梳洗，也有的在室內點了燈燭臨窗對鏡理妝。直到下坡折入金剛寺，天光明亮，才見旅客們在進早餐。我們團員中有人脫口吟出了一首歪詩：『曉月疏星底事忙，匆匆一廟一菴堂？風光十里獅山路，到處美人看梳妝。』詩雖不工，佛地的情景，卻給他點染得很夠艷麗了。

從金剛寺上坡，峯廻路轉，萬佛菴從果園中透出屋頂來。古寺深藏，最爲幽靜。「曲徑通幽處，禪房花木深」，可爲這裏寫照。在菴門外我給菻生兄拍了一張照，便上殿隨喜。有兩位少女上殿禮拜默禱求籤取詩而去。我問林生兄求籤的方法，他現身說法，表演一番，我在他導演之下，依樣葫蘆，實習一次，取詩一看，詩曰：

靈鷄漸漸見分明，凡事且看子丑寅，
雲開月出照天下，郎君卽便見太平。

林生兄說：『你這籤是上上大吉。』

『那裏？這竟是今天我們的曉行紀事詩。』我說。

『籤詩都是象徵的，那有記事的籤詩？』林生兄笑了。

『那末，旣是象徵的，是凶是吉可隨便你去解釋了。籤詩的神秘在這裏；妙也妙在這裏。譬如這詩的子丑寅，可依年解，可依月解，也可照一天的時辰解。若解作鼠年牛年虎年，那末希望太遠，要等幾年以後才有瞄頭；若解作陰曆十一、十二月和正月，那末只要等兩三月了。但等到子丑寅之年或月，不一定有希望，詩中有「且看」兩字，要到那時再看呢！總之，還是不可捉摸，妙極！妙極！』

我們離開萬佛菴，直趨水簾洞。我和林生兄是初次來不識路的，但有果皮糖紙，作爲路標，不致迷途。遺帕墮簪，也時或可見。經過茶田，見亭過橋，再轉彎便找到了目的地。因爲林生兄和我均猴年所生，而我又從印度回來，都自稱是水簾洞的主人。洞外滴水如簾，洞內塑佛像，也和其他廟宇一樣塑了一尊關公像在一起。領隊陳先生指着照在朝陽中的一尊僧裝塑像說是孫悟空的師父唐僧。於是我便學着猴子的跳躍，爬上去和師父合攝了一影。林生兄則把從臺北帶來的水果分享同遊，作爲洞主招待來賓，於是引起兩個孫悟空的眞假之爭辯，一時你一句我一句，大家說得很高興。

洞外山澗中大石嶙峋，石隙水流如瀑。我們出得洞來，便下坡到澗底去濯足。偶然抬頭一看，兩岸高樹挿天，卻有一根粗大的古籐，攀繫着兩岸。林生兄說這是小猴子過河的橋樑，我說人猿泰山也曾用過這根大籐，我和領隊便尋找立足點仰拍這古籐。他別有意會，說這張照片可題名曰：「千里姻緣一線牽」。他的解釋是：「旅行足以增加情感，常聞有因旅行相識而結爲婚姻的，這連通兩岸的一根大籐，豈非就是這個象徵嗎？」

等我們照好古籐，已經九點多鐘，我們團員已陸續到齊。江小姐帶來口信：張大鈞先生在路上拍日出和雲海的鏡頭，太專心於取景，後退時失足跌了一交，先下山去候我們了。這時昨晚投宿於各廟宇的男女遊客都蜂擁來了。有許多女孩子也赤足下水，有一位女郎連跌了兩交，引得澗底笑聲洋溢。空寂的山谷，其熱鬧超過公園，簡直像在遊樂場中了。

旅行團的團員都已到齊，只是孔先生尙在沿途拍彩色照未到。大家異口同聲的說：『孔子誕辰，怎可少了孔先生？』大家只得在澗底看熱鬧拍照消遣。快到十時，孔先生身掛兩架相機，「頃令空龍」地走來了。馬上輪流拍團體照，準備回開善寺午膳下山。

有人擬折向天宮一遊，但看分路處荒草沒脛，便都說天宮已被孫悟空鬧翻，玩過水簾洞也就算了。

回程時烈日當空，汗流浹背，每經一廟，喝茶略息，再參觀一番。寺廟中除僧尼外遊客寥寥，昨晚近千的投宿者，一部分已下山，其餘的都集中到水簾洞去了。

途經石壁，看壁上石刻。因路徑太仄，不易拍攝，石壁的雄偉，也無從在照相上表現出來，仰觀懸崖，高不可卽。我想倒拍一張石壁頂端的奇景，也配不起光來。至此感覺到天下的奇景，非但筆墨不能形容，就是照相機也不一定能夠記錄下來，只有遊人親臨其境，才能欣賞得到。

十一時半回到開善寺。十二時午膳。下午一時集合下山，乘汽車回竹南，與許君告別，原班十二人乘對號快車返臺北。

獅頭山之勝，在於寺菴洞塔的連綿不絕，點綴着風景，讓遊人可以盡興的玩上一兩天。日月潭雖饒湖光山色，可以泛舟，但究嫌太單調。杭州西湖的吸引人，一半在遊湖，一半還在遊覽附近山中的廟宇佛塔。我們懷念西湖，暫把獅頭山和日月潭併在一起，來比作臺灣的西湖吧！

四十二年九月於臺北（香港祖國周刊八卷四期）

碧山紀遊

回國來還不到兩年，因為住在臺北，臺北近郊比較有名一點的勝地都遊遍了。像碧潭、陽明山、指南宮、烏來等處，都已經玩過好幾次。原先遊覽指南書上所不載的銀河洞等處也去過了，有時碰到晴朗的星期天想出去走走也想不出郊遊的地點來了。這一次中華書局的陸鏡宇先生興沖沖地告訴我，江蘇省第三區同鄉會，定四月十七星期日團體遊覽碧山，每人只要繳納車錢五元，我們可以邀兩個攝影同好一起去玩，報名手續由他去辦理。可是大家不知道碧山有些什麼可玩的，剛好伍稼青先生送了我一本他新出版的「臺島攬勝」，尚未閱讀。他是有名的旅行家，他的遊跡遍歷西南和東北，他的「稼青遊記」，很是風行。他到臺灣已七年，全島勝地，都留有他的屐痕，可能他寫有碧山的遊記。我把「臺灣攬勝」翻閱，居然有「碧山圓覺寺」一篇，他說：『我覺得這裏的自然環境決不比指南宮圓通寺差。』於是我決定邀約鄭秉三兄朱科長震球兄一起參加，請陸先生代爲報名。

第一天上午九時，我們如期到臺北火車站，陸先生已先在那裏候我們。同遊者陸續到齊，共有五十多人。九時半分乘二輛交通車和一輛吉普車出發。過天橋循中山北路北行，約半小時經大直到達內湖。下車步行半里路便到山麓碧山亭。碧山亭有磴道直達碧山巖和圓覺寺，碧山亭上面還有一座太陽廟。我們旅行團沒有循石磴上山，仍沿山脚原路前進，先去遊新建的金龍寺。

金龍寺面南背山，尚未完工，只有大殿已裝修好。殿內光線充足，清靜整潔，佛像莊嚴肅穆。這種新式的寺院，很是幽雅悅目，的確比那種黝暗恐怖，煙霧騰騰的老式廟宇進步得多了。我們在大殿飲茶，略事休息，用慢鏡把佛像攝了影，便從寺後小徑上山。

抄上磴道，正走得汗流氣喘，望見前面一座凉亭。走近一看，又是一座碧山亭。原來這裏有兩座碧山亭，一在山麓，一在半山。山麓的是新亭，而這半山的是舊亭，這舊亭恰在半山，再東上攀登陡巉的石級，可抵山頂碧山巖上的碧山寺。若向北下坡直走，可以通達圓覺寺。我覺得與其兩座碧山亭相混，不如把舊亭逕呼爲半山亭得了。我們在亭中休息片刻，眼看大家都對直上山頂的陡坡，望而卻步，成羣的逕向圓覺寺的方向去了。覺得這樣太沒勁，我和秉三震球兩人，便鼓足勇氣，作攀登山頂的努力。這一天烈日當空，特別燠熱，雖在暮春時節，已呈夏令景象。我們三人在林蔭中拾級而上，倒也不覺怎樣。秉三兄落後了，卻能從林間抄小路追上。到達臨風亭，已有別的旅行團在亭內圍坐野餐。我們便不再休息，直趨碧山寺。

碧山寺並不大，內供「開漳聖王」，廟貌已灰敗，可是附近村民卻把它利用做了選舉事務所，正有人在那裏忙着辦公。這峯巔小廟地勢絕佳，廟前一大平臺，可憑欄遠眺風景。俯瞰山下平蕪一片，中有黃色線條，便是我們來時的公路。我們的視線依着公路向遠處看去，便可辨認出矗立着大小建築物的臺北市，隱現在天際的煙霧中。這時山風拂面，凉生衣襟，身在峯巔，眞有超凡出塵，飄飄欲仙之感。

從碧山寺改走山後林間小路下降，很容易滑跌，我想折一根樹枝做手杖，秉三兄說：『把脚橫過來走便行了。』於是橫行而下。猛擡頭，見對面山峯崢嶸，山峰邊突出有一長條嵯峨的大石，正有五六個童子軍打扮的少年男女攀登其間，很有些像探險隊的光景。有人告訴我們，這就是可望而不可卽的石船。我覺得這畫面很美，而且顯露了自由中國的朝氣蓬勃，很想拍一張照，但備有遠攝鏡頭的小沈今天沒有來，只好望而興嘆，把它攝入我腦中算了。

下坡到達兩峯之間的山澗邊，便接通從半山亭到圓覺寺的大路上了，澗底大石纍纍，山泉流瀉，潺潺有聲。但看不見水在那裏，只在一片幽靜中聽見從低微的急調裏，播送出琤琮叮咚的配音來，讓我們欣賞那大自然所彈奏的美妙音樂。

十二時到達圓覺寺。因爲寺內外牆壁，都用潔白磁磚砌成，地上更以彩色花紋石舖成圖案，從那濃碧的山林間走來，便覺眼前雪亮。寺雖不大，而纖塵不染，通體玲瓏，眞像一件精美的藝術品，比圓通寺還要可愛。我先在寺外廣場上拍了一張寺門的照，便入寺隨喜。我覺得與圓通寺相比，如果圓通寺稱得起「清靜莊嚴」，那末圓覺寺可說是「小巧玲瓏」了。

我們在東樓客堂汲水洗臉後，飲茶少憩，便隨旅行團到西樓去吃素麵。吃完麵我們三人仍到寺前廣場上撐起三脚架，用自動機攝了兩張遊覽紀念的合影。這時旅行團的人都已到別處去玩了。我看見客堂裏壁間的圓覺寺附近名勝地圖，計有鯉魚山、開山紀念碑、彌勒石、獅子洞、泉水洞、龜形石、冲虛洞、石潭瀑布、石船、皈依石等十景，並懸有石潭瀑布的照片。這裏的瀑布，是伍稼青遊記中沒有提到的。我先要去看一下瀑布，而秉三兄已經興盡，他便先下山去等我們。我和老朱先到寺左去看了輝妙法師修道的冲虛洞，便由地下樓室穿出寺前，沿小徑曲折下坡，越竹林涉山田在山谷中東行約十五分鐘，便聽見竹林裏有喧譁的人聲。到那裏一看，見有許多婦人小孩都攀緣嶙峋的怪石到竹林底下去看瀑布，我也便拾起一根竹桿來撐着下坡。轉過身來，果然看見一座大石壁展現在山澗對面，棕色的石壁上掛下兩條白練，在太陽底下放出銀色的閃光來。細看這兩道瀑布恰似二龍吐水，噴珠濺玉地飛騰而下，從絕壁上直落到深壑中去。我看着這出人意表的天然景緻，頓時覺得已經身在圖畫之中，脫離了現實的世界。擡頭一望，石壁的頂端站着七八個赤裸裸的健美青年，好像是希臘神話裏的人物出現在天國裏了。我趕快對正鏡頭把這一幅絕妙的奇景照下來，心裏如獲珍寶似的非常愉快，覺得得見此景，已不虛此行了。再爬上坡前去一看，原來上面就是石潭，瀑布即由石潭流出，而這石潭涵孕着一片清澈的活水，成爲天然的游泳池。今天天氣特別熱，所以爬山的青年們，好多人脫衣沐浴，或游或躍，或風於石壁之上了。我和老朱說：『下次我們帶了游泳衣再來，也可以在石潭裏享受一下戲水之樂了！』

從石潭返寺，再稍息片刻，翻閱圓覺寺的三十週年紀念册，才知寺這邊的峯叫碧山，對面的叫鯉魚山。這圓覺寺從達淨老和尙開山至今才不過三十二年，那開山紀念碑便是紀念達淨和尙的。寺中用水，則由泉水洞用竹管接引得來。於是我們再出寺由小徑遊寺西諸景。

背着照相機在林木掩映中循小徑閒步，很是幽靜。忽然林中傳出清越的一派口琴聲，更覺使人心曠神怡，別有天地。走近一看，有兩位軍人坐在樹下石條凳上，其中一人正在幽閒地吹着口琴。石桌石凳後側，就是開山紀念碑。我們觀瞻一番，拍了張紀念照。詢問獅子洞的路向，他們矍然起立：『啊！上面還有獅子洞嗎？和你們一同去看！』便拔脚奔向上去。我們一路在彌勒石、龜形石那裏拍了照，沒有多遠便到了獅子洞。獅子洞也是和尙靜修的山洞，洞外鑿有「莊嚴世界」四個壁窠大字。我們便站在那裏眺望山景，前面有鯉魚山和碧山分峙左右，山光雲影，盡收眼底。從兩山之間也望得見臺北市。松山南港，也可辨認。但和碧山寺的俯瞰不同，卻又是一番景象。

再折回龜形石西行，經過泉水洞，下坡又到碧山與圓覺寺間的澗邊大道，從這裏又和在半途遇上的幾位同行者分道。有的倒拔上碧山巖去，有的再向西爬山去看石船。老朱和我便沿澗去找皈依石。就在澗上的小橋邊，有一大石巍然兀立澗底，高出兩岸，像中流的砥柱，石色黝黑，綠苔斑駁，上端赫然有「皈依」二大字。相傳從前這澗邊常生怪異，一到天黑，村民便不敢經過這座小橋，在獅子洞靜修的常淨法師親於大石上端刻皈依兩字，下方刻南無消災延壽藥師佛和諸佛菩薩聖號，用佛力來鎮壓，從此夜間怪異絕跡，行人平安。

我們看這皈依石形勢很好，拍了一張照。但覺得如果孤懸的石上，再站上一個人，格外雄壯。我便試從後爬上去，已經爬到頂上，只是無法站起來。恰有兩個白制服的軍人路過，其中一人自告奮勇，一爬上大石便站了起來，於是老朱和我又再各拍了一張。我們謝他，他又矯捷地落下來，轉過石橋，把地址留給我們，預備可寄照片給他。他寫好地址，握手道別，追上同伴，奔向圓覺寺去了。我一看紙上，他的名字叫汪發主，我眞羡慕他矯健的身手！

我和老朱由大路再經半山亭，循磴道下山來，一路是濃密的樹木，毿毿的亂竹。老朱說：『臺灣的山很多，只是缺乏秀氣。』正說間，峯廻路轉，前面山崖邊出現三四棵古松，老朱說：『這才鏡頭來了！』於是連拍了兩張「山徑古松」「古松雲天」的取景。

經過太陽廟，廟貌簡陋，無足觀者，只觀察了一下太陽神的扮相：赤面紫鬚，三隻眼，左手托日輪。廟底下便是磴道的盡頭碧山亭。我們循來時原路到內湖鎭上吃西瓜解渴。回到車上，還只有三點一刻。陸先生秉三兄都已在車中。汽車三時三刻開行，在車上我們閒談着，交換此行觀感。

秉三兄說：『圓覺寺很好，交通也方便，從臺北大橋來，化半塊錢車票，乘十六路公共汽車可直達內湖。如果在城中區乘十七路到大直，再換乘十六路，也只化一塊錢車錢。從內湖到圓覺寺都是平正大路，女人小孩都走得動。走得不過癮的可以爬碧山巖，可以上石船下石潭，走個痛快。玩圓覺寺眞是老少咸宜，貧富不欺。』

我說：『這一次爬山，我的確兩隻脚活動過癮了。只是我們還沒有爬上石船去，如果石船那座山頂上能再造一座寶塔，我一定爬上去了。碧山廟多洞多，還有瀑布，可說是一座小規模的獅頭山，只是少一座塔。』

老朱說：『造塔不要造靈塔，要造可以登臨的七級浮屠才好。其實碧山交通便利，好好計劃一下，可以開闢成一座碧山公園，比基隆山上的公園要好得多了。遊碧山可以不走回頭路，到處新鮮，這是我覺得最稱心的。還有伍稼青的譬喻：「圓覺寺如小家碧玉，楚楚可人；圓通寺像大家閨秀，落落大方。」譬喻得很恰當。』

陸先生說：『碧山玩玩還不差，不過風景照沒有幾張好拍，我一卷軟片都沒有拍完，而且內湖有名無實，不知湖在那裏？風景總要有山有水才算完滿。』

這時車行已過大直，車窗外正一片湖光水色，而且湖中有婀娜的帆影在移動，遊湖的小船也蕩漾其間，眞有「菱歌清唱不勝春」的光景。於是我說：『喏，你看！碧山的缺陷這裏補償給我們了。』

正說着，車已過中山橋進入市區。經過天橋再一個轉彎，戛然一聲，汽車已經停在臺北火車站。看手錶上的指針，還只有四點十分。

四十四年四月於臺北（原載自由談六卷七期）

觀音山紀遊

春節放了兩天假，想到郊外去換換空氣。第一天接受黃工程師潮中夫婦的招待，到礁溪去享受了清澈溫泉的沐浴，欣賞了遠眺龜山島浮漾海面的景色。第二天的節目是預約了同事五六人參加民衆服務處舉辦的觀音山旅行團。

觀音山在淡水河畔，海拔六一二公尺，臺灣府誌稱：「觀音山起伏盤曲，一峯屹立，如菩薩端坐，衆小峰拱侍於側。」山中有凌雲禪寺，備有素食招待遊客。從臺北大橋乘公路局汽車至成子寮約四十分鐘，再從成子寮步行十里登山至凌雲寺約需二小時，從凌雲寺再攀登半小時可達山頂。在山頂可以眺望山脚下曲折像一條帶子般的淡水河，向北延伸到浩瀚的太平洋中去，風景十分壯麗。

旅行團的行程是乘船來去的，順便可以領略一番淡水河的風光。一般遊客都怕走成子寮的十里路，而旅行團的費用又只要新臺幣十元，化十塊錢可以遊山玩水暢快一天，何樂而不爲？所以報名參加的很是踴躍，滿滿的一船，男女老幼共有五六十人之多。不喜歡擠在船艙裏的，便站到船頭上去，甚或爬到船棚上面去。

小汽輪於上午九時從臺北大橋啓行，一路鼓浪前進，晨風吹拂，的確使人心曠神怡。兩岸的建築物漸漸稀疏下去，岸邊便有嬉水的鴨羣和赤足的浣衣女映入眼簾。隨後是遠山呈翠，平蕪透綠的一片自然景色變幻出來。船行一個多鐘點，已經靠近山脚前進。大約再隔半小時，船便在獅子頭靠岸，大家登陸。船上吩咐下午三時返櫂，須三時前回來。

大家爬到上面路上集合，不見領隊的人。問村上人，才知向上走不能通到凌雲寺，仍要沿公路下坡走一站路到成子寮，才可再從成子寮轉彎走平路前去。於是軍人和青年男女首先邁步向前，老弱隨後，最可憐的是携帶小孩全家出動的。有一對夫婦，僱人抱了一個男孩。小女孩一定要媽媽抱，男的便提了帶去的食物水壺等物同行。一路累得女的汗流氣喘，漸漸落在最後了。我們參加的六人，老張提着水菓食物，走在最前。老宣和我緊跟着他。老蘇、小熊陪着趙小姐走，慢慢地便落後。我一面招呼老張慢走，一面回頭呼喚趙小姐走快。但老張說走慢了，要趕不及回船的，不可太慢，後面的人不一會又落後了。我要前後兼顧，結果一個人落單在中間，前後招呼不到。路上走得熱起來，先脫上裝，再脫毛線衣，單穿一件襯衫。後來襯衫都濕了，口渴難受。但老張已在前面去遠，人影都看不到了，無法向他拿水菓。一會兒肚子也餓了，也不能向他拿鷄蛋麵包吃。忍飢挨渴的走到汽車路盡頭，才看到賣新鮮橘子的地攤，一塊錢買了四隻坐在石上剝皮送進口中解渴。略息一刻，才有力氣振作精神開始爬山。

山路並不巉峭，舖有整齊的石級。路旁立有計程的石碑，碑上刻的是觀音像。觀音像先是兩手的，隨後是四手、六手的增加上去。到達凌雲寺前，石碑上已是千手觀音。沿路有掛滿丹橘的綠林，有朶朶紅雲的桃花，還有一簇簇的茶田，點綴其間，風景如畫。

到寺時老張、老宣已先在。寺中的茶水可以自由取用，我們便洗臉飲茶。不一會老蘇、小熊和趙小姐也到了。我們把水菓食品分吃了，趙小姐又把她私人帶來的紅燒鷄分給我們吃，但覺得仍只有半飽。老蘇便找寺中辦事人去接洽吃飯，但老張、老宣說已一點多鐘，如果吃飯，來不及上山頂了，還是不吃吧！等我去通知過老蘇我們三人要上山頂，不再吃飯，回頭已不見二人，我只得飛步追趕去。

我一面追趕，一面呼喊，他們兩人在上面答應。等我追上看到他們二人，他們又回身向上爬。我一路追趕，林間羊腸山徑，又巉又滑，趕得我喘不過氣來，滿頭的大汗，把眼鏡也沾溼了，只得坐在道旁樹根上休息片刻再爬。這時，看見過路的人扶杖而行，又有前面的少男，像攙瞎子一般用竹杖拖了後面的少女爬山，我便也去折了一根竹竿做手杖撑着邁步。這樣，穿出深林，便折入荒草沒人的山徑。轉過一個荒寂的山頭，下坡走在山脊上，才又攀登最高峯。

到達山頂，一眼望見的，便是一塊刻有如來佛像的石碑，登上絕頂的都在石碑附近遠眺。遠眺海峽對面大陸的故鄉。老張老宣看見我到達，大加讚揚，說我有毅力。

拍過幾張照，老張要趕回乘船，他健步如飛的第一個奔下山去。老宣陪我緩步下山，在凌雲寺吃了一碗粉絲，和方丈慶規法師閒談片刻，並給知客僧臥雲和尙與老宣在千手觀音碑旁合攝一影，才步行到成子寮搭汽車回臺北。

（四十五年二月）

石門紀遊

七月二十四日，趁星期休假，參加新生報讀者旅行團，獲得了一次石門水庫的暢遊。晨八時全體團員七十二人集合在新生報門前，分乘二輛遊覽車出發。過臺北大橋，便走上臺北高雄間的高級公路。堅實而平滑的路面，汽車疾駛前進，穿梭在兩行綠蔭相接的路樹之間，只聽到輕微的絲絲之聲，看到一根根的樹榦掠窗而過，頓覺胸襟舒暢。尤其飛馳在低平的小山之間，眼前一片蒼翠，使人塵慮全消。

車過桃園，即折入黃土石子公路，車身顛簸得很厲害。初時我們爲這二輛高齡的汽車擔憂，也因天上洒下雨點而掃興；但不久，遙望前面一簇遠山如屏，重重疊疊，高矗雲表，吸引了我們的視線，便也忘掉汽車在泥濘中的顚簸了。

十時正，汽車南行約四十公里，便到達目的地。

石門水庫於七月七日舉行開工典禮，由陳副總統親臨主持。那時汽車還不能通行，但是新生報讀者服務部早就設法查勘入山路線，於六月五日舉辦了第一次的石門旅行團，引起了臺北市民對石門遊覽的興趣。今天石門旅行，已是第五次。尾隨我們這旅行團來石門遊覽的，尙有工商協進會等遊覽車五六輛。眞是裙屐翩翾，造成了近三百人共遊水庫的熱鬧場面。

水庫工程爲政府繼西螺大橋完工後的另一最大工程，預計要五年才能完成。

大嵙崁溪是流經臺北於淡水鎭入海的淡水河的上游，簡稱大溪；水源來自新高山脈。每年夏季山洪瀑發，下游桃園臺北一帶，易成水災；而乾燥的季節，水量缺乏，高田又乾涸枯焦了。同時臺灣的電力，大部靠日月潭的水力發電來供應。但每年日月潭水淺時常感電力不足，各地電燈，往往有停電之虞。可是在這裏大嵙崁溪奔流出崇山峻嶺時，恰巧有兩座巉峭的高山緊矗在河岸兩邊，束住水流，形同一座石門。在石門口上建一大壩，造成水庫，儲蓄溪水，便可調節水量，制伏住山洪，收到防洪的功效。並築引水隧道，以灌漑新竹桃園兩縣的缺水農田；增設自來水廠，供給人民清潔的飲水。藉水力發電，解決日月潭供電不敷應用的嚴重問題。還有這裏的風景原很雄壯而優美，水庫造成，石門以內便變成一個比日月潭更大的人工湖。可以佈置成一個最美麗的風景區，以供遊覽。所以石門水庫的建造，可以有灌漑、發電、防洪、給水和遊覽的五種功用，收穫很大。

石門水庫完成時，其容量爲三億一千六百萬方公尺，比日月潭大出二倍以上。所築大壩，身高一百二十五公尺，比日本建築中的一百十公尺高壩超過十五公尺，比印度一百十五公尺的第一高壩超過十公尺。壩頂寬八公尺，長三百八十公尺。灌溉方面，可使桃竹二縣五萬四千餘公頃的看天田，變成很優良的二期作水稻田。最保守的估計，每年可增產糙米六萬九千公噸，供卅一萬人口的一年食用。發電量每年二億二千餘萬度，足供一個臺北或兩個臺南市的全部用電。給水部分，可供應三十萬人口之需。

當我們車子駛近大嵙崁溪的河岸時，沿途都是挖泥搬石的築路工人。一到河岸，眼前展現出一條低懸足下的河流，兩岸陡立着險峻的山崗。俯視如臨萬丈深淵，仰視宛然壁立千仭，車路就如在削壁上刻削出一道刀痕來似的伸展在前面。看到這種雄偉的夾谷大溪奇險的景色，使我彷彿置身橫斷山脈滇緬公路上怒江兩岸的驚險情景中。這是大溪石門第一眼給我的印象。可是現在石門的公路尚未修築完成，我們尚須下車在泥濘中步行約一里路才到達預備建築大垻的所在。大垻工程要等公路趕築完成，才可運輸八十萬卡車的水泥石子等材料來開始動工。現在只豎着一塊大木牌，簡明地標出將來灌溉和發電的數量。

過木牌不遠，就到桃園大圳，這是石門舊有的灌溉工程。外形看來，如同一口在岩石上切成的數丈口徑的深井。那是引水隧道量水的天窗，溪水衝過井底，發出瀑布一般的轟響來，使參觀的人們談話聽不清對方的言語。從溪邊石級下降到溪底去，可以看到隧道的引水入口處。站在那裏，也格外顯得石門兩山的高峻。你如果凝視着面前滔滔滾滾而來衝向崖石廻旋而過的急流，會使你眼花得天旋地轉般昏眩過去。

我和陸鏡宇先生沿途拍了幾張照，沿着山凹有欄杆的坡道再向上攀登，便到石門水庫管理局的招待所。那裏的榻榻米上，可以休息飲茶。我們聽說後面還有一座看瀑布的鐵線橋，便繼續前進。到那裏，正有三數小孩在把這鐵線橋當作技術團裏走鋼絲一般走着玩，擺開兩手，故作搖蕩的姿態，玩得很高興。這裏綠樹蔭翳中，一橋中懸，旁邊有小瀑布閃耀着銀光，的確別有風光。

這時領隊陳楚湘先生從後趕來，他說：「這次連下了一星期的雨，才到處有瀑布，前幾次來是沒有的。你們的運道實在不差，今天雨剛停，山色格外蒼翠，而又沒有烈日的燻炙，眞是旅行的理想天氣。」隨後他給我們在桃園大圳拍了一張團體照，便招呼大家上車去大溪鎭午膳。

大溪鎭雄峙石門下流大嵙崁溪的河岸上。這裏河岸已漸開濶，而溪流在河床中曲折盤繞，形成多少芳草萋萋的洲渚。在中正公園中據高眺望，風景如畫，山色水光，以及天際的雲影，盡收眼底，眞是一幅天然的畫圖。到復興亭小憩，才發覺已有一批青年女遊客先我們而在。看公園門口停着大篷車上的字，知道是某紡織廠的女工們到此遊覽。由此，可想見臺灣旅行風氣的興盛和工人福利的廣泛。

一時正，我們在大溪初級中學午膳，四菜一湯。飯後還有汽水供應，食物相當豐富。據陳先生解釋：旅行團每人收費四十元，小孩三十元，而午膳費卻化了每人十元。這旅行團完全是爲新生報讀者服務的性質，所以沒有能雇用遊覽公司的新車，是因索價太昂貴的緣故。現在第二輛車需要修理，臨時另租一輛大車，一起去蓮座山遊覽觀音亭。午飯後我向工商協進會的遊客一打聽，他們的費用的確較貴，每人繳費五十元，還沒有正式的午膳可用。

我們巡視大溪鎮後乘車於二時正赴附近蓮座山。蓮座山也瀕臨大溪的風景，寺宇不大，遙望寺頂檐牙高矗，卻使人有超然出塵之想。我和陸先生又到大溪河床中去濯足清流，欣賞那漁人撒網的情景。

三時正離蓮座山循來路越鎮過橋，去遊今日最後目的地齋明寺。齋明寺在離大溪鎮二公里的福份山上，從山下要爬上數百石級才到寺邊。但從佛子亭下車，百餘步平路即到。齋明寺的優點，也在可以登眺大溪風景。遙望大溪蜿蜒如帶，一橋横跨，對面大溪鎮的屋宇市街掩映綠樹間，歷歷在目。可說居高臨下，俯瞰山川形勝，一覽無餘。

曾在臺南開元寺看過鄭氏七弦竹，今天在齋明寺又看到了一叢，據說是從臺南分來的。寺後靈塔則沒有開元寺三塔並峙的好看。但在這裏聽松濤清韵，卻也頗饒風味。

我們在齋明寺大殿前的草坪上又拍了一張團體照。出得寺來，知道第二輛車已修好。大家上車，將近五時首途駛返臺北。六時許到達新生報門前，結束一天的遊程。

（香港祖國周刊第十一卷第十期）

蘇花紀遊

一　下望塵寰

來到臺灣之前，便聞阿里山和日月潭之名，到臺後始知還有驚心動魄的太平洋邊蘇花臨海公路的奇險。既遊日月潭阿里山，而且我曾走過世界聞名的滇緬公路和喜馬拉雅登山公路，便有冒險一遊的決心。因爲無遊伴，就參加了這次雙十節的新生報讀者旅行團。

旅行團全體團員三十三人，仍由新生報讀者服務部旅行組組長陳楚湘先生任領隊。預定遊程三日。乘飛機去花蓮，遊花蓮港和太魯閣後，乘汽車循蘇花公路到蘇澳換火車返臺北，每人繳費新臺幣三百八十元。

十月八日晨七時到復興航空公司報到，領取機票，乘公司車赴松山機場。新生報的攝影記者已等在那裏，給我們拍了一張團體照。八時許魚貫進機場，八時一刻登機，八時半起飛，九時卽達花蓮。

這天早晨微雨，我們出發時雨已停。飛機起飛時從機窗可以眺望臺北市街，正像看電影一般。隨着飛機的升高，臺北市漸遠漸小。飛機一個轉身，便什麼也看不見了。下望塵寰，只是白茫茫一片模糊。一會兒機窗外又現出山影來，憑窗俯瞰，邱壑俱現，山形如塑。這次所乘的飛機，機窗是長方形，坐在機位上向窗外斜看出去，我忽然發現窗外山景恰巧成扇面形，底部山少而大，樹木房屋，一目了然。中部層層山頭顯露，脈絡清晰。上部則遠山如黛，與天相接，最爲開濶，簡直是一幅扇面畫。始悟國畫的透視與剪裁，實與西畫同樣的神妙而合理。

大約是陰天的關係，飛機順着山勢低飛，作波浪形的起伏，所以沿途蒼翠的山巒和閃光的河谷田舍，都歷歷如繪，一一掠窗而過，正像在觀看電影的放映。有時飛機穿雲而過，窗外霧氣騰騰，彷彿身入夢境，反增縹渺之感。這和一般長程航行的浮游於晴朗的雲海之上，一望無際，超然出塵，情景又是不同。

不到十分鐘，飛機到達海邊。沿着海岸線航行，便平穩不少。這時大海澄碧如綠玉之盤，光潔晶瑩，更鑲上一條白色的銀邊，與陸地爲界，幾疑是一件希世的瓌寶。但細思那銀邊就是海浪衝激山崖的浪花，始悟海面實在仍有波濤，飛機還是飛得相當的高，所以看來水平如鏡了。

忽然機窗外濃碧的山影現出一線赭灰色的橫斷切痕來，鄰座告訴我這就是有名的蘇花公路。

我正凝眸辨認時，卻見山凹裏映出一條彩虹來，大自然在兩山之間架設起一座寬濶巍峨的美麗大橋，顯得我們人類的工程多麼渺小而簡陋！我想我們人力雖然偉大，我們得充分發揮天賦的智能來建設世界，改善生活。但我們畢竟是大自然的兒女，不能狂妄得喪失親情，對大自然還應存幾分敬愛之心啊！

正想着，眼底掠過疏落有緻的房舍。突然耳鼓作痛，飛機降落下來，已到花蓮。花蓮居然是晴朗的天氣。新生報辦事處主任關中副主任王誠修駐花記者曾文新都在機場迎候我們了。

二　太魯閣探幽

旅程單上原定是第二天遊太魯閣的，因爲當天便洽妥了汽車，免卻擔心第二天下雨，所以旅行團上午在第一旅社分配好房間，便宣佈十二小時在青島餐廳午飯，飯後卽遊太魯閣，上午所餘一二小時可以自由活動，上街觀光。

太魯閣是一個十分險峻雄偉的山峽，在花蓮市北「硏海」邊，有條達梓里溪穿越海濱的斷崖流注入太平洋。兩岸盡是危巖峭壁，深谷懸瀑，風景奇絕，險絕，幽絕。日據時代，日人鑿洞架橋，沿溪開路，闢作國家公園，在深山絕頂建有旅館餐廳，並有溫泉浴室。遊客窮一日的足力，可在峽中盤桓尋幽。到達那裏，可以有沐浴食宿的享受，然後乘車另循汽車路向山的那邊下去，可像今日的關子嶺一樣暢遊一日，信宿而返。但從一二八太平洋戰爭發生後，這裏成爲軍區，遊人絕跡，幾經山洪和颱風，車路沖毀了，山頂的旅館餐廳浴室，早成斷垣殘壁。

光復後我們國家多事，也無人來修復。可是太魯閣之勝，本來以險峻幽邃的峽谷著稱，現在遠道來遊蘇花公路的，也必定仍然順便一遊，正與遊阿里山的順道遊關子嶺相似。只是這裏既全無亭臺樓閣可言，所以也有人主張正名爲「太魯谷」的。

下午一時許遊覽車出發，沿蘇花公路北行。經新城、富世，二時到達梓里橋橋邊。那裏有一個檢查站，下車檢驗身份證，登記入山。二時十五分辦完登記手續，便循溪岸步行進入太魯閣峽口。峽口是一個淺淺的隧道，像一頭獅子張大了口蹲在那裏，又像一隻大象站在溪邊，把象鼻垂伸到溪流裏去飲水。我們從獅子口進去，不，還是說在象鼻底下穿過更恰當些。因爲這隧道淺得望得見洞那面的風光，那麼幽美，而一出洞，溪光山色，卽映入眼簾，毫無吞入獅口那種感覺。還是說大象飲溪，可以配合這情調。

過第一隧道不遠，便到第二隧道，比較深邃一些。但靠溪一邊鑿窗通光，所以隧道便變成了石窟。行走其間，並不黑暗。在洞內欣賞窗外風景，反有洞天福地之感。

出得第二隧道，前面山陝的路冲毀了，得從亂石上跨過。轉過山陝，遙望兩岸峭壁間高懸一索橋，橋後有飛瀑隱現，風景美妙絕倫，如履仙境。同遊告訴我這就是仙寰橋，我覺得這橋名眞配合極了。可惜我不會繪畫，也不准帶照相機入山，否則一定可以產生好作品，像這種表現詩情畫意到化境的名勝是不易多見的。但是仙寰橋高架在這樣的懸崖絕壁上，通達的路在那裏呢？原來這邊山腰裏，遠遠地鑿了一條長長的隧道，可以通到橋邊，索橋就從隧道那邊的洞口架起。這就是陳定山先生「太魯閣題名記」中題名的「蒼龍洞」。他對蒼龍洞有恰切的描寫：「復有石洞，臥岩前踞。洞長幾達半里，泉石汩汩，幾不可步。久之，愈暗，忽有澗聲生足底，履齒滑躂，乃在木棧上行。甫出洞，豁然開朗，一橋懸索當前，長逾二百尺，然已履險，視之如夷。奮步登板，目中固無危橋，而身已在對岸矣。余以爲洞臥而長，中有棧道，因取山谷蒼龍掛壁之義，名之曰：『蒼龍洞』。」我們是照着手電筒入洞的，但水滴還是落到頭面和衣襟上來，有一段脚下也相當滑。最妙的是先從黑暗中望見前面一線微光，一轉彎，驀地「豁然開朗」，仙寰橋展現眼前；而一抬頭，對岸的山峯，又迎面壓來，眞是文章中驚人的妙筆！而走在仙寰橋上，搖盪如臨鞦韆。附近寂無人居，所以羅志希先生有詩曰：「洞裏眞藏一洞天，懸橋人過蕩秋千。沿溪無復避秦侶，爲惱漁郎雲上遷。」我在清遊勝境，逸興遄飛之時，往往也哼兩句舊詩，但自跟羅先生學詩以來，反而藏拙了。因爲羅先生學力深，意境高，設想又奇妙，他的絕句能一語道出各地風光的神髓，令人叫絕。而推陳出新，尤覺意味無窮，此詩卽是一例。

我們出得蒼龍洞，便在仙寰橋上看瀑。悠然意遠，眞正體會到了忘我的境界。忽然領隊陳先生拍我肩膀，指着橋下澗底叫我看臺灣的模型。只見一塊長葉形的石頭，葉梢尖尖的眞像這寶島，而其上波紋起伏，更是山形宛然。

「只有靠近葉柄部分有一條橫溝不像臺灣。」一位同伴指摘。

「這就是橫斷公路嘛！」我回答。

「妙極！妙極！橫斷公路還沒有動工，這裏先有了，未卜先知，一定是呂洞賓點石成金以外的又一傑作！」這是陳先生的風趣妙論。

到達仙賓橋，太魯閣彷彿已到了盡頭，橋那邊好像再無路可通。水溪，也似乎就發源於山谷上面的雙股瀑布。然而過橋仍在半山腰鑿路前進，順着右手一轉彎，峽谷奇景，又展現眼前，使人目不暇給。

俯視，則澄澈的溪水，潺湲而流。溪中大石纍纍，或成蛙形，或成龜形，或成鳥獸形，各有神態，雜出其間。仰觀，則頭上的高山，只見葱蘢的樹木，直連到天。但峯迴路轉，溪對面又突現出一座壁立千仞的赫色大石屏來，這是有名的大斷崖。在一片綠色中靜觀這高與天齊的赭色巨物，宛似處身古代出海的艨艟上仰望高張的大帆，所以陳定山先生稱之爲「石帆」。但寫鐵路風景線的秦芝先生形容得更妙。他說：「對面的一座高山，一點樹木也沒有，像刀切斷似的，猶如手掌，好像要伸到對岸來，掌指撐天，白雲在掌指間繚繞。」他名之曰：「手掌斷崖」。

溪的對面是張帆欲行的石屏，這面卻是弦樂嘈切的珠簾崖。沿途一匹匹小瀑布自崖頂飄灑而下，宛似珠簾瀉地，人行其旁，飛沫噴霧，涼生頸頰。

步行在這深邃寂靜的峽谷中，一路山色蒼翠，溪流琤琮，怪石奇峯，層出不窮。一景又一景的，曲折通幽，引人入勝。覺得杭州西湖的九溪十八澗實在太平淡了，其風光正與入川途中的三峽相彷彿，所以有旱三峽之稱。羅志希先生詩曰：「谷候雨晴雲打譜，溪聲高下石操琴。宛然縮本瞿唐峽，況復波光比峽清。」蓋寫實也。

走了好一程，橫龍跨前，又一飛橋在望。而橋後瀑布出溪岸之下，景緻與仙寰橋又不同。這是現在遊太魯閣的中站銀月橋，過橋迎面有一小洞，裏面供着神像，據說這裏因山崩地塌，所以供這神像來鎭壓，名爲不動明王。原來橋下的一匹瀑布，就從洞邊流出一股清泉，滙爲小潭，再在路底由涵洞流瀉成懸瀑，稱不動瀧。我們在橋邊小憩，大家便到小潭邊去洗臉飲水。泉冷激齒，入口頓覺通體清涼。這時人在岸上，瀑布在脚下，但仰望高峯，見半天裏也有縱橫交錯的瀑布在閃光，如白龍蟠空，寂然無聲，幾疑夢幻。

從不動瀧再前行，坡度更巉，雙腿邁進便更費力。兩岸的山則比較開朗，溪中也有沙灘顯露了。行多時，見前面轉彎處山上有一木棧殘橋，但無路可通，有人說這是幾年前山洪冲毀了我們下面這條山徑時上面臨時修的便道遺蹟。因而我想到這裏山峽中道路的不易開闢，而且不易維持，將來橫斷公路以這裏太魯閣爲起點，風景固絕佳，工程也是夠艱鉅的了。

道路山形跟着溪流轉彎前進，走不多時，便可望見溪畔橋。橋邊有立霧發電廠的水庫，溪水從水庫中汩汩流溢。

三時四十五分步過水泥建築的溪畔橋，大家便在橋邊亭中飲茶休息，等候落後的人陸續到來。領隊告訴我們，現在可以通行的路程到此爲止。但我覺得兩脚已走出勁來，尙未盡興，同鄉郁金良君提議攀登過溪畔鐵絲網懸橋落到溪岸下去參觀水庫。這懸橋有些像馬戲班裏空中飛人時張在半空的網，踏上去脚無着落，手無依憑，比踩高蹺還難。我們兩人順着鐵網的彈性起伏，跨步搖擺前進，卻有凌波踩雲的感覺。過得橋來，回頭望見有人跟上來了，但走了三四步，脚裏一輭，便蹲下身去，看到下臨深谷，駭得連忙手攀着鐵網爬了回去。

參觀水庫時，我發現有一木梯可以攀緣到溪底去，而溪底的溪水清淺狹窄，我便提議到溪底去檢兩顆石卵作紀念，並從溪底爬上對岸，不走回頭路。那知飛身躍過溪流後，彼岸大石纍疊，不易攀登。亂石盡處，又是叢生的蘆葦。郁君用手帕包住手指披葉前進，我緊跟他身後。大路已在望，但儘是削壁，蘆葦卻愈高愈密。一會兒，兩人竟淹沒其中，方向難辨了。於是循去路退出蘆葦，落到溪流邊來。這時郁君尙能鼓餘勇，一躍而過。我則索性脫去鞋襪，坐在石上洗脚，嘆息着說：「還是濯足萬里流吧！」

郁君見溪畔橋邊已無人影。知道旅行團走了，催我快走過去穿上鞋襪，好再從水庫上去，經兩橋折回。我穿好鞋襪，還不肯死心。沿溪水上溯，回望靠近大橋邊對岸只是一片沙灘，卻明明已有人走成一條小徑上得坡去，只是那裏水濶，所以剛才我們沒有觀察到。於是兩人再脫去鞋襪，涉水過去，輕易地攀登彼岸。

上得岸來，一看手錶，已過五時，知道已落伍了很久。但冒險越溪最後成功，兩人精神倍增，用跑步的方式，不出十五分鐘，一口氣跑到不動瀧追上了一對殿後的夫婦團員。於是放慢脚步喘息一會，再緊步追趕，以便在天黑前穿過蒼龍洞，因爲我們兩人都是沒有帶手電筒的。可是到達仙寰橋天已黑了下來，幸得又有一對夫婦，正照着手電走到橋頭，可以借光。誰知那對夫婦見我們追上，便戰戰兢兢地站在橋頭不動。他們懼怕橋身動蕩，一定要請我們先過橋。我們過橋摸黑進洞，生怕撞破頭顱，忽見前面燈光閃閃，原來大隊人馬，還進洞不久，於是我們得借光追上，一起走到峽口去。

六時到達峽口，上得車來，領隊正在誇獎團員們的脚力，都能用半天的時間，完成一天的遊程，連七十二歲的蔡老太太也從峽口健步到不動瀧，遊覽了太魯閣最精彩的一段才折返。六時十五分全體團員到齊，開車返回花蓮，七時進晚餐。

三　花蓮二日遊

夜月何清輝！朝霞何絢爛！出水妙蓮花，合是花蓮讚。

——羅家倫「花蓮讚」

花蓮是值得留戀的，除卻太魯閣的風景外，花蓮市區的本身也給人留下了不滅的優美印象。花蓮市區是那麼的雅潔、寧靜，而以東臨太平洋，乃有玩賞不厭的花崗山公園之勝。花崗山只是市區濱海的一個小坵，但你靜坐在那小坵的草地上，黎明時可以眺望旭日浴海，朝霞絢爛的奇景；月夜裏可以領略那隻大銀甌裏一片清輝世界；而白晝默對那海濶天空一望無垠的太平洋，使你有與天地合一，超乎時空，忽然忘卻一切的感覺。不是遺世獨立，而是這塵世就是仙寰！志希先生的以「妙蓮花」爲讚，或許就是這一感覺的形象化吧。

因爲青島餐廳離花崗山很近，第一天中午自由活動時間內，我和郁君便闖到這小小的公園裏來了。我們在左邊一小區的園林中，拍了幾張亭、臺、紀念碑以及左方山川繚繞的風景照後，便到右邊的廣場上來觀賞太平洋的遼濶景象。那裏一片閃耀在淡淡太陽光下的大洋，右手有靑山如黛，前面是天水一色，不時有縷縷白雲漂浮在天際，或者辨認出點點的帆影來。左手遠處有一座燈塔矗立，只見時時有浪花的湧起，像鯨魚的噴水，非常美觀。凝眸細看，原來是驚濤拍岸。陸地上有一條長堤通向燈塔，海浪衝激着長堤，便湧起美麗的銀花來。一浪一花，此起彼落，煞是好看。我們席地而坐，祇覺宇宙寥廓而靜寂，心中萬慮全消，兀自陶醉在這大自然的懷抱中，到達了忘我的境界，再也不想離開。

這天下午是太魯閣的遊覽，而晚間緊接着又是阿眉族少女的山地歌舞表演。花蓮地方當局，爲吸引遊客，常免費歌舞招待。因爲第二天這裏花蓮市有個運動會，阿眉族表演歌舞的少女們，好多是學校的選手要去參加的，所以提早當晚在合作社的樓廳裏表演。

這次歌舞，大多是由十二位少女表演的團體舞，唱歌則由領隊林阿美和另外兩位女郎擔任。所表演的與日月潭、烏來等所見大同小異，所不同的是她們也邀請我們客人加入携手共舞，賓主也彼此敬酒敬茶，談笑盡歡。原來她們早已山胞平地化，在當地國校讀書，有的已能說得一口流利的國語，可以和客人周旋應對一番了。領隊林阿美，尤爲健碩嬌媚，歌聲嘹亮，大家稱她爲

「阿眉族之花」，給她拍了不少照。

第二天十月九日上午又是自由活動，因爲昨晚遲睡，旅館晚間又不安靜，未能早起去花崗山看日出。但早餐後我同郁君又去欣賞那裏的海景了。想不到花蓮市的運動會，就在花崗山的廣場上開。於是我們先看運動會。在運動場上又遇見了阿眉族之花林阿美。她是第二二八號運動選手，穿上運動衣褲，更顯得健美，誰還認得出她是山地姑娘呢？於是又給她拍了一張運動員照，拍照時她仍顯出了嬌羞之態。

郁君和我仍坐在廣場邊綠草地上遠眺海景，悠然神往，眞不知身後有萬頭攢動，正在熱烈地觀看運動會似的。一陣陣的歡呼傳到我們的耳中來，也似乎變成了海濤的清韻了。我們痴坐了良久，終於步下山崗，越過海堤，走向海灘，去檢拾那五彩的卵石。我們一面檢拾，一面抛棄，淘汰那不圓整不鮮明的。這時有三個少年在海灘戲水，跟着海浪伸縮，跑上跑下，比賽行動的敏捷，一不小心，浪花打得沒頭沒臉，甚或整個人被捲入浪頭裏，他們便拍手大笑一陣。郁君看得高興，便也脫去鞋袜，捲起褲管，站在最後一條水線上，享受海浪舐吻雙足的清涼滋味。但有時海浪伸不到他站立的地點，有時一個浪花打來，還是把他的褲子濺濕了。這時他不好再戲水，可是仍不穿上鞋袜，兀自徘徊在濕沙上做踏留足印的遊戲。年近三十的人，難得回復了童心。我雖沒有嬉水的動作，其實我的心也已跟着他們一起在行動了。

本來海景和海灘嬉水都是攝影的題材，只是沿海地帶是不准攝影的，我們減少了許多遊覽的情趣。

下午一時三刻，我們從旅館乘遊覽車去觀光花蓮港口。港中船舶不多，碼頭卻很整潔，爲臺灣東部第一良港。本來是預定可以乘遊艇出海去兜風的，因爲這天恰是星期日港務局不辦公，臨時無從接洽，所以參觀了一艘貨船和在遊艇裏喝了一杯茶便離開港口，仍去田埔鄉參觀阿眉族風物。

二點四十分到達田埔鄉。阿眉族住區，已經同化爲一個平地的農村，房屋服飾，與普通農民一般無二。有很多屋裏，懸掛着耶穌像，有一部分阿眉族已信奉了基督教。昨天阿眉族的歌舞已進城來招待過我們了，今天在此地不再表演，所以再沒有什麼可看的。我們正在巡視他們的居室時，我透過椰林，忽然發現村前有許多人聚集在叢林邊，側耳細聽，還有隱約的歌聲飄送過來。於是招呼大家覓路前往。到那裏一看，許多人正圍觀一羣老年男女在彎背而舞。他們身穿山地舞裝，面向中心，背對觀衆，排成圈兒，每人左手提着一個酒壺，俯身擺動着踏足橫步而舞，口中伊唔而歌。再看林中石墩上豎立着一塊「先祖祭紀念碑」，原來今天他們正舉行一年一度的先祖祭。紀念碑旁有人在分割猪肉用芭蕉葉包起來。再細看跳舞的人，右手裏也握着生肉，不時在塞向口中咀嚼。原來阿眉族的先祖祭，一面歌舞，一面還吃肉飲酒的。我們便把這許多意外的收穫，一一攝入鏡頭。這時回頭又發現正有好幾位西籍教士，雜在觀衆之中，談笑自若。他們爲傳教而來，居然與山胞已打成一片了呢！

三點四十分，我們乘車離田埔鄉去忠烈祠。祠內供着鄭成功、劉永福、邱逢甲等的牌位。忠烈祠踞山臨河，河上架橋相通，拾級而上，祠前更有銅馬石坊，氣勢很是雄壯。

因爲這兩天蘇花公路忽然斷了，據說明天可以從新通車。如果車不通，我們明天要接洽機位飛回臺北；如果可以通車，就得接洽公路局加派專車，設法照預定旅程全團男女三十三人一起經由臨海公路到達蘇澳，再換乘火車返臺北。所以玩過忠烈祠就返回第一旅社休息。晚飯時領隊陳先生宣布明日公路開放，旅客特別擁擠，但公路局已允增派一輛專車給我們旅行團乘坐。這才大家放心晚上摸黑上街採辦蕃薯餅等花蓮土產，準備帶回去分送親友。

四 蘇花公路

鄭成功來到臺灣，先開發臺南一帶，沿西海岸發展，漸及臺灣北部。臺灣東部，雖有天然良港，但阻隔於崇山峻嶺，開發最遲。花蓮一帶原爲高山族人住區，清咸豐七年，始有宜蘭地方漢人數十移居花蓮溪口，建立一個村落。同治十三年，臺灣兵備道夏獻綸，奉命開山撫蕃，率領兵工八百人，沿着海岸線披山拔木，破崖鑿壁，費時數年，才鑿通道路二百多華里，那雖是小路，卻就是現在蘇花臨海公路的前身。八百人開路成功，便有大批漢人移殖花蓮。至光緒四年，便建立起城邑來了。日據時代，日人也繼續發展東部。民國六年，循原路拓寬路面，經七年完成。民國十六年改築公路，又經六年犧牲無數臺胞，到民國二十一年才全部竣工通車。現在光復後推行國語教育，非但全省年輕漢人能說國語，山胞大部分漢化，像花蓮田埔鄉的阿眉族，許多年輕人說着流利的國語，簡直與外省人沒有分別了。哦，開闢這條公路是多麼艱險啊！而其成果，是多麼偉大啊！

蘇花公路自宜蘭縣的蘇澳鎭經東澳、南澳、白來分、大濁水、和平、新城等地而至花蓮，全長一百二十公里。路面狹窄，僅三點六三公尺，是單行道，路上不能兩車相交。公路局規定從花蓮和蘇澳兩頭每天對開兩批車，在規定的站上交車，秩序很好。而司機也經過特別訓練，又受着嚴格的管理。所以公路雖險，山洪暴發時，橋樑路基雖常被冲毀，搶修時交通中斷三五天是常有的，但客車失事則從來沒有發生過，旅行倒是頂安全的。

可是旅客爲什麼還要驚懼恐怖呢？因爲這一帶的山既峻峭，而又參差多摺襇。所以開鑿的公路，艱險處恰像懸崖半腰間的一條鋸齒痕，車子在一條狹的鋸齒上行走，左一急彎，右一急彎，這邊靠山的一面正像車子要撞到削壁上去了，參差的石尖似乎刺到你眼睛裏來；而令人暈眩的一轉之後，那邊靠海的一面，又見車前是路的盡頭，好像車子正衝出懸崖，馬上要跌落到山下的大洋裏去了。這樣的驚心動魄，能不使膽小的人掩目失色，手足戰慄？所以有好多人是寧可坐凌空的飛機，不敢走這條臨海的公路的。然而人大多數是好奇的，有這麼一條全國驚險第一的公路，而又絕對安全，還是願意來長一長見識的。並且沿路自然風景的壯美，也是世界所少有：仰視則壁立千仞，蒼峯摩天；俯瞰則萬丈深淵，驚濤拍岸；遠眺則雲水蒼茫，烟波浩淼；一路飛懸棧橋，隧道如洞天，瀑布若匹練，都堪入畫，所以遊覽的旅客還是很擁擠。

十月十日晨七時，我們便到車站去候車。蘇花公路的客車，從前是每車二十五人，座位共分六排，每排左右各二人，中間是通道，最後一排不須通道，坐五人，座位都編號，從第一排自左到右編到最後一排右邊的位置是二十五號。現在則前面五排的通道也添上活動椅子，又加五人，全車共容三十人。我們全團三三人，多出三人另購車票坐到普通客車裏去。車上座位大有好壞：坐在窗口的較優，而靠海一邊的窗口最好，可以俯瞰山下深淵。從蘇澳來的車是靠左1 5 9 13 17 21六號頂好，而從花蓮去蘇澳的車則是靠右的4 8 12 16 20 25六號最佳。我們專車三十人抽簽定座，我拿到了25號最後一排的佳座。

八時開車，因公路中斷了兩天剛通，今天第一批班車開了七輛，我們的專車是第五輛。第一站花蓮到新城二十一公里是平坦的大道，車到新城並不停留，沿途無旅客上下，所有的旅客都是到蘇澳的，其中一輛是臺北直達車，可以買臺北的車票直達臺北。車過太魯閣口，才沿山向海邊行駛，車子一個山彎一個山嘴的盤繞在山腰裏，漸行漸高，山勢也格外陡峭。我在車窗裏看得見斷崖如削，絕壁擎立。探首窗外，車子正走在危崖之上，人已在高空，可以一眼望見石壁下面的海濤，正吞沒着露出水面的磐石，衝向壁根，勇猛地往上爬，但又跌落下去，直向後退，又把磐石吐了出來，只留下一道白色的泡沫在壁根那兒迴旋。石壁是光光的，只有蒼老的岩縫中倒掛着一兩棵彎曲的小樹，形成古雅的點綴。景雖陡險，卻很雄奇。原來這裏就是有名的清水斷崖。我連聲讚美難得的奇景，便提心吊膽地默視崖下。前面十號靠窗那位林小姐也探首望了一下，兀自聳肩咋舌，馬上把自己的座位讓給了身旁的陳小姐。

忽然眼前一暗又一亮，明滅有緻，那是車子穿越連接着的隧道前進。從隧道旁透光的窗洞中看外面的景色，又別有一番風光。八九個隧道，或深或淺，增加了不少沿途的情趣。我查閱志希先生的蘇花道中詩，有這樣的一首，題爲：「蘇花公路多緣峭壁，下窺大海，身在雲間。山洞幽邃，鑿石爲窗，若長廊焉。」詩曰：「削壁應無人跡到，玲瓏窗子漏清虛。若教徐福舟中望，我亦神仙愛穴居。」設想奇妙之至。

前面又是路轉峯迴，車行如蛇。迎面一座綠色屏風，蒼翠悅目。而火紅的霜葉，映在翠綠中間，顯得格外艷麗。從車窗裏翹首仰望，這座翠綠屏風，竟高與天齊，望不見山頂。我正在吟味志希先生詩中「撩人霜葉痴成火，迎面奇峯綠到天」一聯的神妙，卻見坐到車頭車掌空座上去享受車前風光的陳先生，嘴裏連喊：「吃勿消！」要坐在原是通道的26號到30號五位團員讓路，退到後面17號他的原座上來。我問他怎樣吃勿消？他只說了「心驚肉跳，眼花撩亂」八個字。原來車前風景雖看得一清二楚，但怪石壓頂，樹椿拂面那種看立體電影般逼人的感覺也不是好受的。而司機履險如夷的駕駛絕技，也就無須說明了。這時我才領悟自花蓮到蘇澳，我的座位是最好。因爲一切橋樑隧道等題名，都懸掛在北端，本是順着蘇澳來車而設的，我們從花蓮倒開過來，只有等車子開過橋樑，從車後回頭去看，才看得見橋頭高懸的橋名。

車隊在和平站休息十分鐘，過濁水溪橋，那不是懸橋，只是溪中有孔的水泥路。十時到達白來分站。在鼓音附近，上面有水洒到車子裏來，回頭一看，原來是風吹瀑布在飄飛。車子仍舊一路紆迴曲折，上下起伏，再過澳尾橋南澳橋等一頂頂的鐵索懸橋，十一時到達南澳。沿途眺望無垠的太平洋如在足下，三五成羣的漁船，歷歷如畫。

從南澳再北行，前面有層巒伸出洋中，宛如恐龍俯飲，我眞想騎上牠高高的背脊上去，驅策牠到太平洋中去遨遊一番。那是烏石鼻，志希先生曾有一絕詠及：「層巒疑有百靈藏，故幻風雲入渺茫。果見蛟龍延頸出，低頭就飲太平洋。」

車過東澳，盤繞叢山之中，解除了驚險的感覺，恍惚身在滇緬公路，這才領悟到蘇花公路臨海的部分，比滇緬公路要驚險幾倍；喜馬拉雅的登山公路，比起來簡直像坦途了。

下得坡來，到烏岩橋邊，車子不向橋上開，卻開向河岸下去，橫跨河床而過。開到激流處，眼看車頭陷入水中去了，但俯衝的姿勢，突然變成昂首而上，機件格格地一響，立刻爬上對岸，只有車後留下了一條溼淋淋的水影。這是橋樑來不及搶修，今天車隊涉水，做了一次有把握的冒險。

車過烏岩溪，又沿海上爬，回頭見恐龍已游到車後去了，才明白剛行在山中，正是越過了恐龍的背脊。

一會兒看見一隻大鐵錨浮在海岸邊，細看錨上有火柴匣般大小屋宇櫛比，原來有名的漁港南方澳在望，蘇澳馬上到了。車過姑姑站，已是坦途。下午一時許到達蘇澳鎮。全程計五小時多了一些。

沿途曾有嘔吐，七十二歲的臺籍老太太蔡高祿，卻安祥自在。她的兩位四十多歲的女兒，特地請她們的老母出門坐坐飛機，見識見識臨海公路，一路隨侍左右，固然孝思感人，而蔡老太太的老當益壯，沉着地享受這驚險的旅行，她的精神尤其令人敬佩！

五　蘇澳到臺北

在蘇澳下得車來，舒展了一下筋骨，先找飯館吃飯。蘇澳只是白米溪入海處的一個小鎮，除卻冷泉有名外，沒有什麼可看的。旅行日程表上預定乘二時四十分的鐵路快車回臺北，已經來不及觀光蘇澳的外港南方澳的魚市和魚船。陳先生把隊旗交給了我，請新生報蘇澳辦事處何主任福春做嚮導，領我們去看冷泉，他自己則去招呼行李和交涉火車票。

冷泉在七星岩下，有兩口池子，我們沒有走幾步，過冷泉橋，就到冷泉池畔。池水清冽透明，池底卵石，歷歷可見。池外圍以磚牆，任人入內沐浴。據說冷泉係單純炭酸水，可治各種皮膚病。若汲取冷泉放一些糖，可當汽水喝。附近還有冷泉旅社，看來還是新建築的，但門可羅雀。參觀裏面的冷泉浴室，亦已破敗不堪，無人入浴。

我們按時換乘火車，北行經羅東、宜蘭、礁溪、到貢寮折向西行，再經三貂嶺、猴硐、瑞芳，到八堵接上縱貫線直達臺北。沿途所經之地，據說以羅東的太平山林場最爲雄奇，要乘空中吊車上三條索道直升雲端才到山巔，參觀伐木也是動人的場面，其驚險的情景比之蘇花公路有過之無不及。（後來曾與潘琦君過克厚等暢遊太平山林場，尤其對伐木的表現，至今仍留着深刻的印象。）

礁溪溫泉清澈，設備平民化，今年春節曾作竟日之遊。礁溪到貢寮途中眺望海上龜山島，使人悠然神往。貢寮至三貂嶺之間有崇山橫亙。山的兩邊，氣候迥然不同，風景也完全兩樣。火車穿越好多隧道，其間草嶺隧道計長二千一百六十六公尺，火車鑽過這黑洞要費時足足三分鐘，是全省隧道最長的一個。

我們於下午六時返抵臺北，三日來相聚成友的三十三人話別分手，一霎時沒入車站的人潮，各自歸家。陳先生邀我共進晚餐，晚間還同賞國慶之夜的火樹銀花，把照相機中剩餘的底片拍完。

有人問我此行印象如何，我說：「古人詩云：『若到西湖遊一遍，便是凡夫骨也仙』，我人雖沒有成仙，至少賤骨已經沾上幾分仙氣了。」

（原載四十五年十一月一日香港大學生活二卷七期）

馬尼拉海濱風光

紅塵匝地，濁氣薰天，馬尼拉市區之十里洋場，藏垢納汚，幾無淨土。唯杜威大道濱海一帶，得清涼之趣，可休而憩，可欣而賞。徘徊其間，身心泰然。目接天光水色，耳聽鳥語濤聲，煩襟盡滌，還我自然；令人有飄然欲仙，遺世獨立之感。爰發起組織海濱朝會，擬邀集同好，共賞朝曦。凡諸舊雨新知，倘荷贊同，盍興乎來！

這是馬尼拉僑商莊萬里、柳清平、蘇盛助、陳澤慈、蔡超瑤等發起組織海濱朝會的緣起。的確，這人馬喧囂，車輛擁擠的馬尼拉有什麼名勝古跡值得我們欣賞的呢？恐怕只有那杜威大道的海濱風光最值得人們留連忘返了。

袋形的馬尼拉灣把狹長的呂宋島的西部凹陷了一大塊，菲律賓的首都馬尼拉就瀕臨這袋形海灣的東端。我們通稱爲馬尼拉的都會，其實包括了馬尼拉、巴西、計順三個市。馬尼拉市區向東北發展爲計順市，這是計劃中中央政府的所在地。馬尼拉市區向南發展爲巴西市，這是國際機場和非律賓航線機場的所在地。馬尼拉市區的北端是貨物呑吐船舶彙集的南北兩碼頭。碼頭海關之南是花木成林，草地寬闊的侖尼沓公園。公園裏有豪華的馬尼拉大飯店，有非律賓國父黎刹的紀念碑——公元一八九六年十二月卅日，黎刹從容就義處——。杜威大道從侖尼沓公園沿着海濱遠遠地向南延伸，穿越過馬尼拉市，再穿越過巴西市，直通南郊的飛機場。杜威大道兩邊大樹成蔭，中間是安全島，路面寬闊平坦。西邊沿海築有水泥堤岸，堤岸與大道之間是一片草地，種植着成排的椰子樹，海風吹來，婀娜多姿，這杜威大道的海濱草地和侖尼沓公園成爲人們早晚散步納涼的好去處。杜威大道的東邊，也就成爲最高貴的旅館、飯店、公寓、夜總會的所在地。因此，高樓聳峙，華廈鱗比，五色相宜，花木掩映，一望千里，迤邐天際。我們從飛機上下來，疾駛着輕車奔上杜威大道。左邊是海闊天空，一片汪洋；右邊是一座座的高樓大厦，飛馳而過，目不暇給。海風拂面，吹衣飄飄，眞使人心曠神怡，胸懷舒暢。向前望去，遠處有高矗屋頂的廣告，似在天際。待你車子開近，又見遠處另有摩天大樓，高矗雲霄。這樣汽車風馳電掣般在寬闊而整潔筆直而平坦的杜威大道上飛奔前去，有無窮的遠景映入眼簾。眞像人生旅途有無窮的美好遠景接引前進似的，印象十分深刻而愉悅。

公元一八九八年美西戰爭，美國杜威少將於五月一清晨率艦進入馬尼拉灣，不損一艦不傷一卒，不到一天工夫，打垮了西班牙的艦隊，給西班牙在非島三百年的統治，敲了喪鐘。這條濱海的杜威大道，就是紀念杜威將軍的功績的。

我們從海上乘輪來岷，遙望那些巍峨的建築，倒映在水中，旣雄壯，又瑰麗，比畫圖更美，比想像更妙，令人陶醉，恍如夢境，而絕非人間，可說古人豔羨的海市蜃樓，憧憬的蓬萊仙島，也無此美麗！這條杜威大道，美化了整個馬尼拉，比香港新嘉坡等海濱都會，更富藝術意味！

到達馬尼拉，如果我們住在馬尼拉飯店，那出門便是侖尼沓公園，那兒是看海濱落日最好的地點。在杜威大道的海濱清晨散步或邀友在飯館裏吃早點欣賞海濱之晨，雖然最顯得有雅興逸緻，但因爲大海在馬尼拉之西，見不到海上的旭日，所以一般人欣賞馬尼拉海濱風光，都在夕陽西下之時。或則情侶雙雙，携手同行；或則扶老挈幼，相率而來，徜徉在這一片青葱的侖尼沓公園。公園西臨海濱，西北通海關，北有王城古蹟和高爾夫球場，東邊和東北矗立着市政府、郵政局、國會議院、青年會等一座座莊嚴的大厦，與巴石河對岸的鬧市遙遙相對。從侖尼沓公園化幾毛錢搭乘遊覽汽車，向南開駛，便可沿着杜威大道逛個來回，瀏覽海濱風光。遊覽車開出公園，左邊是海景樓飯店，右邊是林木森森的美國大使館。要駛過美國大使館，水天一色的大海，才展現在眼前。在那一帶海邊椰樹下的草地上，也是納涼勝地。坐在長椅上面遠眺海天，可看到血紅的落日，刹那之間沉入水平線下去；可看到一片晚霞，絢爛奪目，瞬息變化，氣象萬千；可看到新月似眉，弦月如海上之仙舟；可看到港中點點的漁火，連接天上點點的星光，在夜空裏閃耀明滅。那時，杜威大道上的兩排路燈照耀如白晝。在燈光下，往往有非律賓少年，倚着椰樹，抱着吉他彈奏起來，菲律賓少女便在草地上婆娑起舞的那種熱情出現。搖鈴出售冰淇淋的小車，喊賣菲律賓人最愛吃的補品孵胎鴨蛋的小販和兜售香花串的少女，也穿梭往來於其間。我們中華民國大使館的宮殿式三層大樓，正座落在這一最優美的地段。大使館兩旁不遠處，一邊是新雅，一邊是梅龍鎮，都是新開的中國菜館，可以一面宴客，一面欣賞海景。遊覽車再向南駛，左邊一片空地，空地那邊便是新闢的動植物園，右邊海堤外卻又築成一條人字形的水泥堤，構成一個三角形的內港，裏面停泊着遊艇。靠海是水上機場，靠岸是海軍俱樂部。再過去就是巴西市區。一入巴西市區便沒有了兩排燦若珠串的路燈了。那裏兩旁景色也改變，靠右沿海一排是有名的一百數十家烤肉攤，左面是無數銷金窟的夜總會。有人從遊覽車下來，購食烤肉以充飢，別饒風味；有人沒入夜總會，那就是舞池摟抱，一夕銷魂；或者豪賭通宵，一擲千金了。

如果再沿巴西市海邊向南車行十餘分鐘，便可到達哈利海灘，那裏是游泳的勝地。夏季假日，男女麕集，載浮載沉，又是海濱浴場的一番風光。再沿海向西南車行約一小時，便可到達甲美地市。那是一個伸出在海灣裏半島發展成的漁港，現在也是海軍基地。我們在馬尼拉的杜威大道上，雖望不見馬尼拉灣口的小島，在晴天的夜晚，卻可望見甲美地的燈火如一簇明星，照耀在天際。

在一個晴朗的下午，我曾在飛機上俯瞰從甲美地到馬尼拉一帶的沿海風景，只見陸地上是一方方青色的綠色的紫色的赭色的田地，沿海公路如帶，兩邊深藍的樹叢中，鑲嵌着五彩寶石般的房屋。大海則澄澈見底，海水似一層透明的玻璃罩在上面，甲美地半島也像一隻玲瓏的羚羊角突出在那兒。這景緻，眞像一幅寶石嵌成的摩寨伊畫，美麗得新鮮而別緻。

我也曾在侖尼沓公園的海濱眺望那海港中停泊的大小船隻，燈火通明，倒影搖金；我也曾在那杜威大道邊的椰樹下納涼，迎接那海風帶來的清涼；迎接那海風帶來的沁人的氣息；迎接那海風帶來的潮音；迎接那海風帶來的拍岸浪濤所捲起的飛沫。

我的辦公室在大使館西樓的靠海一面，半年來使館中的工作雖感覺非常繁忙，但我面對大海，一抬頭就不禁要偸閒眺望一下馬尼拉的海景。從窗外杜威大道路樹濃厚的綠蔭，透過濱海草地稀疏的椰影，可以看到在晴午的瀲灩波光中，時有點點的風帆，掠水而過，最有詩情畫意。遠眺西北大海盡處靑山數峯。西南煙波浩瀚，水天相接，是馬尼拉灣的出口處。馬尼拉灣外便是我們中國的南海。南海中羅列着我們東西沙羣島，而馬尼拉灣的口子正斜對着我們最南的領土太平、南威等島嶼。那末，遙望那水天一色之處，也正隔海遙望我們祖國的領土啊！所以我們使館旣據馬尼拉風景最美之處，門外海景可以開拓我胸襟，可以怡養我精神。而面對着祖國的海天，能不念及國步的艱難，格外勤愼從公呢？

一九五九年十二月草於馬尼拉（原載暢流半月刊二十卷十期）

馬容——美麗而神秘的活火山

一、馬容山下的誓言

穿越厚密的雲層，
騎着鐵馬去迎接東方的黎明。
自馬尼拉海灣，
飛向呂宋島東端，
我們站立在太平洋的西岸。
×××
我們的隊伍嚴肅而整齊，
迎接着清新的朝氣，

升起我們燦爛的國旗。

國旗，隨着雄壯的歌聲，

冉冉地上升，

升上了矗立的旗桿，

飄揚在高聳的屋頂。

×××

迎接着清新的朝氣，

我們一六七所民主櫥窗的僑校，

同時把燦爛的國旗升起。

國旗，飄颺在黃金的晨空，

飄颺在自由祖國的美麗寶島，

飄颺在反攻據點的金馬前哨。

×××

隨着朝氣的西移，

我們合力把國旗向大陸升起，

升向南京！

升向北平！
升向桂林、昆明！
升向西安、重慶！
升向濱江、庫倫，
升向廸化、葱嶺！
升上了喜馬拉雅——
看，青天白日滿地紅，
飄颺在世界的最高峯！

× ×

我們的誓言滙合成雄壯的歌聲，
火山馬容為我們作證。

八月十九日星期六凌晨起床，不驚醒小孩，不呼喚女傭，妻為我收拾好小提箱，給我準備好早點，我們一面喝咖啡吃三文治，等待使館的汽車五點鐘來接。但替班的司機誤事，到五點一刻不見車影前來，只得摸黑出門，步行到大路口守候出租汽車，趕到機場去和總支部林書記長樹燦會合，同乘菲航機離開馬尼拉東飛，赴黎牙實備市參加美骨區華僑學校聯合會第六次代表大會。一小時後到達黎市，下機時清晨的微風吹拂着。黎市中華中學陳校長春輝帶領着服裝整齊，朝氣蓬勃的師生，和僑團代表，在機場歡迎，給我們兩人套上花環，迎接到校中去參加升旗典禮。從馬尼拉趁夜班火車來的校總李秘書長海若也同時到達。在升旗典禮上，在演講中，我把迎着朝氣升旗的感覺說了出來。李秘書長把我所說國旗升向大陸飄揚在喜馬拉雅山的話重加申述，淡描戈培青中學許校長瑟希，就朝氣兩字大加發揮。前面一詩便是我對這次升旗禮的記錄。黎牙實備這濱臨太平洋的城市，就在呂宋島東端的馬容山(Mayon Velcano)下。黎牙實備(Legaspi)是西班牙拓殖菲律賓的一位將軍。一五二〇年麥哲倫發現菲律賓後，一五六五年西班牙便派黎牙實備率艦從事菲律賓的征服和開發。先在未獅耶一帶活動，一五六九年佔領呂宋島馬容山南麓的阿眉灣海濱地，就命名爲黎牙實備，二年後始佔領馬尼拉。

二、戴白帽的巨人

當菲航機飛在雲海的上方，我們正在欣賞那朵朵白雲像草原牧羊的景色時，驀地機窗外白雲呈現成丘陵起伏的大陸。東邊最遠處是一座白雲堆成的高峯，等白雲的高峯移向前來，才看清這雲峯已是雲海的邊緣，邊緣外面卻是眞正的大海。雲峯的下面則是一座眞正的山峯，這雲峯罩在山峯的上方，正似戴着一頂純白的拿破崙帽，這就是聞名東亞的活火山馬容。我們坐近飛機左側的窗口，飛機在馬容山右側飛過，那山頂的白帽光潔而厚實，白帽雖高出在山巔的上方，但帽底的陰影還是遮住山巔，使人看不到山容的全貌。馬容山成爲一個戴白帽的巨人從地平線下探首出來，露出半個身子來歡迎我們飛機的到達。飛機掠過馬容的肩頭，俯衝到亞眉海灣上空去轉一個身，再度看到迎面的巨人，同時看到山下星羅棋布的房屋延伸海邊，飛機便降落在馬容山半身巨人像的面前，這是我第一眼看到的馬容。

三、環繞着馬容巡禮

升旗禮完了是早餐。因爲校聯的代表大會開幕禮要下午二時才舉行，許校長堅決邀請我們馬尼拉來的三位客人到馬容山北邊他主持的淡描戈培青中學去參觀，順便遊覽智委溫泉」（Tiwi Hot Spring），他已準備好在溫泉招待我們野宴作午餐。於是他陪我們三人乘坐汽車從馬容山的南麓，繞過東麓，到達北麓的淡描戈，又去西北麓的智委溫泉。

我們三人中只有李秘書長曾携眷來遊，林書記長和我，都是第一次來此。車中許校長給我們把馬容山作初步的介紹：馬容山高拔海八千英尺，是一座每隔十來年噴火一次的活火山，形似一座埃及的大金字塔，占地一百數十平方公里，從四面遠望，一般模樣兒，總是一座高聳入雲的寬度圓錐形的美麗怪物。所謂「高聳入雲」不單是形容山的高，馬容山巓確實常在雲中，很少淨無纖雲，赤裸裸地站在人前的時候。這是因爲山巓火山口中常有煙霧和灰沙噴蒸出來的緣故。因此馬容被列爲世界上最美麗的山峯之一。

這時汽車開出黎牙實備市區，馬容山已映現在車窗外，有半座山隱沒在雲傘中。一會兒雨點打上車窗來，汽車在風雨中疾馳，只辨認得出路邊拂天的椰林，竟有好多是禿頂的光桿兒，留下颱風蹂躪的烙印。遠處景色一片溟濛，山影已沒入渾沌之中。

淡描戈（Tabaco）是亞眉省濱海的一個小鎭，商況不盛，房屋破舊，但我們的僑校在許校長抱負着宏揚中國文化於海外，培植華僑子弟爲愛國青年爲已任的努力下，獻身教育，以身作則的實施嚴格的品格教育，取得遠近華僑的信仰，競把子女送來付託給他，住校受教，十五年來慘澹經營，學生數額已激增至六百餘人。而在此僻鄉，擴建起一座美奐美輪，圖書儀器設備充實，既莊嚴而又幽雅的寬敞校舍來。我們感覺到菲律賓大都會中的學校因社會環境不良，對學生的管理日益困難。我總以爲碧瑤的氣候和環境，是辦學校最理想的地點，我們的碧瑤愛國中學，如能擴建男女生宿舍，大量增收寄宿生，施以合理的管教，在品學方面定能更收良好的成效。想不到許老先生已下了十五年的工夫，在馬容山下的偏僻小鎭建立了這樣一個理想場所了。我們三人在全體師生嚴肅隆重而又熱烈的歡迎場面中，不得不站上禮堂的講臺，說一番衷心讚美而帶勉勵的話。

離開淡描戈，又看到了馬容山的若隱若現的山容。但不久，又整個的隱在雲霧中。這座馬容山竟像山中的隱士，只與白雲爲伴，自來自去，對於俗客的拜訪，他是不理睬的。

火山地帶自多溫泉，自日本的扇形火山富士山迤邐南下到這金字塔形的馬容火山的一大串島嶼，到處有溫泉發現。碧瑤亞辛溫泉和南呂宋羅斯萬牛斯溫泉都晶瑩澄潔，像臺灣烏來；這裏智委的溫泉，則像陽明山，硫磺氣很重，溫泉如沸水般在洞穴和溪流裏冒出水蒸汽來，生鷄蛋放下去，立時可以煮熟。這裏雖是花園的格局，但佈置得並不幽雅，許多浴室和兩個游泳池都很簡陋。可是今天週末，還是遊客雲集，生意興隆。培靑中學董事會在凉亭式的敞廳裏招待我們午餐，全校男女老師作陪。廳裏有長椅式的護欄走廊，可以坐憩。廳外樹木扶疏，溪聲山影，天然景色，頗饒野趣，確是野宴的好地點。海鮮野味，水菓麵點，用大盤陳列起來，依自助餐方式各自取食。一邊自由交談，另有酒水冷飲供應。這餐野宴，免除俗禮的拘束，別有風味，吃得最爲受用。趕回黎埠去開會，時間還很從容。

四、馬利亞的儀容

下午二時開幕典禮後，緊接着一連串美骨區十六所僑校代表的會議，至晚間十一時才到伊甸旅社休息。這是黎市熱鬧的週末之夜，菲律賓男女愛好音樂藝術，喜歡交際，尤其醉心於通宵舞會，伊甸旅社二樓跳舞廳隨着音樂婆娑起舞的不下百餘對，而散佈在樓下飯廳客廳以及大門外走廊裏的客人亦復不少。後進另有玩廊球打撞球的。我們住在三樓，被跳舞的音樂和廊球的隆隆聲所騷擾，只埋頭靜臥着休息，久久不得入睡。但一覺醒來，卻正是一個靜寂而明朗的清晨，馬容山像一位純潔的新娘站在窗外，明淨、莊嚴而秀麗，頭上白色的披紗，在晨風裏飄拂着，還是不肯除去。這一幅美景，映入眼簾，不禁令人倚窗凝眺，悠然神往。

哦，這馬容的披紗已變成斗蓬，儀容的聖潔與莊嚴，簡直是兀立着一尊聖母瑪利亞的塑像了。哦，馬容，原來是瑪利亞的儀容！

從盥洗室漱洗整容後再到窗口觀看，山容又經變換，聖母的斗蓬，已變成白色的小帽，帽底有一條長長的透明的帶子下垂到山腰裏來，最後又成鈎狀升向天空。細看，這條透明的帶子，正是一股霧氣的流動，原來馬容山的輕易不肯露頂，正是火山口仍有烟霧蒸噴的緣故。

盥洗後和林書記長同上七重天（七層樓）眺望，俯瞰市屋鱗比，海港如畫，但伊甸旅社靠山一面沒有走廊的，所以登高反而不能欣賞山景。

五、菲律賓的龐貝城

早餐後利用開會前的幾十分鐘，陳校長春暉陪同我們三人去探訪喀沙瓦（Cagsawa）遺址。喀沙瓦原是馬容山麓的一個小鎭，鎭上於一五八七年建造了一座天主敎堂，一六三六年七月，荷蘭軍登陸進攻黎牙實備，敎堂被焚燬，至一七二四年方重建，院基深廣，鐘樓高聳。可是九十年又復遭刼，一八一四年二月一日馬容火山大爆發，火山口噴射出來的熔液和熾紅的石塊，剛好落在這一地帶，把整個的小鎭摧毀了，成爲一片廢墟，只有鐘樓的塔尖巍然獨存矗立如故，雖則鐘樓的下半段已埋沒在火山灰和熔岩之中。

喀沙瓦的廢墟在今日大拉牙（Daraga）鎭附近，小汽車可以直達，除殘留天主堂的鐘樓古塔，供人憑弔外，荒草中尚有數處斷垣可尋，並處處露出黑色岩石來，附近農田中也還有一探殘壁可見。原來一百數十年來，昔日的喀沙瓦的廢墟已被鄉人墾爲農田，今日的荒丘只是部分的遺留而已！

我們站在荒丘上遙望一片農田連接着圓錐形的馬容山，山巔依舊在冒升烟霧，山腰白雲，繚繞如帶。陳校長爲我們講述馬容山的威力：當日火山爆發，隆隆有聲，烟霧瀰漫，山崩地震，熔岩從空中紛紛落下，眞像天塌了下來，喀沙瓦一片火海，全鎭燬於俄頃，成爲菲律賓的龐貝城，單只避難於這敎堂被活埋在火山熔岩下的就有二百多人。據說只有少女一人，倖免於難，遷居於今日的大拉牙，百多年來又聚居成鎭。菲語大拉牙之意卽「少女」。以少女爲地名，所以紀念這少女的倖存。此後這馬容山每隔十來年爆發一次。今天還是隨時有爆發的可能，四周數十里都是危險地帶。上山探險也只半山而止，無人能達山巓，前幾年曾有歐洲探險者二人上山後失踪了，迄今生死不明。所以馬容被稱爲神秘的火山，山頭的雲被目爲神秘的象徵。可是馬容山下的土地是頂肥沃的，所以這喀沙瓦的廢墟，仍被墾成農田，而殘存的一小塊荒丘，還是農民牧牛之地呢！

我們回頭看斷垣的那邊，正有一頭水牛悠閒地揮動着尾巴自由地吃草前進，後面緊跟着牠的小犢。我問：「牧童那裏去了？」陳校長說：「這裏放牛無須牧童的啊！」

六、海濱浴場—馬容山的前景

開了一上午的會，美骨區的僑校代表充份表現了他們謙讓的風度與合作的精神。陳校長春暉擔任大會秘書長，調度有方，處事周到，會議順利進行，到中午如期圓滿成功，舉行閉幕典禮。馬容山腰在二千多呎高的地方建有休憩所，有車路可通。陳校長原擬下午陪我們登山，但下午雲霧又瀰漫一片，籠罩到山腰裏來，天氣陰霾欲雨，登山困難，上了山也將如入五里霧中，失卻登臨之趣，所以改遊海濱浴場。果然，三時許陳校長和美骨支部張秘書清泉陪我們三人北行，汽車開出市區便遇大雨迎襲，但到達海濱浴場，已是雨過天青。浴場在阿眉灣北部，一派青山伸展着，左臂環抱這海灘，構成美麗的海景，海灘上遊人寥落，我們也無意下水，陳校長給我們拍了幾張照。他說正如五湖的襯托富士山，馬容山的照片也以倒映在水中爲最美。今天山容隱藏，否則我們覓舟去海中把馬容山當作浴場和椰林的背景攝下來，是最有詩情畫意的。在黎牙實備和淡描戈，都可攝取濱海建築爲前景的馬容山照片。我們在海邊檢尋貝殼和彩色石子，雖則邊拾邊棄，卻自有樂趣。最後我手中剩下的卻是一塊海綿石和兩節珊瑚枝，而以陳校長撿到的一紅一綠的玻璃瓶碎片最爲晶瑩可喜。因爲以前遊客拋棄的碎瓶，經過海水的磨洗已成橢圓形的透明寶石，鮮艷可愛，而上面還有浮雕的英文字跡可尋，眞是鐵杵磨成針，這是海浪的神工之傑作。

我們到浴場招待所去冷飲，順便坐下聽聽音樂。卻發現玻璃櫥裏陳列着各種美麗的貝殼出售，價格很便宜，於是我們各自選購了些作爲紀念品。

林書記長和我本來是買的飛機來回票，預定二十一日中午返岷。因爲，校聯會美骨支部中華商會和中華中學董事會等當地僑團招待我們很周到，二十一日星期一僑校又都要上課，我們不便打擾他們，所以早就另購了火車票，預備星期天傍晚追隨李秘書長乘夜車離黎。這一安排省卻了多少麻煩。因爲剛好菲航公司在這一天突然發動全部罷工，各線都停航。所以駛岷的夜車就特別擁擠，臨時買不到票。我們卻安逸地躺上臥舖，提早於週一晨返抵馬尼拉，結束了我們的美骨之行。

七、馬容的十次爆發

返岷後，忙着清理積壓的公文，預定星期五（八月二十五日）參加的北呂宋區僑校代表大會，雖因菲航罷工和颱風來襲而改期，臨時又被派去羅申那參加南呂宋區的僑校代表大會，星期天也不得休息。所以這篇美骨之行的雜記到九月初才寫成。因爲偏重於寫馬容山的印象，題名「馬容心影」。現在培青中學許校長瑟希先生又寄來一本十四年前駐菲總支部出版的大漢魂月刊，裏面他寫的「馬容山之怒吼」一文，記載馬容山可考的十次爆發情形，尤其最後一次爆發，是他親歷其境的實錄，彌足珍貴，因抄錄其精華，以饗讀者，並將本篇題目改成「馬容——美麗而神秘的活火山」，以符內容而求醒目。

在筆者的印象中，馬容山有時像巨人，有時像隱士，又有時像莊嚴的聖母塑像。但在許先生的筆下，肯定地把馬容山女性化了。他簡要地寫着：「過去我對這著名的馬容山，只粗識她的面孔，卻未嘗欣賞她的風韻。而今呢，閒着無事，每日清晨，即泡了一杯好茶，備了一匣香烟，坐在窗前，細細地對她領略着。啊！啊！幽美極了。她有時輕烟斜飄，好像浴罷的女郎，臨風散髮；有時孤烟直上，極像羽化的何仙姑，擎着蓮葉；有時山腰繞霧，體態輕盈，又像披着輕紗的新娘；有時烟雨迷濛，隱隱約約，尤像那羞人答答掩在水晶簾下偷覷人的舊式少女；有時在朝暾初上或夕陽西下的時候，陽光映着噴出來的烟，幻紅幻紫，更像穿着天衣的織女娘娘……。其實馬容山的噴烟，像個萬花筒，在隨時變幻，無一定之形式。」他綜合成一首詩是：「天光清爽晴方好，山色空濛雨亦奇；欲把馬容比西子，淡妝濃抹總相宜。」但我們該代許先生下個註脚，馬容山平時看似幽靜的美女，其實是神秘莫測的。可是，總而言之，統而言之，別惹她，她是一位隨時有噴火的危險性的「噴火女郎」。

她自一八一四年以來十次的噴火年代是：㈠一八一四年，㈡一八六五年，㈢一八七〇年，㈣一八八一年，㈤一八九七年，㈥一九〇一年，㈦一九二八年，㈧一九三八年，㈨一九四二年，㈩一九四七年。

其中以一八一四年、一八九七年、一九二八年三次爲最強烈。一八一四年的第一次爆發摧燬喀沙瓦教堂，活埋居民數百人，廢墟古蹟尚存。一八九七年的第五次爆發，許先生的記載是：

「這次爆發可就利害了，鎔岩沙石，噴出很多，各處車路上，都蓋着一層厚厚的火山灰，約一英尺之厚。火力直射至黎牙實備海港對面的描爾道社（Marito），毀滅東西山麓里木（Libog）社屬三小村，居民死亡多至四百餘人，並將該處四五萬方公里的苧蔴園水田，變成礫石荒地。當火焰狂噴時，威力非常大而速，附近居民多走避不及。據傳有一華僑，匆惶間跌在一個溝裏，恰巧有個大水缸在那裏，於是利用缸裏的水，抵抗烟火和熱度，才得苟延殘喘，其他的則掃數死在刼灰中了。」一九二八年第七次的爆發，連續至三個月之久，火山東麓里木，西麓甘馬力(Camalig)等地居民都先後逃避，幸免死傷。

八、噴火目擊記

至於一九四七年的第十次噴火，是許先生目擊的記述。一月十二日開始有火花出現。「十三日上午九時左右，忽見許多大人孩子們仰着頭呆望天空，集中視線，而且都露着驚奇的眼光。我爲好奇心所驅使，便也放下書本，出去看個究竟。啊！啊！這眞是極宇宙之奇觀，馬容山上一股又濃又粗的黑烟，像天神一般，上冲霄漢，把遼闊的天際，掩沒了一大半，靠噴口處，黑烟仍是不斷地冒出來。一圈又一圈，一朶又一朶，開花似的，從裏面翻出來，從下面捲上去。上面的末升高，下面的又在推在擠。黑雲之上，展開着，散播着，又像一把雨傘。」

這次爆發也相當強烈，持續達一個多月才停熄。「當她爆發的時候，實在令人驚怕，黑烟滾滾，發聲如雷，屋宇都在搖動，處處瀰漫着烟灰，巨大的石頭燒得紅紅的從噴口處噴射出來，亦有熔岩流出，過後凝結成爲石頭的。」最壯麗是一月十三日夜間噴火的鏡頭：「晚飯後約八時左右，我獨自坐在房裏看書，偶然不注意抬起頭來，唉！我的眼光撩亂了，馬容山的火焰，已是熊熊地在噴射着。但見火光從山峯尖一股一股地向上衝，衝到上面，便變成濃烟，把藍得變黑的天空，蒙上一層厚厚的烟幕，絕似一把紅柄的涼傘。靠近噴口處圍繞着許多似烟非烟，似霧非霧的火焰，也全是紅色。山之靠地面的十分之七，已浸在雲海裏，十分之三靠山峯的，卻鑲着許多紫色、紅色、黃色、金色及以上種種的混合色。不時火花從山上衝下來，這邊那邊，閃爍不定。中間又常常出現着巨點金光，有時經過了很久很久的時間，才慢慢地黯淡下去。有時卻連成一大串，追逐般的從山峯一直滾落到山麓，好像天空中的流星。如此宏麗壯觀，眞會令人忘卻她會發生什麼危害。」

火山的變化和發生的災禍，他只記載到一月十六日爲止：「十四日繼續爆發，十五日稍平靜。這幾天來山之怒吼聲，不時響似雷鳴。據說有農人三人在山下工作，被噴出來的岩石擊斃。又有二名失踪，因此人心有點惶惶然。十六日七時左右，天清氣朗，雲散霧消，整個山容都已顯露出來。不知怎的竟不大噴烟，大塊火花，不絕地向里木方面作垂直線從山峯一直瀉下來，滙成一條濶大的火的洪流，火的瀑布。」

民國五十年九月於馬尼拉（原載文壇月刊）

文開隨筆

附錄

附錄

翡翠屏

裴普賢

我家有兩座翡翠屏，給我們增加了不少的生活情趣，這是值得記錄的一件事。

我們決定住到臺北近郊中和鄉來，是因爲這裏環境幽靜，風景優美，旣有城市的方便，又有鄉村的風味。可是當我們初搬來時，房屋的修理，室內的設備，庭園的佈置，曾花了一筆錢。夏天來了，全房只裝了書房臥室的紗窗，已感拮据。書房和臥室相連的兩個窗子是西晒的，再需要僱工搭個涼棚，估價也要三、五百元。愷說：「讓我搬兩座翡翠屏風來遮着吧！」我說：「你怎麼會闊得有翡翠屏風呢？」他說：「我會魔術的，妳等着瞧好了。只要兩個月的期限。」

隔不了幾天，愷下班時帶回來幾根牽牛花藤，種在窗外竹籬下，他說這是開紫花的。星期天，他又從友人處要來十多粒蠶糞似的棕黑色花籽，埋在竹籬下，他說這是開紅花和白花的牽牛。這樣就天天澆水，紫花的藤活了。最初藤上的綠葉，早晨挺然伸展着，經不起太陽一烤，下午便垂頭喪氣地萎癟下去了。晚上澆了水，經過一夜的滋養，次晨又復豎立起來。這樣三天以後，綠葉才不怕烈日的炎威。可是五六天後，綠葉還是漸變枯黃，脫落在籬邊地上。然而花藤畢竟活了。就在原有葉柄的腋間，那落葉疤痕的上方，早萌生了新芽。每一新芽，伸出一根支藤來。這樣一根老藤，一下子變成八九根新藤，像血管分佈在人體四肢，血液便向四肢流佈，牽牛花藤迅速地向四面八方伸展開來。

白色紅色的幼苗也頂着黑盔鑽出頭來了。脫去了黑盔，只有兩瓣可憐的黃芽。但是隔了一天，就轉成綠色，生氣蓬勃地挺立在那兒。不幾天，就發葉生蔓，開始去攀附竹籬了。

因爲竹籬不夠高，就是上面爬滿了牽牛花，也只能遮蔽窗外的部分太陽。於是在一個防空演習的早上，愷就利用這點閒暇，在兩個窗子的外面，用四根竹子把籬笆加高，和窗子上方的牆壁連接起來。爲防颱風吹毀，在每一個交接處，用鐵絲緊緊繫住。又利用平日購物，從大包小包上解下來的細麻繩，在竹桿之間，連成一個稀疏的網子，好讓牽牛花爬上去。

但是災難來了。好容易一根藤爬到編結的網上，卻發現從半截裏枯掉了。原來是隔壁幼稚園的小朋友調皮，斷送了牽牛花的半個生命。於是我只好去請幼稚園園長提醒他們愛護花木。小朋友們才不再來搗亂。可是家中的一隻半歲小狗，卻又頑皮得整天到處拈花惹草，把新長出的牽牛花連根拔起。害得我們又搬磚運石，爲牽牛花築道圍牆。然而小狗仍和我們爲難，把上部的花藤又咬斷了幾根。花園裏的仙人掌杜鵑花，也給牠咬得只剩下一些禿根來。於是我們就不得不用口罩和鏈子把小狗約束住。一面我們明白牠的食物缺少葉綠素，也把菜蔬給牠補充進去。這樣我們的牽牛花才算安全了。此後就以幾何級數增加的繁殖力向各方擴展地盤。不到兩個月，在我們的窗外就出現了兩座翡翠屏風。那一片翠綠，鮮潔而生動，比眞的翡翠，還要可愛。

一天清晨，拉開窗帘一看，眞是喜出望外，竟然有朵豔紅的牽牛花在向我們微笑呢。我和愷此時的快樂，眞是如獲人間至寶。隔不了幾天，又有白色的牽牛花來點綴我們的屏風了。接着窗上更出現了一連串的紫色小喇叭。到此時我們的翡翠屏才算是完美了。不但爲我們擋去了炎熱的太陽，更使我們天天都有無數的花朵欣賞。躺在室內的床上，涼風習習，窗外花葉扶疏，給我們增添了無限的清福。從此我們西晒的書房，成爲綠雲縈繞的涼軒，隨時可以披覽，可以寫作。臥室中的午睡，格外香甜酣暢。一覺醒來，我們仰觀窗外的一片綠色，眞似蘇雪林先生在綠天中所說：「我們的屋子完全浸在空翠之中」了。我不覺口中背出她的警句來：「啊，天也給它們塗綠了。綠天深處，我們眞個在綠天深處！」

於是我告訴愷說：「這非但是我們的翡翠屏，也是我們的綠天呢！」愷向窗外端詳了一會說：「對透！那網架上一串串的牽牛花，正是綠天上的紫色星斗哩！」

於是我們又從書架上找出「綠天」來誦讀。愷的書聲在我耳邊響着：「亞當和夏娃的地上樂園，眞是太令人神往了。……我想尋找一區隔絕市囂，水木清華的地方，建築一所屋子，不和俗人接見。在那兒，你做夏娃，我便做亞當……」最後是「祝福地上的樂園，祝福園中的萬物，祝福這綠天深處的雙影。」

愷每天要去上班，我卻放了暑假，每天生活在這兩座翡翠屏之中。白天，閒看那些黃蜂藍蜻蜓飛來遊戲花葉間，靜聽前一天早開夜合的紫花，在無風的寂靜中啪啦一聲落下地去。晚上，明月偷窺，微風送涼，翡翠屏上，奏起美妙的自然樂曲，室內的花影，便也拂動漫舞起來。我低吟着泰戈爾的詩：「我的心，請靜聽世界的低語，那是他在對你談愛啊！」又深深體味到「風定花自落」，「雲去月來花弄影」等名句的恰切，而沉醉在詩的境界裏。更領悟到兒童的教育，也無異牽牛花的栽培。兒童的進步是神速的，你用愛撫來保護好他們，不使受邪惡摧殘，扶持他們向天性所近的方向發展上去，一轉瞬間，他們便會充實光輝起來，便會綻放出美麗的花朵來，正如這翡翠屏的完成！

同樣對於大自然的欣賞，我國古人「庭草不除」和「隨花傍柳」的心境，是宇宙生機的領會，泰戈爾的詩句則是萬有的愛與美之體認。我們生活在翡翠屏中，把這兩者融合了。

從此以後，我們清晨也不能貪睡了，原來牽牛花是光明的崇拜者。每天破曉時隨着晨光的來臨，就好像有一羣小仙人飛來撲着翅膀環繞着我們的翡翠屏，找尋他們迎接晨光的樂器，然後舉起他們的喇叭來吹奏出歡迎和讚美的樂曲來。這樂曲成爲我們的起身號。我們在睡夢中聽得到這喇叭的號音，我們也就跟着早起去共同禮讚欣賞晨光的美妙。

紫色的牽牛花有深淺兩色，藤蔓彎彎曲曲地往上爬。葉呈五指狀，摸起來滑潤細嫩。另一種是心形的葉子，藤蔓直着攀援。而紅色白色牽牛花的葉子像伸出的舌頭，上面長滿短短的絨毛。紫色的花落後不結子，只靠藤蔓繁殖，紅色白色的結子後卽枯萎，再以種子繁殖。後來愷又從友人處帶來三棵開淺藍花的。剛拿來時我還奇怪他爲什麼弄棵扁豆回來呢。因爲牠的葉子太像扁豆的葉子了。這樣一來，我們的翡翠屏可就萬紫千紅，倍加熱鬧了。

就這樣，我們沒費一文錢，而有了兩座美麗的翡翠屏風。旣使我們免去了炎日的炙晒，更爲我們在清早和月夜增添了無限的詩意。

漸漸我們更有了一個另外的願望。爲了想使生活藝術化，我們打算在幾個花盆裏搭上個竹架子，種上各色的牽牛花，爬滿架子後，安放在客廳裏，那不就是一座正式的翡翠屏了嗎？

如今窗外的牽牛花格外茂密了。藤蔓在網上找不到地盤，就從縫隙裏垂懸下來。當我寫這篇文章時，再抬頭窗外，正巧一陣風吹拂着掛下的藤蔓，跳起搖擺舞來。忽然使我覺得這並不是什麼牽牛花，而是彷彿在那兒見過的什麼。對了，這不是濟南大明湖的千絲垂柳嗎？這不是揚州瘦西湖的綠楊城廓嗎？這不是杭州西子湖的柳浪聞鶯嗎？……啊！原來是闊別十年的故鄉和舊遊勝地，在向我們招手呢！

（原載四十六年九月一日暢流半月刊十六卷二期）

碧瑤遊記

裴普賢

碧瑤是菲律賓在國際間最出名的遊覽勝地，我們來菲兩年，尚未有緣一遊。去年暑假兩次預購車票準備前去，都因無情颱風的襲擊，被包圍在深水中，退守在寓所的樓上，無法出門而作罷。爲了此宿願，今年便提早在聖週擠上山去。三月二十八日自馬尼拉乘火車出發，到四月一日下山，暢遊四日。這是開和我四年前從臺北去臺灣中南部名勝蜜月旅行一星期以來僅有的一次暢快旅行。所不同的是蜜月旅行兩人爲伴，這次又添上了我們一個活潑壯碩的三歲女兒岱麗同行。現在此地已放暑假，有時間可利用，趁剛歸來的印象鮮明，提筆寫些下來，留作紀念。

碧瑤是菲律賓的夏都，也是避暑的樂園，每屆夏令時節，菲總統離開馬尼拉總統府來到碧瑤萬松宮（Mansion House）辦公。萬松宮在萬松環抱之中，一座大厦，居高臨下，氣象萬千，門前松林中一條長長的甬道，用人工水渠分隔成兩邊，松影倒映在水中，格外覺得松林的幽深而清涼。碧瑤海拔五千英尺，北距菲京馬尼拉二百四十六公里，氣候比馬尼拉平均低二十度，夏季白晝七十餘度，晚間更降到五十多度。兼以這多松的「松市」嶺頭坡脚，漫山遍谷，長滿挺秀的蒼松。松林間車道盤繞，到處掩映着幽雅的別墅，高尙的旅邸，達官富商，都相率來此避暑。市區闢有公園多處，美軍的瓊海軍營（Camp john Hay），國家俱樂部，教師夏令營等佔地廣大的休閒機構，也都有花園的佈置。更有高爾夫球場的草坪、食堂、舞廳，以至圖書館的設備。身臨其境，眞有人間樂園之感。

我們住在碧瑤的碧瑤旅館(Baguio Hotel)四天，三天僱車出遊，第四天則步行於鬧市和旅館附近。我們到過萬松宮、市政府、文咸公園、賴特公園、礦景公園、瓊海軍營、國家俱樂部、教師夏令營、動物園、黎刹紀念碑、亞辛溫泉、碧瑤天主堂、天文臺、棉拉洛山（Mt. Mirador）聖母石窟、多明尼康山（Dominican Hill）以及該地最著名的旅社松林旅館（Pines Hotel）等處。我們認爲可以遊覽而未到之處僅水晶洞和津尼達（Trinidad）菜園等兩三處而已。

綜合我們四日間所得印象，菲律賓的碧瑤，兼具了我國以前南京時代的廬山和現在臺北時代的陽明山之勝。我國南京時代的廬山常爲元首避暑之處，而亦屢爲軍訓與重要會議的地點。菲律賓軍事學校設在碧瑤，菲律賓的重要會議和國際會議也往往到碧瑤來舉行。其中以我國　蔣總統與菲律賓季里諾總統於民國三十八年七月舉行的碧瑤會議，最爲國人所熟知；至於陽明山以總統官邸和櫻花季節萬人競集賞花著名。我們久居在炎暑而塵囂的馬尼拉，一旦來到碧瑤小住，當有清涼閒適之感。但這次我們利用青年節和復活節一連四天的假期上山，正是人潮湧向碧瑤的幾天。同時發現碧瑤正值春花盛開，到處花園和宅旁花開如錦，絢爛奪目，遊人絡繹。徜徉其間，或席地野餐，或花叢攝影，正與陽明山賞花盛況相似。我們所見的花畦，以瓊海軍營的花園、市政府、松林旅館周圍的花朵，最爲鮮艷美觀。我們攜帶兩隻相機，一攝黑白風景，一攝彩色照片，兩卷彩色菲林，大多消耗在這三處。而瓊海軍營的花園，我們更特地重遊觀賞，幾乎留戀忘返。碧瑤的春花，以五彩成畦花朵直徑近尺的大理菊最盛。栽植牆根，掩映窗外，高與人齊的海棠花最艷。奇花異草，各逞特色。但色香俱佳的香豆花卻不多見，被稱爲「復活節之花」的百合花也很少看到。

菲京馬尼拉非但缺乏美麗的花園，連鮮花的供應也不足，普通人家多用塑膠做成的假花來點綴客廳，因此碧瑤這花園都市，給我們特別深刻的印象。

我們既把碧瑤比作陽明山，那末亞辛溫泉便有烏來的感覺。自碧瑤乘車西行四十五分鐘，便可達十五公里之外的亞辛溫泉。亞辛溫泉的晶瑩清澈，一如烏來的溫泉。亞辛雖然沒有烏來那種大瀑布，但沿溪曲折而行的那種風光，卻彷彿烏來道上。沿途有小瀑兩處，飄洒石上，潺潺有聲。菲律賓很少有名的溫泉，亞辛除溫泉浴室與食堂外，更有游泳池的設置，所以非但碧瑤的居民，常來此沐浴游泳，遠道來訪碧瑤的，也以得一沐溫泉爲樂。我們來此也既沐浴又游泳，並攝影留念，盤桓了二小時許，始盡興而返。沿途居民有業木刻藝術品者，我們在小店中選購了一些，價格較碧瑤市上所購爲廉。

其次在碧瑤所得印象是聖週的人潮擁塞，雖則旅遊與娛樂的成分很多，但宗教氣氛仍甚濃厚。碧瑤人口五萬餘，而每年聖週遊客麕集達十餘萬人，擁擠得碧瑤的食宿水電都不堪負擔，飯館的排隊候食，旅館的無床而留客，以及停電停水，已習以爲常。旅客借宿車中，忍受飢渴，狼狽不堪者有之。火車汽車，盡量加班，還是無法容納擁擠的旅客。我們兩禮拜前預定上山火車票，而三月二十九、三十日的票早已定光，只得在二十八日上山。一上山便定星期天下來的票，結果提早一天下山，才解決問題。如果旅客全爲旅遊娛樂而來，而這時食宿價格都加倍，連火車也加價，又何苦多花金錢擠來受罪？所以報上的文章高叫：「碧瑤避暑開始於聖週以後。」「碧瑤的最佳季節在十二月」等口號。可是人潮仍於聖週湧現，我們特於聖週五耶穌受難日的清晨八時起，觀察了碧瑤的幾座教堂。中華佈道會等基督教教堂的信徒固然很多，天主教堂裏的俯首默禱者更是擠得水洩不通，尤以棉拉洛山聖母石窟的朝拜行列最爲動人。他們攀登那二百二十五級直上雲霄的石級而到達石窟的那種虔誠的表現，使人了解很多旅客不是專爲旅遊娛樂而來。碧瑤天主堂雄踞山嶺，雙塔高聳，峨巍肅穆；石窟聖母像莊嚴清淨，尤爲雄偉奇觀。

再其次深印腦際的是碧瑤的幾個公園，都各擅其勝。

市中心的文咸公園，是美化碧瑤的出發點。當年美國人文咸（Bunham）利用這塊山間窪地，中間闢作長方形小湖，小湖四周鋪成一大片翠綠草地，以井字形的道路貫串其間，湖邊路邊都栽植松樹成行，成爲一處任人遊覽的大公園。今日湖中揚帆蕩槳，男女嬉水，風光旖旎。入晚湖心的噴水柱，在五彩變幻的燈光映照中，作舞姿整齊的表演，一柱飛霧特高，宛如披輕紗展雙翼的天使，被擁護在中心擔任舞蹈的主角，引人觀賞，美妙無比。

公園井形馬路中間方形的ㄇ字，不准行駛汽車，卻有電動兒風車出租，供遊客結伴坐車在ㄇ字路上繞着文咸湖兜圈子玩樂。

文咸湖邊設有水泥仿製的粗樸木椅，以供遊人坐息觀賞湖景。湖東是兒童遊戲場，湖東北草地上又增設各種式樣的秋千架。我們攜岱麗去踏三輪車，坐小汽車，她玩得很高興，秋千雖還不會打，她也坐着很過癮，並和陌生的小孩握手言歡，結交爲友。湖西空地特於聖週圈作遊藝場，各種雜耍飲食攤吸引遊客，老少相呼，男女麕集。岱麗愛騎馬坐飛機，又愛看歌舞表演，又吃爆米花，又喝汽水，快樂得直嚷：「岱岱開心！」開也愛吃竹籤上的烤肉，一口氣連吃了三根，讚爲美味。

賴特公園在萬松宮外的甬道盡頭，可以遠眺對面山上的教堂紅頂，矗立於綠蔭間，可以俯瞰脚底山坡上租馬處，人馬如蟻聚，馳騁者絡繹如織。礦景公園地處市區東部盡頭，這裏大石古松，最堪入畫。大石後面，在突出的懸崖邊有一亭翼然，佇立眺望，遠山重重，展現天際，不覺忘我，羽化登仙。憑欄俯瞰礦坑，深不可測，使人心驚目眩，憬悟到碧瑤金礦原來如此萬分驚險，有掘金之夢者，一失足可成千古恨！

其實萬松宮任人遊覽，市政府外也佈置得像一座花園，市區曲折幽靜的松林路，更是散步遊憩的好去處，整個的碧瑤市已成爲一個大公園。動物園的全名是動植物園，因經費不足管理不善而呈衰敗景象，若加整頓，也是一個有特性的公園。多明尼康山頂，尤其是遠眺的最好地方，登臨展望，全市景色，歷歷如繪，盡收眼底。向西南遠眺，隱約可見呂宋島西部海岸的仁加因灣，和那白雲天際的我國南海。文咸湖多明山成爲碧瑤這大公園最精彩的兩極。

碧瑤雖僅作四日遊，但細細寫來，所得印象，寫上一兩萬字也寫不完，以上是我把零碎的印象整理爲三大點，別的瑣事都略而不記。最後再把碧瑤華僑情形，簡單一提。碧瑤華僑人數約一千八百人，他們的職業以三館稱盛。所謂三館，就是旅館、飯館、照相館。他們爲教育自己的子弟，辦了一所華僑中學，校名愛國，正表示他們愛護祖國的熱忱。我們特地前往參觀，正在添建新校舍。校中藏有國父墨寶一幀，是民國初年國父特別題贈該校的「天下爲公」四字匾額。在碧瑤市區以北津尼達地方的華僑，則都經營菜園，他們所種蔬菜，非但供應碧瑤，且爲馬尼拉蔬菜的主要來源，規模相當大。我們歸來的當天，在碧瑤菜場中選購了芹菜、菜花和小黃瓜，到家先把芹菜黃瓜切洗了生吃，芹菜拌上蕃茄醬，黃瓜放些醬油糖醋，吃來特別脆嫩可口！

(原載五十一年五月一日暢流半月刊)

糜教授文開譯著書目

（甲）編著部分

(1)印度歷史故事　商務印書館
(2)聖雄甘地傳　商務印書館
(3)印度文化十八篇　東大圖書公司
(4)印度文學欣賞　三民書局
(5)文開隨筆　同右
(6)中國文學欣賞　同右
(7)詩經欣賞與研究初集　三民書局
(8)詩經欣賞與研究續集　同右
(9)詩文舉隅　同右

（乙）編譯部分

(1)印度三大聖典　華岡出版部
(2)印度兩大史詩　商務印書館
(3)奈都夫人詩全集　三民書局
(4)莎昆妲蘿（印度戲曲）　同右
(5)泰戈爾詩集　同右
(6)泰戈爾小說戲劇集　三民書局
(7)黛瑪鶯蒂（印度神話）　同右
(8)普雷姜德小說集　同右
(9)鬥鷄的故事（菲律賓小說）　文壇社

滄海叢刊已刊行書目（一）

書名	作者	類別
中國學術思想史論叢（一）（二）（三）（四）（五）	錢穆	國學
中西兩百位哲學家	黎建球 鄔昆如	哲學
比較哲學與文化	吳森	哲學
哲學淺識	張康譯	哲學
哲學十大問題	鄔昆如	哲學
孔學漫談	余家菊	中國哲學
中庸誠的哲學	吳怡	中國哲學
哲學演講錄	吳怡	中國哲學
墨家的哲學方法	鐘友聯	中國哲學
韓非子哲學	王邦雄	中國哲學
墨家哲學	蔡仁厚	中國哲學
希臘哲學趣談	鄔昆如	西洋哲學
中世哲學趣談	鄔昆如	西洋哲學
近代哲學趣談	鄔昆如	西洋哲學
現代哲學趣談	鄔昆如	西洋哲學
佛學研究	周中一	佛學
佛學論著	周中一	佛學
禪話	周中一	佛學
都市計劃概論	王紀鯤	工程

滄海叢刊已刊行書目（二）

書名	作者	類別
不疑不懼	王洪鈞	教育
文化與教育	錢穆	教育
印度文化十八篇	糜文開	社會
清代科舉	劉兆璸	社會
世界局勢與中國文化	錢穆	社會
國家論	薩孟武譯	社會
紅樓夢與中國舊家庭	薩孟武	社會
財經文存	王作榮	經濟
中國歷代政治得失	錢穆	政治
黃帝	錢穆	歷史
中國歷史精神	錢穆	史學
中國文字學	潘重規	語言
中國聲韻學	潘重規	語言
還鄉夢的幻滅	賴景瑚	文學
葫蘆・再見	鄭明娳	文學
大地之歌	大地詩社	文學
青春	葉蟬貞	文學
比較文學的墾拓在臺灣	古添洪 陳慧樺	文學
從比較神話到文學	古添洪 陳慧樺	文學
牧場的情思	張媛媛	文學

滄海叢刊已刊行書目（三）

書名	作者	類別
萍踪憶語	賴景瑚	文學
讀書與生活	琦君	文學
中西文學關係研究	王潤華	文學
文開隨筆	糜文開	文學
知識之劍	陳鼎環	文學
野草詞	韋瀚章	文學
陶淵明評論	李辰冬	中國文學
文學新論	李辰冬	中國文學
離騷九歌九章淺釋	繆天華	中國文學
累廬聲氣集	姜超嶽	中國文學
苕華詞與人間詞話述評	王宗樂	中國文學
杜甫作品繫年	李辰冬	中國文學
元曲六大家	應裕康 王忠林	中國文學
林下生涯	姜超嶽	中國文學
詩經研讀指導	裴普賢	中國文學
莊子及其文學	黃錦鋐	中國文學
現代散文欣賞	鄭明娳	中國文學
浮士德研究	李辰冬譯	西洋文學
蘇忍尼辛選集	劉安雲譯	西洋文學
文學欣賞的靈魂	劉述先	西洋文學

滄海叢刊已刊行書目（四）

書名	作者	類別
音樂人生	黃友棣	音樂
音樂與我	趙琴	音樂
爐邊閒話	李抱忱	音樂
琴臺碎語	黃友棣	音樂
音樂隨筆	趙琴	音樂
水彩技巧與創作	劉其偉	美術
繪畫隨筆	陳景容	美術
現代工藝概論	張長傑	雕刻
戲劇藝術之發展及其原理	趙如琳	戲劇
戲劇編寫法	方寸	戲劇